『土地』와 서사구조

토지학회 총서 | 02

『土地』와
서사구조

토지학회 편저

마로니에북스

편집자의 말

　〈토지학회〉 총서 2권의 주제는 '토지와 서사구조'이다. 소설의 넓이와 깊이 탐구에는 '서사구조' 연구가 바탕이 되기에 '토지와 서사구조'를 토지총서로 내놓는다. 〈토지〉의 서사구조에 관한 연구는 〈토지〉 출간 이후 지속적으로 진행되었다. 그런데 연구물도 많고 연구자들의 논의의 폭이 넓어서 이번 총서에서는 〈토지학회〉 학술대회에서 진행된 논의들을 중심으로 편했음을 밝힌다.

　첫 번째 글인 최유찬의 '토지의 서사구조'는 이번 총서를 위해 새로 쓰인 글이다. 역사소설인가, 아닌가의 문제, 소설의 기원에 관한 문제, 서사 구조의 문제, 서사의 완결 문제 등을 아우른다. 이 논의는 '토지의 서사구조'의 여러 측면을 다각도로 깊이 있게 조망한다는 점에서 서사 연구의 길잡이가 되는 글이다.

　다음 세 편은 가족서사와 민족서사 측면에서의 양상에 관한 글들이다. 〈토지〉에서 서사의 방점을 가족과 민족 어디에 두느냐에 따라 소설 읽기는 여러 가지로 분화된다. 김승종은 '토지의 역동적인 가족서사 연구'에서 가족서사와 민족서사의 관점에서, 이덕화는 '가족 서사의 확대, 능동적 공동체 만들기'에서 가족서사에서 장연학의 역할을 중심으로 논의를 전개한다. 또한, 김연숙은 집단 정체성 획득의 관점에서 '토지에 나타난 민족서사의 구성방식'을 논구한다. 이들 논의는 개인과 역사, 가족과 민족이 소설 〈토지〉

에서 직조되는 방식과 의미를 천착한다.

　다음 글은 이상진의 '토지에 나타난 여담의 수사학'으로 소설에서 여담의 역할을 보여준다. 문재원은 '토지에 나타난 소문의 구성과 배치'에서 소문의 내용과 기능을, 권유리야는 '토지에 나타난 대칭성과 비대칭성'에서 대칭성의 관섬에서 역병과 탐욕, 패륜과 소문 등을 중심으로 〈토지〉의 서사를 분석한다.

　여기 이 일곱 편의 글이 〈토지〉의 서사구조, 아니 소설의 서사구조에 관한 논의를 풍요롭게 하는 밑거름이 될 수 있기 바란다.

책임편집 최유희

차례

〈토지〉의 서사 구조

최유찬

1. 〈토지〉는 역사소설인가

"1897년의 한가위."

〈토지〉의 첫 문장이다. 이렇게 단출한 말로 시작한 〈토지〉는 해방이 되었다는 소식을 들은 장연학이 만세소리를 외치며 춤을 추고 눈물을 흘리다가 소리 내어 웃는 등 기뻐 어찌 할 줄 모르는 거동을 묘사한 다음 "푸른 하늘에는 실구름이 흐르고 있었다."는 문장으로 담담히 끝난다. 대한제국이 수립된 때로부터 해방이 되는 그 날까지 조선 사람의 애환을 그린 대하장편소설, 또는 총체소설의 처음과 끝이다. 전집 판으로 20권에 달하는 길이 속에 일제 강점의 고난을 겪은 조선민족의 삶을 사실적으로 묘사하고 있으니 이 소설을 역사소설이라고 분류하는 것도 일견 타당하다. 그러나 자세히 들여다보면 연대기 식으로 조선의 근대역사를 형상화하고 있는 이 작품을 역사소설로 치부하는 데는 허점이 있다. 역사소설이라면 당연히 중요한 서술대상이 되어야 할 역사적 사건이 직접적으로 묘사되지 않고 있기 때문이다. 한두 개의 역사적 사건만이 묘사되지 않은 것이 아니라 그 시점에서 가장 중요하다고 생각되는 사건들은 매번 모두 묘사에서 배제되고 그저 그렇고 그런 사람들의 자질구레한 일들만이 묘사되는 작품을 역사소설이라고 할 수 있는가. 여기에는 예상되는 반론이 있을 수 있다. 작품을 다 읽고 나면 묘사에서 빠진 사건들이 모두 생생하게 살아 나오지 않는가 하는 반문이다. 곧 〈토지〉는 역사적 사건을 직접적으로 묘사하는 방식을 쓰지 않고 그 사건을 겪고 나서 일상을 살아가는 사람들의 반응을 통해 역사적 사건이 재구성되도록 하는 수법을 쓰고 있다. 토마스 만의 『마의 산』이나 솔제니친의 『이반

데니소비치의 하루』와 같이 반응들의 총체성을 통해 현실을 보여주는 작품의 한 변형이라고 할 수 있다. 이 경우 작품이 역사소설인가 아닌가 하는 데 대해서는 상반된 의견이 있을 수 있고 그 논란은 쉬 가라앉기 어렵다. 뿐만 아니라 〈토지〉를 근대적 서사양식으로서 '소설'이라고 규정짓는 데도 이견이 제기될 소지가 있다. 왜냐하면 이 작품은 호메로스의 『일리아스』나 『오딧세이』처럼 민족서사시의 성격을 다분히 지니고 있기 때문이다. 민족서사시는 특정 집단의 기원신화로서의 성격을 지니고 있고, 기원신화는 그 집단의 구성원들이 살면서 이루어가야 할 삶의 지표와 존재방식을 알려주는 역할을 맡는 것이 일반이다. 이렇게 신화와 서사시, 소설이라고 구분할 수 있는 성격이 〈토지〉에는 공존한다. 이런 점들 때문에 박경리의 작품을 마음 편하게 역사소설이라고 규정하는 데는 여러 문제가 뒤따른다. 하지만 여기서 그 문제들을 모두 다루는 것은 어느 모로나 적합하지 않은 것으로 보이므로 역사적 사건을 직접적 묘사대상, 서술대상으로 삼지 않는 작품을 역사소설이라고 할 수 있는가 하는 문제에 국한해서 사안을 검토하는 일이 필요하다. 이렇게 논점을 좁히면 〈토지〉의 서사가 지닌 하나의 유별난 특징이 드러난다.

〈토지〉는 1897년 대한제국의 탄생 이후에 전개된 조선의 역사를 다루는 것처럼 되어 있지만 실제로는 1894년의 동학혁명, 나아가서는 1890년부터 시작된 것으로 볼 필요가 있다. 이 시점부터 1945년까지는 대략 56년의 기간이니 여자를 중심으로 볼 때는 한 갑자의 시간이다. 곧 1부에는 동학혁명이란 큰 사건이 있었고, 2부에는 1910년의 한일합병, 3부에는 1919년의 기미독립운동, 4부에는 1931년의 중일전쟁, 5부에는 1941년의 태평양전쟁이 있는 것으로 상정되어 있지만 그 사건들은 소설 속에서 구체적으로 다루어지지 않는다. 그 사건을 겪고 난 다음 일상을 살아가는 사람들의 반응을 통해서 역사적 사건이 환기되는 형식이다. 곧 맨 앞에는 큰 역사적 사건이 있었지만 소설에서는 공백으로 처리되고 그 후과가 일상을 살아가는 사람들의 삶을 통해서 형상화되는 형식이다. 이 양태를 나타내는 개념으로는 유생우무(有生于無)나 무중생유(無中生有) 등이 널리 알려져 있지만 그것을 더 구체적으로 나타내는 개념은 무극이태극(無極而太極)이다. 그것은 태극의 모든 것이 무극에 근원을 둔다는 뜻을 지닌다. 킴바라세이고는 "표면에 나타난 형상(形相) 속에 깊이 간직된 무(無)를 보는 일, (예술에서 말하면) 존재의 배후에 깊은 표현정지의 무(無)를 보는 일-이것이 형상(形相)을 깊이 포착하는 일"[1]이라고 말하면서 그것이 정관(靜觀)에 해당된다고 설명하고 있다. 이 정관은 서양의 근대학문이나 일반인에게는 직관이란 개념으로 더 잘 알려져 있는 것이지만 그 함축은 많은 차이를 지닌다. 아무튼 정관은 〈토지〉의 서사구조를 파악하는 데서 뿐만 아니라 예술작품, 나아가서는 사물 일반에 대한 깨달음을 얻는데 핵심적 요소이다. 〈토지〉가 작품 속에 무(無)와 유(有)의 관계를 설정하고 있다는 것은 소설을 읽는 독자에게 그와 같은 정관을 요구하는 것이라고 볼 여지도 있다. 그것은 미술에서 작품의 기본적 형체를 지지하는 동력적 요소, 다시 말해서 작품의 기본적 통일인 골법(骨法)의 파악여부에 비견할 수 있는 의미를 지닌다. 필자는 기왕에 예술작품의 통일성을 파악하는 방법으로서 취상법, 관상법 등을 여러 가지로 설명한 바 있다. 그것들은 모두 정관과 관계되고 그것의 이론적 방법론적 심화이지만

---

1) 킴바라세이고, 민병산 옮김, 『동양의 마음과 그림』, 새문사, 1994, 51쪽.

여기서는 그 일을 반복할 필요가 없다고 생각되므로 〈토지〉의 작가가 자신의 소설을 어떻게 구상했으며 그 구상은 작품에 어떻게 구현되었는지 검토한 뒤에 동서양의 여러 문학이론을 활용하여 작품의 서사구조를 분석하기로 한다.

2. 〈토지〉의 기원

작가는 〈토지〉의 씨앗이 된 자신의 체험에 대해 다음과 같이 밝힌 바 있다.

"내 경험을 몇 가지 들어서 얘기하지요. 〈토지〉에 관한 것입니다. 그게 언제 일인지, 어릴 적의 일이었고 어디서 뉘에게 들었는지 기억에 없지만 아마도 외할머니에게서 들은 얘기가 아닌가 싶어요. 외할머니의 친정은 거제였습니다. 그러니까 외할머니의 친정집안의 일인가봐요. 그 집은 전답이 많아서 돌아보려면 말을 타고 다녀야 했다는 것입니다. 과연 거제에 그런 넓은 땅이 있는지 의문이지만 하기는 여기저기 땅이 널려 있다면 그럴 수도 있었겠지요. 한데 그해, 말하는 사람은 그해라 했습니다. 아마 1902년 호열자가 창궐했던 그때 일인 모양이에요. 호열자가 들이닥쳐 마을에 많은 사람들이 죽었는데 말을 타고 전답을 둘러보고 다녔다는 그 집안은 여식아이 하나를 남겨놓고 가족이 모두 몰살을 했다는 것입니다. 논에는 벼가 누렇게 익었는데 벼를 베고 추수할 사람이 없었다, 대강 그런 내용이었습니다. 그런데 그 얘기가 작가수업시절 난데없이 어느 날 내 머리에 떠올랐습니다. 번개같이 지나간 그 얘기는 참 강렬했습니다. 호열자와 누런 벼, 그것은 죽음과 삶의 선명한 빛깔이었습니다. 그 맞물린 극과 극의 상황, 나는 흥분했고 떨쳐버릴 수 없는 의욕을 느꼈습니다. 그러나 바위에 주먹질하듯 무겁고 큰, 그것을 어쩌지 못하

고 20년 가까이 마음속으로 삭였습니다. 호열자와 황금빛 벼, 죽음
과 삶, 〈토지〉를 쓰게 된 동기는 바로 그것이었습니다."2)

  인용문에서 빠진 이야기는 부잣집에서 동냥을 거절당한 과부거
지가 저주를 했고 그 저주가 들은 것인지 호열자가 돌아서 부잣
집 사람들이 몰살을 당했다는 부분이다. 작가는 이 이야기를 호열
자와 황금빛 벼라는 빛깔로 압축해서 파악했고, 그것을 다시 삶과
죽음이라는 주제로 발전시켰다. 작가 자신이 〈토지〉이전의 모든
작품을 마지막 작품을 쓰기 위한 습작이라고 여겼다는 점을 상기
하면 1960년대 초반에 창작된 『김약국의 딸들』과 『시장과 전장』
은 습작의 구체적 사례라고 할 수 있다. 『김약국의 딸들』이 저주
와 죽음, 샤머니즘 같은 주제적 요소를 결합한 것이라고 하면 『시
장과 전장』은 빛깔의 대조를 보여준다. 그러나 『시장과 전장』의
대조, 대위법은 〈토지〉에서 크게 바뀐다. 전자가 기본적으로 병렬
구조에 의한 대조라면 후자는 각각의 상황 속에 대립이 있고 그
상황들은 또다시 상위 차원에서 대립한다. 그 양태를 작가는 '그
맞물린 극과 극의 상황'이라고 표현하고 있다. 극이라는 형식이
대립을 통해서 성립하는 것이라면 작가는 그 대립의 양태를 평행
선의 형태로 그리는 것이 아니라 태극과 같이 음양이 맞물려 있
는 것으로 그리고 있음은 물론 하나의 극과 다른 극 또한 내부에
서 맞물려 있다고 보는 것이다. 이 양태를 풀어서 설명하면 소설
의 기본 구도는 양반과 상민의 대립에서 조선민족과 일본의 대립
으로 발전해간다. 그것은 음과 양의 대립이다. 그런데 양반과 상
민의 관계는 일률적으로 규정할 수 있는 것이 아니다. 최참판가의

---

2) 박경리, 『문학을 지망하는 젊은이들에게』, 현대문학사, 1995, 78~79쪽.

한 가운데서는 구천이와 최치수가 대립 공존하고, 상민의 대표적 인물인 용이는 신분은 평민이지만 정신은 유교적 도덕으로 물들어 있다. 이와 같이 단위 요소가 되는 모든 사물에 대립적 요소가 공존하고 있다는 인식은 동양의 유기체설에 특징적인 것이고 그 도식적인 표현은 상반되는 요소를 껴안은 음과 양이 공존하면서 맞물려 돌아가는 태극의 모습에서 찾을 수 있다. 동양에서 삶과 죽음이 기쁨이나 슬픔 어느 하나로 귀착되는 일면적인 것이 아닌 이유는 여기서 찾을 수 있다. 중국의 철학자 왕수런은 동양의 사유에서 삶과 죽음이 어떻게 파악되었는가를 다음과 같이 설명하고 있다.

> "도(道)를 체화한다는 것은 자신의 사유를 극단적 허무의 무(無)로 진입시키는 것이며, 소우주인 사람이 천지와 함께 혼연일체 되어 도로서 모든 것을 바라볼 수 있는 시야를 갖도록 하는 것이다. 즉 만물을 평등하게 바라보는 제물론(齊物論)적 시각을 말한다. 또한 아무것에도 기대지 않는 무대(無待)의 경지에 이르러 속박에서 벗어난 자유로운 생각을 발현시킨다. 특히, 윤리적인 면에서 천지만물이 도를 통해 하나가 될 수 있기 때문에 생(生)과 사(死) 역시 천지인 우주순환의 한 부분일 뿐이다. 그런즉 생이 기쁨이 아니요, 사 역시 슬픔이 아닌 것이다."3)

〈토지〉는 56년이란 시간의 한 마디에서 일어나는 변화를 보여준다. 그 변화는 우주순환의 한 장면이다. 이 작품을 신화라고, 원형적 이야기인 미토스라고 하는 것은 그 변화에 착안한 관점이지만 '토지'라는 작품 이름 자체가 하나가 열이 되고 열이 하나로

---

3) 왕수런, 「신은 죽었다, 도는 아직 있다」, 〈세계석학초청강좌〉, 2007.12.6.

되는 월인천강(月印千江) 만법귀일(萬法歸一)의 뜻을 함축하고 있다. 그 점에서 '토'(土)는 변화의 원리이고 '지'(地)는 그 원리가 시간과 공간 속에서 구체화된 것을 나타낸다. '지' 속에 들어 있는 '야'(也)는 여성의 생식기를 나타내는 것으로서 존재의 문이다. '존재'라는 말의 한자어도 하나가 열이 되고 열이 하나로 종료된다는 뜻을 새기고 있으니 작품의 제목을 심상하게 보아 넘길 일이 아니다. 이런 점에서 〈토지〉에 나타난 삶과 죽음에 대한 인식이 무엇이며 그것들이 작품에 어떻게 표현되어 있는가 하는 문제는 앞으로 두고두고 연구가 필요한 부분이다. 그럼에도 불구하고 현재까지 확인된 사실에만 비추어 보더라도 〈토지〉가 동양의 전통적 사상과 긴밀한 관계에 놓여 있음은 충분히 인정할 수 있다. 서사 구조에 대한 논의가 부분적인 사실에 과도하게 집착하여 작품의 총체적 효과를 외면해서는 안 되는 이유이다. 여기서는 작품 전체에 대한 직관을 옹호하면서도 합리적으로 서사의 구성방식을 이해할 수 있도록 순서에 따라 설명을 시도한다.

3. 〈토지〉의 피라미드 구조

〈토지〉의 외국어 번역은 지지부진하다. 번역이 진행되고 있는 나라들에서도 기껏해야 1부만 번역하고 손을 놓은 경우가 태반이다. 이와 관련하여 작품의 길이가 독자의 독서를 힘들게 한다는 말이 나왔을 때 작가는 "1부만 읽어도 된다."는 내심의 뜻을 토로한 적이 있다. 이 말은 〈토지〉의 나머지 부분이 사족이라는 것을 의미하지 않는다. 『토지를 읽는다』를 쓸 때 필자는 작품의 '서장' 속에 소설의 모든 것이 다 들어 있다는 취지의 말을 한 적이 있다. 〈토지〉 전체가 백두산의 형상을 하고 있다면 서장은 하늘의 모든 것을 거울처럼 비추는 천지에 해당한다는 생각이었다. "1부만 읽어도 된다."는 작가의 말도 1부 속에서 작품 전체의 모양을 엿볼 수 있다는 생각의 피력이라고 할 수 있다. 이렇게 서장이 전체를 나타낼 수도 있고, 1부가 전체를 나타낼 수도 있는 것은 작품이 피라미드 형상을 하고 있는 덕분이다. 필자가 〈토지〉에서 빅뱅으로부터 전개된 우주 역사 전체를 하나의 형상으로 읽어낸 것은 피라미드 구조의 한 변형으로 작품을 읽은 것이다.[4] 이 점에서 〈토지〉의 창작에 배경이 된 사유구조는 노자의 유출설에 가까운 것이라고 할 수 있다. 왕수런은 노자의 '유생우무(有生于無)'를 설명하며 "도는 우주의 기(氣)를 낳고, 그 우주의 기에서 다시 음양이란 두 기를 낳고, 음양이 화합하여 만물이 생겨난다. 만물은 음과 양의 기운을 받아 화합을 이룬다(道生一, 一生二, 二生三, 三生萬物, 萬物負陰而抱陽 沖氣以爲和)"는 관점을 부연하고 있다. 왕

---

4) 〈토지〉의 형상을 피라미드로 보는 것이나 빅뱅으로부터 나선상의 순환을 하는 우주의 모습으로 보는 것이나 모두 한 점에서 무한히 넓은 세계로 퍼져나가며 운동을 하는 양상을 표현한다. 이와 같은 형상은 사마천의 『사기』로부터 숄로호프의 『고요한 돈강』까지 연면히 이어지는 전통을 가지고 있다. 황제가 자리 잡은 북경의 자금성이 북극성과 관련되고 북극성을 중심으로 28수와 뭇 별들이 하늘에서 원 운동을 하는 것을 본딴 것이 사마천의 『사기』가 지닌 구조다. 이와 관련해서는 다음 견해가 참조가 된다. "세계의 역사는 정치의 역사이다. 정치의 힘만이 세계를 정리해준다. 정치를 떠맡은 자가 세계를 떠맡는다. 『사기』에서 말하는 정치라는 의미는 '움직이게 한다'는 뜻이다. 곧 세계를 움직이게 한다는 말이다. 역사의 동력이며, 세계의 동력이 되는 자가 정치적 인간이다. 정치적 인간은 또한 세계의 중심이 되며, 그래서 12본기(本紀)가 이루어졌다. 정치적 인간은 분열하는 집단을 이룬다. 그래서 30세가(世家)가 이루어졌다. 정치적 인간은 실로 독립된 개인이다. 그래서 70열전(列傳)이 만들어졌다." 다케다 다이준, 이시헌 옮김, 『사마천과 함께 하는 역사여행』, 하나미디어, 1993, 64쪽. 인용문은 『사기』가 세계의 역사를 제왕을 중심으로 어떻게 재구성하고 있는가를 설명한다. 여기에 설명된 구조는 기본적으로 〈토지〉의 서사구조와 긴밀한 관련을 지닌다.

수런은 이 천도사상이 총체적 사상에 속하는 것으로서 동태성을 지니고 비실체성, 비대상성, 비현성성으로 나타나는 생성론이며 문명의 어두운 면을 지적하며 나온 것으로서 "사람들의 끝없는 욕심 속에 물질을 위해 일하는 순물(殉物: 물질 이익을 너무 추구하다 죽음에 이름)의 비정상적 상황을 비판하면서 시작되었다"고 설명하고 있다. 여기서 왕수런의 견해를 빌려 동양적 사유구조, 동태성을 중시하는 생성론과 이도관지(以道觀之)의 깨달음, 그리고 만물과의 공생공존을 중시하는 윤리적 태도를 강조하는 것은 작품의 서사구조를 분석하기 위해서는 그것들에 대한 이해가 일종의 전제조건이기 때문이다.

　〈토지〉를 피라미드로 보건 빅뱅의 스펙터클로 보건 작품은 하나의 통일을 이루고 있다. 그 통일의 양상을 포착하기 위해 우선적으로 필요한 것은 정관이며, 그 대상은 사물의 움직임, 곧 운동이다. 그러므로 관상법에서 보는 상(象)이 운동인 것과 마찬가지로 취상법에서 취하는 상(象) 또한 운동이다. 운동에 대한 그 정관에서 깨달을 수 있는 것은 우주 전체의 대순환, 다른 말로 하여 변화 또는 변화의 원리인데 그 깨달음은 도(道)를 체화하여 만물과 공생공존의 길로 나아갈 수 있게 해준다. 〈토지〉가 지금과 같은 길이의 대하장편이 된 것은 그 깨달음의 자료가 될 수 있는 운동을 충분히 제시하고 공생공존이 어떻게 가능한가를 구체적 사례들을 통해 생생하게 보여주기 위한 작가의 불가피한 선택이다. 그 속에서 삶과 죽음에 대한 작가의 인식이 표현되었으며 죽음의 검은 그림자와 황금빛 벼의 이미지가 강렬한 대조의 효과를 빚어내고 있는 것이다. 그 이미지는 가장 간단하게 한 마디로 표현하면 태극의 모습이다. 상반되는 기운이 맞물려 돌아가는 기본 형태 속에 양(陽)의 가장 한 가운데 음(陰)이 자리 잡고 음의 가장 한 가운데 양이 자리 잡고 있으면서 변화를 가져오는 힘의 미묘한 작용을 펼치고 있는 것이 태극이 표상하는 내용이다. 변화라는 말 자체가 음변양화(陰變陽化)의 줄임말이라는 사실을 상기하면 힘과 그 발현인 운동, 그리고 그 운동으로 인한 변화의 관계를 이해할 수 있다.5) 5부로 구성된 〈토지〉의 각 부의 첫머리에 놓여 있으나 모습을 드러내지 않은 역사적 사건들은 유생우무의 증거이면서 작품의 서사가 어떻게 이루어지고 있는지 파악할 수 있게 하는 첫 번째 단서가 된다.

4. 플롯의 대응형태

서사란 사건의 서술이다. 서술은 묘사와 대조되는 이야기의 방식이라고 할 수 있으나 넓은 의미에서는 묘사를 포함한다. 사건 또한 행동과 동일한 것으로 이해되기도 하지만 구분되기도 한다. 아리스토텔레스가 플롯의 통일을 이야기할 때 플롯은 흔히 행동을 가리키는 개념으로 이해된다. 그러나 플롯만을 떼어서 이야기할 때 그것은 사건의 배치와 연결을 함축한다. 처음과 중간과 끝을 가진 플롯이란 단일한 행동의 영역에 속하기보다는 행동들의 전개와 그로 인해 빚어지는 상호충돌에 의해서 형성된 사건을 의

---

5) 동양에서 문학은 기(氣)를 표현한다는 개념이 일찍이 조비의 문기론(文氣論)에서부터 나타난다. 그러나 기(氣)는 그 자체로서는 자신의 존재를 나타낼 수 없고 운동을 통해야 비로소 발현할 수 있다. 운동은 정력학에서는 위치의 이동일 뿐이지만 동력학에서는 힘의 작용을 나타낸다. 도(道)가 기(氣)를 낳고 기는 음양(陰陽)을 낳는다는 관점은 힘의 발현이 변화의 근원임을 나타내준다.

미하기 십상이다. 이 문제에 관해서는 다음의 의견을 참조할 수 있다.

> "스토리의 기본적 필요조건은 무엇인가? 아리스토텔레스는 플롯이 서사의 가장 기본적인 특성이며, 따라서 좋은 스토리는 시작과 중간·끝이 있어야 하고, 이런 질서에서 비롯된 리듬 때문에 즐거움을 준다고 주장한다. 하지만 무엇이 특정한 일련의 사건이 이와 같은 형태를 가진다는 인상을 창조하는가? 이에 대해 이론가들은 다양한 설명을 제시한다. 하지만 근본적으로 플롯은 변형을 요구한다. 최초의 상황이 있기 마련이며, 변화는 어떤 종류의 역전을 포함하고, 따라서 그 변화를 의미심장한 것으로 만들어 줄 해결책이 있음에 틀림없다. 일부 이론가들은 만족스런 플롯을 생산하는 대응형태를 강조한다. 즉 등장인물들 사이의 어떤 관계에서부터 그와 상반된 관계로, 혹은 공포나 예측으로부터 그런 관계의 실현이나 전도로, 또는 문제점에서 해결책에 이르기까지, 그릇된 비난이나 잘못된 재현에서부터 관계의 수정에 이르기까지의 대응형태를 강조한다. 각각의 경우에서, 우리는 주제 차원에서의 변형과 사건 자체에서의 전개의 결합을 발견하게 된다. 사건의 단순한 나열은 스토리를 만들지 못한다. 마지막은 시작으로 되돌아가 그것을 반향하고 있어야 한다. 일부 이론가들에 의하면 결말은 그 스토리가 서술하는 사건으로 유도되는 욕망에 발생한 일을 가리킨다."[6]

인용문은 플롯이 서사의 가장 기본적인 특성이며 그것이 지닌 질서에서 즐거움이 창조되는데, 그 효과는 변형을 통해 성취되는 것으로 그것을 창출하기 위해 많은 사람이 사용하는 방법이 플롯의 대응형태를 만드는 것이라고 설명한다. 여기서 초점은 플롯의

---

6) 조너선 컬러, 이은경 외 옮김, 『문학이론』, 동문선, 1999, 136~137쪽.

대응형태다. 번역자가 대응형태라고 옮긴 말은 영어로 parallelism 이다. 보통 병렬구조라고 번역되는 말이지만 필자는 번역자의 선택이 현명했다고 판단한다. 병렬구조라고 하면 사건이 나란히 진행된다는 뜻으로 받아들이기 쉽기 때문이다. 이에 비해서 대응형태라는 말은 이야기의 앞과 뒤에 비슷한 형태의 사건과 장면이 배치되는 것을 뜻한다. 어떤 작품의 주제가 무엇인지, 서사가 무엇을 중심으로 진행되는지 파악하는 데는 대응형태를 찾는 것이 가장 효율적이다. 〈토지〉의 경우에도 플롯의 대응형태는 길고긴 작품의 핵심을 간추리는데 요긴하다. 이 소설에서 대응형태는 맨 처음과 맨 마지막에서 찾아볼 수 있다. 톨스토이의 『전쟁과 평화』에서 대응형태가 앞뒤로 가려져서 안목을 가진 사람만이 파악할 수 있는 것임에 반해 〈토지〉에서는 대응형태가 맨 처음과 맨 마지막에 배치되어 있어 선명한 모습으로 부각된다. 그 양상은 제목에서부터 찾아볼 수 있는데 제1부의 제목이 '어둠의 발소리'인 데 비해 맨 마지막 장인 제5부 7장의 제목은 '빛 속으로!'이다. 처음과 끝을 대조하면 어둠으로 들어갔다가 빛 속으로 나오는 음변양화의 모습이 확연하다. 뿐만 아니라 소설 첫 장면에서는 최치수가 사랑에 가만히 앉아 있고 동네사람들은 농악을 울리며 흥겹게 놀고 있다. 이것은 음(陰) 속에 양(陽)이 들어 있는 모습이다. 이에 비해 작품 마지막 장면에서는 장연학이 춤추고 외치며 걸어오는데 서희는 마당에 서 있다. 양(陽) 속에 음(陰)이 들어 있는 모양새다. 작가는 이 두 장면을 통해 음에서 양으로 바뀌는 역사적 전환, 우주적 대순환을 상징적으로 그려내고 있다. 이와 같은 배치는 작가가 서사는 변화를 다루는 것이고 그 변화를 압축적으로 제시하는 데 플롯의 대응형태가 효과적임을 잘 알고 있었다는 사실을 나타내준다. 그러나 이 플롯의 대응형태가 독자의 공감을 이끌어내기 위해서는 그와 같은 변형·변화가 자의적이 아니라는 점을 납득할 수 있게 제시해야 한다. 〈토지〉의 서사 전개 구조를 좀 더 세부적으로 고찰해야 하는 것은 그에 말미암는다.

5. 〈토지〉의 사건 전개 구조

조너선 컬러에 따르면, 아리스토텔레스는 플롯이 서사의 가장 기본적인 특성으로 시작·중간·끝을 가진 그 고유의 질서에서 비롯되는 리듬 때문에 즐거움을 준다고 보았다. 그렇다면 플롯이 가진 질서는 무엇이며 거기에서 생겨나는 리듬이란 무엇인가. 〈토지〉의 독자는 작품을 읽고서 어떤 리듬을 느낄 수 있다. 그 리듬에 대한 사람들의 반응은 각자의 취향이나 관점에 따라 서로 다르지만 그 반응들이 있다는 것은 각자가 어떤 방식, 어떤 정도로건 작품의 리듬을 포착하고 있다는 사실을 쉽게 알아볼 수 있게 해준다. 예컨대 1부는 극도의 긴장을 느끼게 하는데 거기에는 긴장-이완의 구조가 반복되는 양상이 뚜렷하게 드러난다. 그리고 2부로 가면 긴장의 강도가 약해지면서 긴장-이완의 리듬도 겉으로 잘 드러나지 않는다. 그러나 3부 이후에 비하면 2부는 그나마 리듬이 살아 있는 경우에 속한다. 4부와 5부는 몇 분마다 한 번씩 현악기의 줄을 퉁겨주는 듯 매우 느린 진행이어서 거기에 리듬 같은 것이 존재한다고 말하기가 쑥스러울 지경이다. 작가의 창작이 완료되지도 않았을 때부터 나타났던 4부와 5부에 대한 세간의 비판적인 시선은 주로 이 리듬에 대한 부정적인 반응과 연관되는 것으로 보인다. 그렇다면 그러한 리듬을 가진 작품에는 어떤 질서가 있는 것이고 그 질서는 작가의 창작상의 실패를 입증하는 것인지 아니면 작가가 노린 어떤 효과와 관련되는지가 궁금해진다. 이 문제를 고찰하는 데는 서술명제에 대한 츠베탕 토도로브의 견해를 참조하는 것이 도움이 된다. 토도로브는 서술의 최소단위를 서술명제로, 그보다 상위의 단위를 시퀀스로 구분하면서 완전한 시퀀스 하나는 서술명제 다섯으로 구성된다는 점을 다음과 같이 말하고 있다.

> "이상적인 이야기는 안정한 상황에서 시작하여, 그 안정한 상황이 어떤 힘에 의해 어지럽혀지고, 그 결과로 불안정한 상태가 이루어지는데, 그 힘과 반대 방향으로 다른 하나의 힘이 작용하여 안정이 회복되는 것이다. 둘째 번 안정은 첫째 번 것과 아주 비슷한 것이지만, 그러나 그 둘은 결코 같은 게 아니다. 따라서 하나의 이야기에는 두 가지 유형의 삽화들이 있게 된다 - 상태를 묘사하는 삽화들과, 한 상태에서 다른 상태로의 이행을 묘사하는 삽화들이 그것이다. 이 두 가지 유형의 구별은 바로 형용사적인 서술명제들과 동사적인 서술명제들의 구별에 해당한다."[7]

서술명제에 대한 토도로브의 분석은 많은 장점을 가지고 있다. 그 분석을 〈토지〉에 적용하면 첫 번째 안정된 상황과 다섯 번째 새롭게 안정된 상황은 형용사적인 서술명제들로 간단하게 처리될 수 있어 작품에서 매우 작은 지면을 차지한다. 소설 첫 대목의 장면과 맨 마지막 장면의 묘사, 그 장면과 연관시킬 수 있는 약간의 부연이 그에 해당된다고 할 수 있다. 그렇게 되면 작품의 서사에서 중요한 것으로 남는 것은 안정된 상황에 대한 힘의 작용과 그로 인해 초래된 불안정한 상황, 그리고 그 불안정한 상황을 안정

---

7) 츠베탕 토도로브, 곽광수 옮김, 『구조시학』, 문학과지성사, 1981, 101~102쪽.

시키기 위한 반동의 힘의 작용 이 세 가지가 된다. 〈토지〉에서 최초의 힘의 작용은 최참판가를 내부로부터 붕괴시키는 김개주-김환 부자, 조준구, 일본세력 등의 운동이라고 볼 수 있다. 평사리 사람들이 만주로 집단 탈주하는 것으로 막을 내리는 첫 번째 힘의 작용은 길상이나 송관수 등에 의해 그 뒤에도 지속되지만 일단은 1부에서 끝난다고 보아 무방하다. 힘의 작용에 의해 초래된 불안정한 상황은 2부를 중심으로 해서 3부를 거쳐 맨 마지막까지 이어진다. 최서희가 아이들을 데리고 귀국하고 길상이 용정에 남는 것은 그 불안정한 상황을 보여주는 대표적인 장면이다. 불안정한 상황을 안정시키기 위한 반동의 힘의 작용은 2부와 3부에서도 얼마간 나타나지만 그것이 집중적으로 서술대상이 되는 것은 4부와 5부에서이다. 이러한 사건 전개의 구조는 〈토지〉의 작가가 서술의 규범으로 삼은 음양오행의 질서와 맞물린다. 1부는 오행의 목(木)에 해당되는 대목으로서 억압과 그에 대한 반발이 극에 달하는데 어머니와 아버지, 할머니를 차례로 잃고 고아가 된 최서희의 극에 달한 신경질과 날카로운 반응이 그 상징이다. 거기에서는 억압이 주요기제인데, 〈토지〉를 『춘향전』의 패러디라고 할 수 있는 것은 이 억압의 기제가 두 작품에서 공통적이라는 데 근거한다. 작가가 창작의 전략상 서술의 주축으로 삼은 최서희는 2부에서는 사업을 크게 확장하고 결혼을 한다. 이것은 목화토금수(木火土金水)로 구성되는 오행의 상생 질서에서 화(火)가 넓게 퍼지는 입사귀의 형상으로 표상되고, 그 화(火)의 한 가운데에 중하(仲夏)라고 하여 토(土)가 자리 잡는 것과 일치한다. 최서희는 밖으로 뻗히려는 힘(원심력)을 안으로 끌어당겨(구심력) 결혼을 하고 아이들을 낳는다. 토(土)가 꽃으로 표상되고 꽃은 풀이 변한다는 의미에서 화(花)라는 이름을 얻고 있는 것과 상응하는 양상이다.

3부는 오행의 금(金)에 해당한다. 나무가 씨앗을 얻기 위해 과일을 키우듯이 소설은 몇 군데 중요한 지역을 중심으로 전개되며 서술 또한 그 지역들에서만 부분적으로 유기적인 형태를 간직한다. 이 3부에서 지식인들, 신세대들이 등장하여 한일문화론을 펼치는 것도 오행의 순서와 일치한다. 과일이 유전자를 보전하기 위한 나무의 선택이라면 사람에게서는 문화가 유전자이고 자신의 문화를 융성하게 하기 위한 노력은 필연적으로 문화론으로 표출될 수밖에 없다. 이 점에서 4부와 5부가 씨앗을 상(象)으로 하는 수(水)에 해당되고 살아남으려는 생존의 도모가 핵심적인 과제가 되는 것은 쉽게 이해된다. 많은 사람이 징병·징용을 피해 지리산과 같은 산야로 흩어져가고 그런 가운데서 모든 사람이 한 마음 한 뜻으로 일본제국의 패망을 간절히 기원하는 것은 당연지사이다. 작가는 이 지점에서 사람의 말씀이 영성의 표현이며 그런 차원에서 말씀은 곧 행동이라는 말을 여러 차례 적고 있는데 이것은 토도로브가 말한 반동의 힘을 이해하는 데 필수적인 사항이다. 다시 말해서 토도로브의 서술명제 이론을 참조할 때 불안정한 상황을 극복하고 새로이 안정된 상황을 가져오려면 반동의 힘이 작용해야 한다. 그러나 〈토지〉에는 이 반동의 힘이 불안정한 상황에 작용하여 새로이 안정된 상황을 조성하게끔 작용하는 양상이 구체적으로 나타나지 않는다. 이럴 경우 조선민족이 일구월심 목이 빠져라 기다리고 기다리던 해방은 연합군의 승리가 가져다준 부산물에 지나지 않는 것으로 처리되고 만다. 한국현대사를 기술한 역사가들이 이와 같은 역사인식에서 얼마만큼 벗어났는지는 모르지만 작가가 이 문제에 모르쇠하고 있었다든가 대책이 없었다면

〈토지〉는 그저 그렇고 그런 사실주의 작품의 수준에서 벗어나지 못했을 것이다. 하지만 작가는 이 문제가 지니는 의미를 깊이 성찰했고 그 성찰을 통해 자신의 소설에 대해 이러쿵저러쿵 입방아를 찧어대던 세간의 사람들은 감히 생각지도 못했을 대책을 세워 두고 있었다. 작가가 이룬 문학적 혁신은 어찌 보면 그 대책을 성공적으로 형상화함으로써 이룬 업적이라 하여 지나칠 게 없다.

6. 관심의 통일

〈토지〉는 1부와 2부를 통해 문학적 성가를 얻었다. 그러나 3부를 지나 4부를 쓸 무렵에는 점차 비판적 평가가 세를 얻었다. 작가가 작품의 길이를 늘이느라 끝낼 곳을 놓쳤다는 것은 누구나 수긍하는 일종의 공론이었고 작가가 오랜 작업 도중에 긴장의 끈을 놓았다든가 소설로서는 지나치게 담론만 무성하다는 의견은 문학에 대해 식견이 있는 사람들에게서도 쉽게 들을 수 있었다. 이와 같은 의견들이 사시이거나 단지 편견에 사로잡힌 안목이라고 하는 것은 그다지 마땅치 않다. 지금이라 하더라도 〈토지〉 전체를 읽으려는 사람들에게 3부 이후의 전개는 지지부진하게 느껴지는 것이 숨길 수 없는 사실이다. 사정이 이러할진대 중론을 무시하고 작가와 작품을 일방적으로 옹호하는 편에 서기도 쉽지 않은 일이다. 그렇다면 작가는 정말로 길고긴 작품을 쓰는 데 지쳐서 태만해졌거나 창작역량이 고갈되었는가. 〈토지〉 1부와 2부에서 소설 읽는 재미를 느꼈던 사람들에게 그런 의문은 자연스러운 것이다. 하지만 토도로브의 서술명제 이론에 비추어보면 독자가 3부 이후의 전개에서 허방에 빠진 것 같은 느낌을 갖게 되는 것은 불안정한 상황을 안정시키기 위한 반동의 힘이 제대로 표현되지 못한 것과 연관이 있다. 1부와 2부가 독자들의 기대를 충족시키는 데 크게 부족함이 없었던 것은 그것들이 사실주의적 기율을 지킨 것과 무관하지 않다. 그렇지만 항일세력이 현실적으로 조선의 강토에 발을 붙이기조차 어려운 상황에서 그것을 상상력으로 꾸며내는 것은 자기만족은 될지 몰라도 문학적 규준에 적합한 것은 아니다. 이 난경을 극복하기 위해 작가가 선택한 방책은 고대 그리스의 비극작가 에우리피데스의 형상화 방법을 창조적으로 변용하는 것이다.

박경리의 〈토지〉는 어찌 보면 에우리피데스의 「트로이의 여인들」에서 전범을 찾은 작품이라고 할 수도 있다. 에우리피데스는 「헤카베」, 「트로이의 여인들」같은 작품에서 사건들이 끝난 뒤를 다루는 수법을 선보였다. 아이스킬로스가 사건이 일어나기 전에 초점을 맞추었고, 소포클레스가 사건 자체에 초점을 맞추었다면 에우리피데스는 사건이 끝난 뒤에 초점을 맞춘 작가였다. 이 점을 감안하면 〈토지〉가 역사적 사건의 재현을 제쳐놓고 그 사건이 끝난 뒤를 살아가는 사람들을 묘사했다는 것은 에우리피데스에게서 배운 수법이라고 할 수도 있다. 에우리피데스는 「트로이의 여인들」에서 자신의 방법을 통해 눈처럼 차곡차곡 쌓이는 슬픔을 표현했고, 아리스토텔레스는 그러한 비극이 가장 비극적인 비극이라고 말한 바 있다. 전쟁에서 패배한 트로이의 여인들이 끝없이 주절거리는 말들을 통해 자신의 처지를 정리하고 살아갈 힘을 얻었듯이 반동의 힘을 사실적으로 묘사할 수 있는 길이 막혀 있는 상황에서 박경리는 조선민족이 겪고 있는 참경을 하나하나 묘사하는 방식을 채용함으로써 타개책을 마련했다. 이 방식이 적용된 대목을 중시한 김진석은 〈토지〉에 다하소설이라는 이름을 붙였다. 작은 사건들이 모여서 큰 강을 이루는 대하소설이 아니라 자그마한 사건들이 나타났다가 사라지고 다시 나타났다가 사라지는 양태를 포착하여 거기에 다하소설이라는 이름을 부여한 것이다. 이 개념은 〈토지〉 후반부가 지닌 표면적 특징을 잘 나타내주고 있다. 그러나 그것이 만족스러운 개념이 되지 못하는 것은 박경리의 작품에는 땅 속으로 숨었다가 어딘가에서 나타나고 나타났다가는 또 다시 숨어버리는 양태만으로 한정지을 수 없는 또 다른 특징이 있기 때문이다. 그 특징은 작가가 슬픔이 눈처럼 차곡차곡 쌓인다는 특성을 이용하면서도 그 작은 사건들이 일정한 시점에서 하나로 통일되는 기제에 착안한 데서 드러난다. 이 방식은 일찍이 프랑스의 라 못트에 의해 관심의 통일이라는 이름을 얻은 형상화 방법이다. 그것의 특징은 아리스토텔레스의 플롯의 통일과는 달리 독자의 관심에 따라 분리된 것처럼 보였던 것들이 통일된다는 특성에서 찾을 수 있다. 풀어서 이야기하면 〈토지〉의 1부와 2부가 행동의 통일 원리에 근간을 두고 창작된 것이라면 3부부터 4부와 5부는 관심의 통일 원리에 바탕을 두고 있다고 할 수 있는 것이다. 그것이 〈토지〉의 작가가 이룬 문학적 혁신이었고 고전의 창조적 변용이었다. 이 관심의 통일에 의해 〈토지〉는 사실주의 기율을 지키면서 형상화하기 어려웠던 반동의 힘의 작용을 표현할 수 있게 되었다. 과일이나 씨앗처럼 작은 것들이 흩뿌려져 있는 상태에서, 그 미약한 것들이 관심의 통일에 의해 거대한 반동의 힘을 행사하는 존재로 전환되는 기제가 마련된 것이다. 이렇게 말하고 보면 작가는 필요에 따라 어떤 곳에서는 행동의 통일 법칙을 따르고 다른 곳에서는 관심의 통일 방법을 원용한 것처럼 보일 수 있다. 분명 〈토지〉에는 행동의 통일과 관심의 통일이라는 두 개의 통일 방법이 공존하지만 그것이 임의적으로 이용할 수 있는 것으로 처리되고 있지는 않다. 그 이유는 작가가 몸과 마음의 관계를 통해서 두 가지 통일의 원리를 적용시키고 있기 때문이다. 곧 몸은 처음에는 통일되어 있지만 나중에는 흩어져 가는 것이고, 마음은 처음에는 뿔뿔이 흩어져 있었지만 나중에는 통일되어 가는 것으로 처리하고 있다. 통일되어 있던 것들이 분산되어가고 분산되어 있던 것들이 통일되는 과정은 작품 속에서 눈에 띄지 않게 은밀히 교차되고 있다. 사람들이 전쟁에서 살아남기 위해 산야로 흩어져 가는 것은 몸의 분산이며 그렇게 흩어져 있으면서도 한 마음 한 뜻으로 일본의 패망을 간절하게 기원하고 말씀을 통해 영성을 표현하는 것은 마음의 통일이다. 따라서 독자는 몸에서는 관심의 통일 방법을 써야 하고 말씀에서는 행동의 통일을 읽어내야 한다. 이 행동의 통일과 관심의 통일은 최종적으로 관심의 통일에 의해 하나로 수렴되는데 그 양상은 작품의 끝내기 수법을 통해 살펴볼 수 있다.

7. 서사의 완결과 아이티온

  플롯에는 처음과 중간과 끝이 있어야 하고 그것들은 상호 긴밀히 관련되어야 할 뿐 아니라 개연성의 법칙에 따라야 한다고 보았던 사람은 아리스토텔레스다. 이것은 작품의 완성, 서사의 완결 문제를 지적한 것으로 보아 무방하다. 〈토지〉는 하나의 안정된 상황에서 새로이 안정된 상황으로 변화해가는 과정을 서술하기 위한 여러 요건을 구비하게 되었다. 일본의 침략에 의해 식민지 노

예가 된 조선인들은 끝내 자신이 놓인 지위에 승복하지 않았다. 일제가 헌병통치를 통해 치안을 확보하고 있었다 하더라도 조선인들이 마음으로 불복하고 있는 이상 그것은 불안정한 상황이다. 그러나 조선민족이 그 불안정한 상황을 타개하고 새로이 안정된 상황을 가져올 행동으로 나아갈 수도 없었다. 그저 마음으로만 일본의 패망을 기원하고 일본인들의 뒷전에서 몇 마디 짧은 말로 그들을 욕하는 것이 전부였다. 이러한 상태에서 서사는 완결될 수 없다. 〈토지〉의 서사가 완결되기 힘든 함정에 빠졌다는 것은 평범한 일반 독자들도 느끼고 있었다. "끝낼 곳을 놓쳤다"는 일반 독자들의 직감은 합리적인 타당성을 지니고 있었다. 그 직감의 타당성은 〈토지〉를 다하소설로 포착한 시각에서도 확인된다. 모래 속으로 스며들었다가 바위 틈 사이로 스며 나오는 물줄기, 있는가 하면 사라졌다가 뜻하지 않은 곳에서 존재를 드러내는 인물들. 이 다하소설의 구조에서 문제가 되는 것은 어느 지점에서 서사를 끝낼 것인지 결정하기 어렵다는 점이다. 대하소설은 물줄기가 합쳐져 큰 흐름을 이루는 곳에 댐을 막으면 자연스럽게 끝난다. 모든 사태가 그 결말을 통해 일사분란하게 정리될 수 있다. 그러나 다하소설에서는 하나의 물줄기를 막으면 다른 곳에서 물이 새어나오고, 하나의 사건을 끝맺었다고 할지라도 끝을 맺어주기를 기다리는 사건들이 도처에 가로 놓여 있다. 이러한 상태는 관심의 통일 이론을 적용해도 크게 달라지지 않는다.

관심의 통일은 서로 상관이 없는 것들이 일정한 관심이나 시각에 따라 하나로 합쳐지면서 효과를 내는 방식을 가리킨다. 이와 같은 사태는 에우리피데스의 「트로이의 여인들」에서 전형적인 사례를 찾아볼 수 있다. 멸망한 트로이의 여인들, 헤카베, 카산드라,

안드로마케, 헬렌 등이 차례로 등장하여 현재의 상황에 대한 자신의 입장과 감정을 표현한다. 여기서는 그 감정들이 눈처럼 차곡차곡 쌓이는 효과가 나타나지만 헬렌의 경우에는 희극적인 요소로 인해 쌓인 눈을 헤쳐 버리는 방식으로 작용하기도 한다. 〈토지〉의 경우 그 양태는 더욱 다채로운 방식으로 나타난다. 끊임없이 눈물을 흘려 눈이 짓물러진 성환할머니가 있는가 하면 조준구나 우개동처럼 일본의 세력을 등에 업고 사익을 추구하는 인물이 있다. 그렇다 하더라도 전체적으로 슬픔과 분노가 눈처럼 쌓이는 효과를 낸다는 점에서 〈토지〉는 「트로이의 여인들」과 동질성을 지닌다. 이 점에 착안하여 「트로이의 여인들」과 〈토지〉의 끝내기 수법을 비교하면 전자가 동일한 거리에서 초점을 맞출 수 있는 사건들을 나열하고 끝나버리는 데 반해서 〈토지〉는 첫 장면과 마지막 장면의 대응형태를 통해 변화를 표현하고 있고 그 변화는 불안정한 상태를 안정시키기 위한 반동의 힘이 작용했음을 나타내주고 있다. 그렇다면 반동의 힘을 행사한 주체는 누구인가? 다하소설이라든가 눈처럼 차곡차곡 쌓이는 슬픔에 대한 논의를 통해서 우리는 작품 속에 파편처럼 흩어져 있는 작은 조각들이 반동의 힘을 누적시키고 있다는 점을 알 수 있었다. 그럼에도 불구하고 〈토지〉의 서사가 온전한 것이 되기 위해서는 반동의 힘을 행사하는 행동의 주체가 있어야 한다. 행동의 주체 문제에 대하여 여기에서 생각할 수 있는 답변의 하나는 권투에서 비유를 끌어낼 수 있는 것이다. 즉 권투에서 잽을 많이 얻어맞은 선수는 그 누적 효과에 의해서 의식이 몽롱해지고 행동이 느려지며 종내는 그로기 상태에 내몰려 매트 위에 나동그라진다. 그와 같이 식민자의 폭력과 수탈에 시달린 조선인들 하나하나가 일본의 패망을 진심으로 기원하고 영성의 표현인 말씀으로 행동함으로써 일본제국이 마침내 쓰러지게 되었다고 생각하는 방식이다. 이러한 답변이 현실성이 없다고 생각하는 경우 조선민족의 진정한 마음과 감정을 하나로 수렴한 어떤 신적·초월적 존재가 있어 일본제국을 스트레이트 한 방으로 쓰러트렸다고 생각해 볼 수 있다. 이 생각은 엉뚱한 것으로 받아들여질 수도 있지만 말씀을 영성의 표현으로, 그리고 힘으로 파악하는 〈토지〉작가의 사고에는 근접한 면이 있다. 그렇지만 오늘날과 같이 문명개화한 사회에서 신적 존재를 작품의 주동인물로 설정하는 데 대하여 독자들이 납득 하겠는가. 이 난관을 헤쳐 나가기 위한 작가의 대비책은 무엇인가.

　〈토지〉는 1부와 2부에서 행동을 중심으로 사건을 서술한다. 3부에 이르면 행동과 말씀이 같은 비중을 차지하고 4부와 5부에서는 행동보다도 말씀이 우위에 놓인다. 이런 변화는 작가가 자각하고 있는 양상인데, 그 증거는 말씀을 영성의 표현으로, 그리고 그 말씀이 행동과 같이 힘을 지닌다는 것을 도처에서 누누이 언급하고 있는 데서 드러난다. 이런 변모가 일어나지만 작가가 일부러 행동보다도 말씀을 중시하여 처리하고 있다고 볼 수는 없다. 씨앗처럼 작은 사건들이 흩뿌려져 있는 상태를 서술하고 묘사하는 작가의 태도는 사건의 긴박한 전개가 있고 긴장이 독자를 압도하는 1부나 2부와 크게 다를 것이 없다. 이 양상은 해방을 묘사하는 대목에서도 확인할 수 있다. 작가는 겨우 두 페이지 남짓한 길이로 그렇게 기다리고 기다리던 해방의 상황을 묘사하고 있을 뿐이다. 그리고 그것이 소설의 끝이다. 해방이란 사건조차 에우리피데스의 「트로이의 여인들」의 끝과 같이 관심의 통일의 한 대상일 뿐인 것으로 처리되고 있다. 그러나 이 끝의 의미는 심상한 것이 아니다. 아리스토텔레스의 플롯 이론에 따르면 처음은 어떻게 시작하든 상관없지만 끝은 개연성의 법칙에 따라야 하고 그것은 필연의 느낌을 고양해야 한다. 하지만 작품에 따라서는 여러 문제가 복잡하게 꼬여서 끝을 맺기 어려운 경우가 있다. 에우리피데스는 이런 문제를 해결하는 데 신을 등장시켜 작품을 종결짓는 수법을 썼다. 아리스토텔레스에 의해 비난 받은 데우스 엑스 마키나의 수법이 바로 그것이다. 아리스토텔레스의 관점에 따르면 신적 존재를 통해 제기된 여러 가지 문제를 자의적으로 처리하는 것은 개연성의 법칙에 어긋난다. 그러나 아리스토텔레스란 대가의 비난에도 불구하고 데우스 엑스 마키나의 수법은 후대의 작가들도 자주 사용하는 기법이 되었고 현대에 이르러서는 작품을 종결짓는 유력한 한 방법으로 받아들여진다. 〈토지〉의 경우에도 해방은 일종의 데우스 엑스 마키나의 출현이라고 할 수 있다. 신적 존재가 수레를 타고 나타난 것은 아니지만 해방이란 역사적 사건에 의해 작품에서 착종된 사건들은 일거에 해결되고 독자는 서사가 완결되었다는 느낌을 갖게 된다. 이와 같이 신적 존재가 실제로 출현하는 것은 아니지만 역사적 기념물에 의해 데우스 엑스 마키나의 기능을 수행하는 방법을 H. D. F. 키토는 '아이티온'이라고 부르면서 다음과 같이 설명한다.

> "이 아이티온의 방법을 왜 이야기꾼들이 좋아하는가 하는 질문은 비평가보다는 심리학자들에게 주는 질문이다. 그것들은 이야기에 진실감을 부여한다. 왜냐하면 청중은 설명된 이야기가 실제로 존재하므로 그 이야기는 진실임에 틀림없다고 주장할 것이다. 그렇지 않으면 그것은 이야기의 허구적 세계와 이야기가 끝났을 때 다시 주도권을 장악할 현실세계 사이에 놓이는 중간지점의 주막집일 것이다. 그 주

막집은 이야기가 변용의 불꽃 속에서 끝나지 않을 때 분명한 이점을
갖는다. 그 심리학적 설명이 무엇이건 간에 아이티온이 나타날 때
희곡이 끝나는 것은 분명하다. 그것은 끝났다는 종지감을 강화하고
하나의 희곡이 아리스토텔레스적인 종국에 도달하는 것이 아니라 단
지 멈추기만 할 때 사용되곤 한다."[8]

〈토지〉의 작가는 창작이 완료된 뒤 가진 한 인터뷰에서 이 소
설이 얼마든지 더 이어질 수 있는 작품이라고 말했다. 그 이유는
〈토지〉의 종결이 허구의 세계와 현실세계 사이에 있는 일종의 주
막집이기 때문일 것이다. 그렇다 하더라도 〈토지〉는 신적 존재를
등장시키지 않고서도 작품의 막을 내렸다. 반동의 힘은 소설의 형
상 속에 충분히 표현되었고 그 힘의 작용으로 새로이 안정된 상
황으로 나아갈 수 있는 변화의 기틀도 마련되었다. 그로 인해, 역
사적 기념물인 해방이 조선민족의 영성이 통일되어 이루어진 신
의 강림인지 아닌지 더 따질 필요는 없지만, 독자는 데우스 엑스
마키나의 현대판인 아이티온에 의해 이루어진 서사의 종결에 만
족하면서 가벼운 마음으로 책을 덮을 수 있게 되었다.

---

8) H. D. F. Kitto, *Greek Tragedy*, London, 1976, p.286.

참고 문헌

1. 기본 자료

박경리, 〈토지〉 1~21권, 나남출판사, 2002.
_____, 『문학을 지망하는 젊은이들에게』, 현대문학사, 1995.

2. 단행본 및 논문

다케다 다이준, 이시헌 옮김, 『사마천과 함께 하는 역사여행』, 하나미디어,
      1993.
왕수런, 「신은 죽었다, 도는 아직 있다」, 〈세계석학초청강좌〉, 2007. 12. 6.
츠베탕 토도로브, 곽광수 옮김, 『구조시학』, 문학과지성사, 1981.
킴바라세이고, 민병산 옮김, 『동양의 마음과 그림』, 새문사, 1994.
H. D, F. Kitto, *Greek Tragedy*, London, 1976.

〈토지〉의
역동적인 가족서사 연구
― '성장·변신' 원리와
'대조'의 원리를 중심으로

김승종

1. 들어가는 말

〈토지〉는 동학농민혁명 직후부터 8·15 해방일까지의 시기를 다루면서도 중요한 역사적 사건들은 자세히 언급하지 않거나 생략해 버리는 경우가 비일비재하다. 최유찬은 이 작품이 "역사사건에 대한 서술을 일부러 배제한 듯이 구성되어 있으면서도 작품을 읽고 나면 소재가 된 시대의 역사와 중요 사건들이 독자에게서 생생하게 되살아난다. 이는 이 작품이 역사적으로나 개인사적으로 중요한 사건들을 일부러 생략시킴으로써 그러한 주요 사건들이 인간의 일적 삶과 내면에 끼친 구체적 영향을 그려내는 데 주력한 작품임을 알 수 있게 한다."고 하였다.1) 또한 〈토지〉는 전체적으로 "최참판의 몰락(강간, 불륜, 살인, 전염병, 조준구의 재산 가로채기)→새로운 질서(회복과 생성)→견딤→광복"이라는 큰 흐름을 취하고 있으며, "후반부로 갈수록 초반부에서 볼 수 있는 밀도 있는 사건전개는 줄어들고 대화와 에세이적 서술이 많아진다."는 지적도 최유찬, 김진석 등에 의해 지적된 바 있다.2)

이 작품의 서사 구조에 대하여 천이두는 "〈토지〉가 주인공이 없는 서사구조를 취하고 있다."고 하였고,3) 이덕화는 〈토지〉의 인물

---

1) 최유찬은 이 논문에서 "〈토지〉의 1부는 동학혁명, 2부는 한일합방, 3부는 3.1운동, 4부는 만주사변과 중일전쟁, 5부는 태평양전쟁 등을 다루고 있다. 이처럼 〈토지〉는 분명 중요한 역사적 사건을 시간적 배경으로 삼고 있다. 그러나 작가는 이 사건들을 직접 묘사하지 않는다. 다만 그 사건들을 겪고 나서 살아가는 사람들의 일상적 삶을 묘사할 뿐이다."라고 하며 여담과 틈이 많이 존재하는 〈토지〉의 서사적 특질을 규명하고 있다. 최유찬, 「〈토지〉의 장르론적 고찰」, 264쪽.

2) 최유찬은 〈토지〉에서 역사적 사건은 대부분 작품 속에 구체적인 모습을 드러내지 않고, 다만 그 사건들과 연계되어 있는 조선 민초들의 고달픈 삶의 이야기가 주요내용을 이루고 있다고 하였다. 최유찬, 『〈토지〉를 읽는다』, 솔, 1996, 186쪽.

을 추동하는 것은 핏줄에 토대를 둔 가족주의와 개인의 생존 논리인 '한'이라고 하였다.[4] 이상진은 〈토지〉의 등장인물들이 나름대로 짊어지고 있는 한과 그것의 극복을 통한 개인의 삶의 존재방식의 다양함을 보여주고 있다."고 하였다.[5] 이들 모두 '한(恨)'과 '가족 의식'을 〈토지〉의 서사를 작동시키는 주요 원리로 보고 있다.

〈토지〉에는 수많은 가족 단위들이 등장한다. 최참판가의 경우에는 표면적으로는 5대(윤씨 부인, 최치수, 최서희, 최환국, 재영 등으로 이어지는)가 등장한다고 할 수도 있지만, 윤씨 부인, 별당아씨, 서희로 이어지는 여성 3대의 서사가 작품의 중심을 이루면서, 최치수와 김환, 김길상(최길상), 환국과 윤국 등으로 이어지는 남성 3대의 서사가 서로 중첩되고 교차되는 가운데, 가족 구성원들과 재산과 명예 등을 지키고자 하는 구심력과 가족의 한계를 초극하여 민족공동체에 기여하고 모든 생명체를 포용하고자 하는 원심력이 동시에 발현되는 역동적 구조를 취하고 있다.[6]

이 글에서는 〈토지〉의 가족서사를 분석하되, 3대에 걸친 인물들이 각각 성장하고 변신하는 과정을 통해 가족서사를 민족서사로, 나아가 생명서사로까지 확산시켜 나가는 양상과 등장인물들이 서

---

3) 천이두는 "주인공이 없다는 것은 각 개인이 자기 나름의 한을 쌓기도 하고 풀기도 하는 고유의 삶을 살아가고 있음을 보여준다."고 하였다. 천이두, 「한의 여러 궤적들」, 『현대문학』, 1994. 10, 120쪽.

4) 이덕화, 「〈토지〉의 서사구조와 능동적 공동체」, 『토지학회 2015 가을 학술대회 자료집』, 2015. 10, 9쪽.

5) 이상진, 「인물의 존재방식으로 본 〈토지〉」, 『〈토지〉 연구』, 월인, 1997, 9쪽.

6) 김은경은 "최서희가 완전한 탈환 이후에 느꼈던 허무함을 '군자금 지원의 형태로 항일 운동에 간여하는 것'으로 극복해 간다고 하였다. 곧, "가문을 절대의 가치로 여기던 최서희가 삶의 지평을 확대하여 민족의 문제와 접속하는 결과를 낳고 있다."라고 지적하고 있다. 김은경, 『박경리 문학연구』, 소명출판, 2014, 231쪽.

로 대조되는 양상에 주목하고자 한다. 1대와 2대를 거쳐 3대에 이르는 과정은 때에 따라서 긍정적으로 성장·변신하는 과정일 수도 있고, 반대로 원한과 증오로 말미암아 악화되어가는 과정일 수도 있다. 또한 1대가 쌓은 악업을 2대에 이르러 그것을 정화하고 승화시켜서 3대에 이르러 정상적 삶을 회복하는 경우도 있다. 이 작품은 '가족에게 있어서 대를 잇는다는 것의 진정한 의미가 무엇인지'에 대해 가족 구성원들이 성장하고 변신하며, 때로는 타락하는 과정 등을 통해서 보여준다. 또한 이러한 가족들의 서사가 모여 큰 강물처럼 민족서사를 이루고, 그리고 나아가 생명서사를 이루어 나가는 과정을 이 작품은 동시에 보여준다.

이처럼 〈토지〉는 가족서사의 형식을 취하고 있으면서도 가족서사의 한계를 끊임없이 초극하여 민족서사와 생명서사로 나아가고자 하는 확산적이면서도 역동적인 서사구조, 곧 원심력과 구심력이 동시에 작동하는 서사구조를 지니고 있다. 이 논문에서는 〈토지〉의 역동적인 가족서사 구조를 가능하게 만들고 있는 '성장·변신'의 원리와 '대조'의 원리가 이 작품의 서사에 작동되는 양상을 밝혀 보고자 한다.

2. '성장·변신'에 의한 가족서사와 민족서사

1) 최참판가 여인 3대의 '성장·변신'의 서사

〈토지〉의 가족서사에는 '성장·변신'의 원리가 주요 등장인물들의 삶에 적용되는 경우가 많다. 별당 아씨와의 불륜, 사랑의 상실 등을 경험한 김환이 동학당의 지도자로 거듭 태어나는 것, 백정의 딸과 결혼하여 천민으로 신분이 격하된 송관수가 항일운동을 하는 것, 조병수가 극악무도한 부모에게서 태어나고 꼽추라는 장애를 지니고 있으나 소목장으로서 눈부신 성취를 이루는 것, 김길상이 하인 출신이라는 신분적 열등감을 항일운동과 관음탱화 조성으로 극복하는 것, 조영하와의 불행한 결혼 생활 끝에 위자료로 받은 거액을 임명희가 항일운동을 위해 쾌척하는 것, 유인실이 일본인 오가다의 아이를 낳고 항일운동전선에 뛰어든 것, 김두수에게 농락당한 심금녀가 벽에 머리를 부딪쳐 자살하면서까지 인간적 존엄성을 지키고자 했던 것 등, 〈토지〉에 등장하는 주요인물들이 보이는 인생 행보에 '성장·변신의 원리'는 작동되고 있다.

그 중에서도 최참판가 여인들인 윤씨 부인과 별당아씨, 그리고 최서희 등 세 여인은 모두 김개주, 김환, 김길상 등과 강간, 불륜, 낙혼이라는 평범하지 않은 남녀관계를 맺고 있다. 이 장에서는 이들이 가문에 닥친 위기를 극복하고자 하는 구심력과 가문의 틀을 벗어나 새로운 세계를 지향하고자 하는 원심력이 어떤 길항 관계를 이루고 있는지 살펴보고자 한다.

(1) 윤씨 부인의 '은밀한 변신'의 서사

윤씨 부인은 표면적으로는 평사리 내에서 풍부한 재력과 참판댁이라는 양반가 권위를 바탕으로 평사리를 지배하였으나, 실상 적지 않은 내면적 고통을 겪은 인물이다. 특히 김개주로부터 당한 강간은 최참판가 몰락의 단초를 제공하는 계기로 작용한다. 만일 김환이 출생하지 않았더라면 이후에 발생하는 별당아씨의 출분, 최치수 살해 사건, 조준구의 재산 가로채기 등도 발생하지 않았을 수도 있다.

윤씨 부인에게는 본인은 물론, 최씨 가문에게도 치명적일 수 있는 비밀이 있었다. 바로 동학군 장수 김개주의 아들 김환을 출산한 사실이다. 이 사실은 우관, 문의원, 월선 모 등만이 아는 비밀이다. 윤씨 부인은 물론, 이 비밀은 다행히 누설되지 않았다. 그러나 아들 최치수는 모친의 비밀을 감지하고 방황한다. 무분별한 방탕 끝에 치수는 생식 능력을 상실하고 정신적으로도 피폐해진다.

윤씨 부인은 비밀이 외부로 알려지는 것은 막았지만 결국 이 비밀로 말미암아 발생된 집안 내 패륜과 참극은 막지 못하였다. 김환이 며느리와 더불어 도주하게 되자 최치수는 아내를, 서희는 모친을 잃게 된다. 또 이는 최치수 살해와 조준구의 재산 가로채기로 이어진다. 이와 같이 김개주의 윤씨 부인 겁탈 사건은 그녀 자신을 위기로 몰아넣을 뿐만 아니라 최치수, 별당아씨, 최서희 등 가족 구성원 모두에게 부정적 영향을 끼친다.

이처럼 김개주로 인하여 큰 위기를 맞이하기도 하였던 윤씨 부인은 은밀하게 지리산 동학 세력들에게 토지를 기부한다. 비록 김개주가 윤씨 부인 개인에게는 치명적 상처를 남긴 인물이지만 국가와 민족을 위해 목숨을 바친 뛰어난 지도자였고, 자신의 아들 김환의 아버지이기 때문에 윤씨 부인은 나름대로 애틋한 마음을 지니게 되었던 것으로 보인다. 만일 윤씨 부인이 토지를 기부하지 않았더라면 윤도집, 지삼만, 강쇠, 송관수 등 동학 세력이 김환을 중심으로 항일세력을 구축하기 어려웠을 것이다. 윤씨 부인에 대한 김개주의 행위는 윤씨 부인과 최참판가를 위기로 몰아넣은 '겁탈' 사건은 윤씨 부인의 지리산을 중심으로 활동하는 동학당에 대한 은밀할 기부로 이어짐으로써 〈토지〉가 가족서사의 한계를 넘어 민족서사로 나아갈 수 있는 계기를 마련해 준다.[7]

〈토지〉에 별당아씨는 거의 직접적으로 모습을 드러내지 않는다. 김환과 별당아씨가 어떻게 깊은 사랑을 나누게 되고 함께 도주하게 되기까지 작가는 전혀 알려주지 않는다. 이른바 '생략'의 기법이 사용되고 있다. 김환과 별당아씨와 관련된 내용은 평사리 주민의 대화 내용 중에 섞여 있거나 김환의 회상을 통해서 단편적으로 드러날 뿐이다. 작가는 이와 같은 과감한 생략 기법을 통해 독자들이 남녀 간의 애정보다는 김환이 항일운동의 지도자로서 다시 태어나는 것에 주목하게 한다.

김환과 별당아씨의 사랑은 그러나 김개주에 의한 윤씨 부인과의 관계보다는 진전된 양상을 보인다. 윤씨 부인이 강제적으로 김개주와 관계를 맺었다면 별당아씨는 자발적으로 김환을 선택하였다. 병약했던 별당아씨는 김환과의 도피 생활 끝에 가난하지만 행복하게 살다가 젊은 나이에 세상을 뜬다. 작가는 윤씨 부인과 별당아씨가 남편이 아닌 다른 남성들과 맺는 혼외 관계를 통하여 기존의 봉건적 신분질서가 서서히 무너져가는 과정을 보여준다.[8]

---

7) 윤씨 부인이 '실절'이라는 위기를 동학당을 지원하는 것으로 승화시키는 것은 이 작품이 가족서사에서 민족서사로 발전시킬 것이라는 점을 암시하고 있다. 이는 훗날 최서희가 조준구로부터 재산을 되찾았음에도 불구하고 깊은 허무감에 빠져 있다가 남편과 지리산 항일세력을 위해 거액을 쾌척함으로써 일정하게 허무감을 극복하는 것으로 이어진다. 이처럼 〈토지〉는 개인적인 문제를 가족적인 문제로, 나아가 민족적인 문제로 확산시켜 나가는 구조를 취하고 있다 하겠다.

8) 별당아씨와 김환의 사랑에 관한 서사는 대부분 생략으로 처리되거나 소문, 혹은 김환의 추억으로 처리되고 있기 때문에 유난히 '틈'이 많은 서사라 하겠다. 〈토지〉는 이처럼 '틈'이 큰 만큼 더 큰 에너지가 발산되는 서사적 양상을 띠고 있다. 김환과 별당아씨의 사랑, 별당아씨의 죽음이 큰 '틈'으로 처리된 만큼(이 작품에서 '틈'은 또한 '허무'로 표현되어 있기도 하다.) 김환의 항일운동은 더욱 치열하게 전개되고 있다. 또한 윤씨 부인과 별당아씨가 김개주, 김환 등과 혼외 관계를 맺고 있는 것과는 대조적으로 서희는 길상과 정식으로 혼인을 맺고 있는 점은 주목을 요한다. 이는 봉건적 질서가 완전

(2) 최서희의 '성장·변신'의 서사

최서희는 〈토지〉 전체를 통해 가장 중요한 인물이고 1부부터 5부에 이르기까지 전편에 걸쳐 등장하는 인물이다.9) 어린 시절부터 서희는 당찬 모습을 보여준다. 조준구 편에서 서서 농민들을 괴롭히던 삼수를 매섭게 응징하거나 조병수와의 혼인을 단호하게 거절하는 등, 자존감이 강한 면모를 보인다. 윤보, 이용, 길상 등이 조준구를 제거하는 데 실패하자, 서희는 만주 용정으로 이주하여 사업가로 성공한다. 이 과정에서 서희는 친일협력도 마다하지 않으며 하인 신분이었던 길상과 결혼한다. 재산을 되찾겠다는 서희의 구심력적인 일념이 그녀로 하여금 신분적 장벽을 스스로 허물게 만든 것이다.

그러나 재산을 되찾고 진주에 정착한 서희는 깊은 허무감에 빠진다. 그녀를 그 허무감에서 구원해 준 것은 아들과 봉순의 딸 양현, 그리고 남편에 대한 사랑이었다. 특히 아들들을 '종의 아들'이 아닌 '나라 위해 몸 바친 분의 아들'로 키우기 위해 서희는 최선을 다한다. 김환을 숨겨주거나 항일운동세력에게 군자금을 지원하고 길상이 이끄는 지리산 항일 세력에 토지를 기탁하는 등의 행위를 통해 그녀는 허무감을 점차 극복해 간다. 또한 이 허무 극복의 과정을 통해 서희는 자연스럽게 민족공동체에 기여하는 삶을

___

히 무너지고 근대적 질서가 비로소 자리 잡기 시작하였음을 시사한다.

9) 물론 최서희의 비중이 3부 이후에 현저하게 줄어드는 것은 사실이다. 그러나 5부 마지막 장면을 최서희가 장식할 정도로 최서희의 비중은 〈토지〉 전편에 걸쳐서 매우 중요하다. 또한 재산을 조준구로부터 되찾은 이후 엄습해온 허무감을 극복해 가는 과정은 주제의 측면에서 볼 때 오히려 1~2부보다 훨씬 크다. 〈토지〉라는 작품에서 독자가 '서술된 부분'보다 '서술되지 않은 부분'이 등장인물의 삶에 미친 영향이 더 크다는 점을 염두에 두고 읽어야 하는 이유가 여기에 있다 하겠다.

산다.

윤씨 부인이 과거 평사리에서 누렸던 권위에 비해 손녀인 최서희가 누리는 권위는 완전하지 못한 것이었다. 길상과의 결혼은 평사리보다 서희로 하여금 평사리가 아닌 진주에 터전을 잡게 만들었고 환국이 '종의 아들'이라는 소리를 듣게 만들었으며, 자신의 성을 김 씨로 바꾸고 김길상을 최길상으로 바꿔야만 유지되는 권위였다. 그러나 이처럼 불완전한 권위는 그녀로 하여금 아들들에 대한 진정한 모성애를 일깨우게 하였으며 재정적으로 항일운동세력을 돕게 만들었다. 그럼으로써 〈토지〉는 서희의 가족에 대한 사랑과 강한 애착을 민족공동체를 향한 소명 의식으로 확산시키는 양상을 띠게 된다. 오로지 재산을 되찾고 가문을 다시 일으키려고만 했던 서희는 김환, 김길상의 도움을 받는 과정에서 항일운동에 관여하며 깊은 허무감에서도 벗어난다.

2) 최참판가 남성 3대의 '성장·변신'의 서사

(1) 김환의 '성장·변신'의 서사

원래 최참판가의 1대 남성으로는 최치수나 최치수의 부친을 설정해야 하지만 최치수 부친은 노루고기 동티로 사망한 사실만 그려지고 최치수에 대해서도 길게 묘사되지는 않는다. 최치수는 비교적 재능이 뛰어난 편이었지만 모친이 지닌 비밀을 본능적으로 감지하고 방황하던 끝에 몸과 마음이 피폐해진 후 김평산에게 살해됨으로써 가문이나 사회를 위한 특별한 흔적을 남기지 못한 채 사라진다.[10] 이에 비해 최서희에게는 작은 아버지이자 계부이기도

---

10) 이용을 긍정적으로 평가하고 조준구를 조롱하는가 하면, 이동진과 김훈장으

한 김환은 훗날 서희와 성을 맞바꿈으로써 최 씨 가문의 대를 잇게 되는 김길상의 정신적 아버지이자 동학당의 지도자로서 역할을 수행한다.[11]

이 작품은 불륜과 낙혼을 통해 최참판가를 위태롭게 만들 수도 있었던 김환과 김길상이 핏줄을 정통으로 이어받은 최치수보다 오히려 가문을 위해 크게 기여하는 모습을 보여준다. 또한 혈통적으로는 최 씨가 아닐 뿐 아니라 머슴이나 하인 역할을 수행하던 김 씨들에 의하여 최참판가의 정신적인 혈통이나 민적상의 혈통이 이어지는 모습을 통하여 순수한 혈통과 계급적 질서가 강조되던 봉건적 질서가 해체되고 개인의 능력과 주체성이 강조되는 새로운 질서가 형성되는 과정도 아울러 그리고 있다.[12]

김환은 최 씨의 핏줄도 섞여 있지 않을 뿐만 아니라 오히려 최참판가를 커다란 위기로 몰아넣은 장본인이기도 하다. 그러나 한

로부터 좋은 평가를 받는 것으로 미루어볼 때, 최치수가 나름대로 합리적인 정신과 날카로운 통찰력을 지닌 인물로 볼 수도 있다. 하지만 그는 시대의 변화에 적극적으로 대응하지 못하였고, 양반으로서의 권위나 기득권에 안주하였으며 모친에 대한 불신과 실망을 끝내 극복하지 못한다. 무엇보다도 그는 자학적인 일탈행위로 말미암아 생식 능력을 상실한다. 최치수의 상실 능력 상실은 '남성에 의한 최참판가의 가문 잇기'가 더 이상 불가능해졌음을 의미한다.

11) 〈토지〉의 최참판가 여성 3대 서사가 순수한 핏줄로 이어진 정상적인 가족사 서사라면, 남성 서사는 같은 혈통이 아닌 김환, 김길상이 개입되는 훼손된 가족 서사이다. 이는 작가가 남성성이나 가부장성보다는 모성과 여성성을 더욱 중시한 결과로 보인다. 다시 말해서 혈통의 순수성은 여성에 의해 계승되고 남성은 혈통보다는 정신과 능력 등에 의해 가족 구성원으로 인정받게 되는 과정을 〈토지〉는 보여주고 있다.

12) 〈토지〉는 이처럼 '결핍'과 '상처'를 통해 더욱 성숙하고 발전해가는 양상을 자주 보여주고 있다. 개인뿐만 아니라 최참판가나 이용 가정 등도 결핍을 통해 성숙·발전해 가는 모습을 보이며, 나아가 한민족 역시 일제강점기라는 불행하고 고통스러운 시기를 통해 더욱 강성해지고 한 단계 더 성숙해지기를 작가는 소망하고 있다고 볼 수 있다.

편으로 그는 윤씨 부인의 친아들이며, 별당 아씨의 남편이고, 서희의 계부이기도 하다. 별당아씨가 묘향산에서 세상을 떠난 후 방황하던 그는 아버지의 뜻을 계승하기 위하여 지리산에서 암약하는 동학세력의 지도자가 된다. 그는 지리산 인근에 출몰하여 일경을 공격하기도 하고, 친일파를 응징하는가 하면, 국내 항일세력과 해외 항일세력을 연결하기도 한다. 최서희의 재산 탈환을 위해서도 일익을 담당하던 그는 뜻을 달리하는 지삼만과 갈등하다가 일경에 체포되고 스스로 목숨을 끊는 '성장·변신'의 서사의 중심에 서 있다.

혈통 상으로는 최치수가 최참판가 1세대를 대표하는 인물이 되어야 하지만, 최치수는 가문을 위해 특별한 기여를 하지 못한데다가 아들을 낳지 못하고 죽는다. 가문의 대를 잇는 일은 유일한 핏줄인 서희의 몫이었고 서희는 그 임무를 충실히 수행한다. 그러나 그녀는 가문의 대를 잇고 중흥시키는 일에 집착하느라 항일운동의 전면에 나서지 못하고 표면적으로는 오히려 친일 협력하는 자세를 취한다. 이에 비해 김환과 김길상, 김환국 등은 적극적으로 항일운동에 참여하거나 그것을 지원한다. 여성들의 민족서사가 은밀하고 소극적인 차원에서 전개된다면 남성들의 그것은 비교적 적극적이면서도 능동적으로 이루어지고 있다.

(2) 김길상의 민족서사와 생명서사

김길상은 절에 맡겨진 고아 출신이며 최참판가의 하인이었다. 그는 서희와의 결혼한 후 성을 최 씨로 바꾸고 최환국과 최윤국을 낳게 되면서 공식적으로 최참판가의 대를 잇는 남성이 된다. 김환의 경우처럼 작가는 혈통 자체보다 그가 그 집안을 위해 무엇을 하였으며 어떤 역할을 수행했는가에 더 주목하고 있다. 길상은 김환과 달리 최참판가와 이어진 혈통은 전혀 물려받지 않았지만, 최참판가의 재기와 가문 승계를 위해 결정적인 역할을 한다.

최치수가 살해당하고 윤씨 부인마저 콜레라로 세상을 뜨면서 고립무원의 처지가 된 서희를 길상은 온몸으로 지켜낸다. 그는 윤보, 용이, 영팔 등과 더불어 의병을 조직하여 조준구를 습격하였으나 실패하고 일본군에게 쫓기게 되자 서희와 함께 만주로 이주한다. 길상은 그곳에서 서희의 재기를 헌신적으로 돕는다. 서희를 사랑하지만 신분적 장벽 때문에 절망하던 길상은 서희의 결심에 따라 그녀의 남편이 되고 성을 맞바꾼다.

외적으로는 신분상승이 이루어졌지만 주변에서 그를 대하는 시선은 여전히 차가웠다. 특히 양반 출신인 이상현과 김훈장 등은 그들의 결혼을 인정하지 않았다. 항일운동에 투신하여 김환의 후계자가 되는 길은 그가 선택할 수밖에 없었던 길이었다. 따라서 그는 만주에 남아 항일운동에 매진한다. 계명회 사건으로 인한 국내에서의 수감 생활을 끝낸 이후 만주에 바로 돌아가고자 하였으나, 서희의 만류와 본인의 머뭇거림으로 말미암아 돌아갈 시기를 그는 놓친다. 지리산 항일세력의 숨은 지도자로 역할하면서도 다소 무기력한 삶을 이어가던 길상은 관음탱화 조성을 통해 비로소 무력감에서 벗어난다. 관음탱화 조성은 길상으로 하여금 억눌렸던 한을 풀고 진정으로 모든 생명체들이 서로를 존중하고 아끼면서 공생해야 한다는 그의 간절한 염원과 집념이 빚어낸 예술적·종교적 승화의 표현이었다.[13]

---

13) 이에 대해 우찬제는 다음과 같이 설명한 바 있다. "길상은 최초 우관선사의 화두로 돌아가 마지막 원력을 모아 도솔암에 관음탱화를 완성한다. 이것이 길상의 해한의 경로이자 사상이고 생명 추구의 방식인 셈이다. 이는 관음

3. 〈토지〉에 등장하는 인물들 간의 '대조'

1) 조준구와 조병수의 대조

조준구는 최참판가의 식객으로 머물면서 김평산에게 최치수 살해를 은연중에 사주하고 콜레라로 윤씨 부인마저 세상을 뜨자 최참판가의 재산을 통째로 차지한다. 아직 어렸던 서희는 이를 막지 못한다. 재산을 가로채는 과정에서 조준구는 일본군의 힘을 빌어 저항 세력을 제거하고자 한다. 조준구의 재산 가로채기와 삼수와 한조의 살해, 은밀한 공작을 통한 마을 사람들의 분열 획책 등은 일제가 우리 민족 전체에게 가했던 폭압과 수탈 및 분열 공작과 정확하게 대응되고 있다.

물욕에 눈이 어두워진 조준구는 서희, 공노인, 임역관, 김환 등이 파놓은 함정에 걸려 재산을 탕진하고 담보로 잡혔던 부동산들은 모두 서희 수중에 들어간다. 서희와 공노인의 계략이 아무리 정교하였더라도 조준구가 물욕에 눈이 어둡지 않거나 자신의 노력으로 공들여 재산을 모았더라면 그렇게 쉽게 허물어지지 않았을지도 모른다. 조준구는 경제적으로 몰락한 이후에도 반성하기는커녕 아들 조병수를 찾아와 숨이 끊어지는 순간까지 아들과 며느리를 괴롭힌다.

꼽추라는 장애를 지니고 있는 아들 조병수의 삶은 조준구의 탐욕과 이기심, 사악함과 잔인함 등과 뚜렷이 대조된다. 병수는 자

탱화를 매개로 하여 아들 환국과 소지감으로부터 온당한 해석을 얻게 된다." 우찬제의 지적처럼 길상의 항일운동이 가족서사를 민족서사로 발전시키는 계기를 마련하고 있다면, 관음탱화는 민족서사에서 생명서사로 나아가는 양상을 보여준다.
우찬제, 「〈토지〉의 가족서사 분석을 통한 텍스트의 의도 찾기 토론문」, 『토지학회 2015 가을 학술대회 자료집』, 79쪽.

신의 처지를 비관하여 여러 차례 자결을 시도하지만 실패한다. 이후 병수는 소목장 일을 하게 된다. 나무를 깎고 다듬어 목가구를 만드는 과정에서 병수는 물(物)과 자아가 일체가 되는 격조 높은 삶을 경험한다. 병수는 단순히 기물로서의 가구를 만드는 것이 아니라 나무에 자신의 혼을 쏟아 붓고 나무에 생명을 불어넣음으로써 모두가 감탄해 마지않는 장인의 경지에 도달한다.

조병수는 자신의 불우한 처지 때문에 생긴 원한을 남을 공격하거나 자신을 비하하는 방향으로 사용하지 않고 '삭임'의 단계를 거쳐 부정적인 정서를 극복·승화하는 한편, 타자를 배려하고(情) 소망을 품으며(願) 살아가고자 하는 '한(恨)'의 정신을 구현한다. 발악과 광분에 가까운 횡포를 부리는 조준구의 병수발로 인해 고통을 겪는 모습조차 병수를 더욱 빛나게 한다.[14]

조병수는 장애, 부모의 학대와 무관심, 고립된 처지 등으로 비관과 절망의 나날을 보내고, 자살 기도를 하는 등 최악의 사태를 극복하고 소목장으로서의 일가를 이룰 뿐 아니라, 부모의 적악을 정화하고 후손들에게 더 이상 부모의 적악이 해를 끼치지 못하도록 방지하는 역할을 한다. 그의 소목장 일과 조준구에 대한 간병은 동떨어진 일처럼 보이지만 적악을 정화하고 부정적 정서를 극복하여 긍정적 정서로 나아가고자 하는 '삭임'의 행위라는 점에서 일맥상통하는 것으로 보인다.

또한 그가 길상이 조성한 관음탱화를 보면서 전율을 느낌과 동시에 길상과 깊은 정신적 교통을 하게 되는 것은 우연이 아니다. 길상이 개인, 가족, 민족의 차원에서의 벗어나 생명 일반에 대한 경외와 교감을 표현하였듯이 조병수 역시 나무를 다루고 가구를

---

14) 천이두, 『한의 구조 연구』, 문학과지성사, 1993, 113쪽.

만드는 행위를 통해서 본인이 지닌 부정적 정서를 극복할 뿐만 아니라, 이 작품에 등장하는 가장 사악한 인물 중 하나인 조준구가 저지른 적악을 극복하고 생명사상을 구현하는 모습을 보여주기 때문이다.

2) 최치수와 이용의 대조

이용은 평사리에서 태어나고 자란 평범한 농민에 불과하지만 〈토지〉 전체의 균형을 잡아주는 중요한 인물이다. 최참판가의 당주 최치수와 농민 이용은 매우 대조적이다. 최치수는 많은 재산, 막강한 권력, 높은 학식을 지녔지만 본인 자신이 우선 행복하지 못하였고 주위 사람들로부터 존경과 사랑을 받지도 못하였다.

반면에 이용은 재산도 없고 학식도 부족하고 특별한 힘도 없는데다가 이성 관계조차 순탄치 못했지만[15] 아무도 그를 비난하거나 무시하지 않는다. 이용이 이처럼 주변 사람들로부터 신망을 얻은 이유는 그가 '도리'를 흔들림 없이 지켰기 때문이다. 〈토지〉는 가문이나 재력과 상관없이 선한 마음과 의로운 정신을 바탕으로 자기 나름의 주관을 가지고 살아가되 주위 사람들을 충분히 배려하며 살아갈 경우, 얼마든지 품격 있는 삶을 살 수 있음을 이용을 통해 보여준다.

이용은 조준구가 부당하게 최참판가의 재산을 탈취하고 농민들

---

15) 이용이 첫 정을 준 대상이자 가장 사랑했던 여성은 무당의 딸 월선이다. 그러나 두 사람은 신분상의 장벽 때문에 맺어지지 못한다. 첫 번째 결혼 상대인 강청댁은 투기심이 강했던 여성으로서 출산하지 못하였다. 아기를 갖지 못한 것은 월선도 마찬가지이다. 강청댁이 죽은 후 이용은 살인죄로 처형된 칠성의 아내인 임이네와 관계를 맺고 홍이를 낳는다. 월선에 대한 이용의 사랑은 변함이 없었음에도 불구하고 홍이로 인하여 월선을 후처로 맞이하지는 못한다.

을 분열시키고 억압하자 두 번이나 들고 일어선다. 이 때문에 이용은 고향을 등지고 만주로 이주한다. 만주에서도 서희나 길상, 공노인 등의 지원을 받아 편히 살 수 있었음에도 불구하고 용이는 임이네를 받아들인 업보 때문에 고달프기 이를 데 없는 산판일을 한다. 그는 월선이 위독하다는 소식을 접하고도 굳이 주어진 일을 끝까지 마치고서야 돌아와 담담하게 월선의 임종을 맞이한다.

이용은 자제력과 강한 인내력을 지니고 있으며 언제나 의협심과 배려의 마음, 그리고 균형 감각을 잃지 않고 살아간다. 서희와 더불어 최참판가 곳간을 헐어 마을 사람들에게 골고루 나누어 준 것, 함안댁의 시신을 수습한 것, 임이네가 불구덩이 속에 홍이를 놓아두고 돈을 숨겨놓은 베개만 가지고 나오자 베개를 불속에 던진 것 등은 모두 이용의 '무섭게 견디고 인내하면서도 자신에게 주어진 책임을 결코 회피하지 않는' 모습을 드러내는 사례들이다.

만일 이용이 처음부터 월선과 맺어졌거나 혹은 강청댁이 죽은 후 월선을 후처로 맞이했더라면 임이네 때문에 생기는 분란은 사전에 막을 수 있었을지도 모른다. 그러나 〈토지〉는 비록 부부의 연을 맺지는 못했지만 서로가 간절히 그리워하고 최선을 다해 서로를 배려하는 용이와 월선의 모습을 통해서 진정한 사랑과 '한'의 정신을 드러내고 있다.

최치수가 마을을 지배하는 양반 집안에서 태어났지만 어머니의 비밀, 자학과 방탕, 아내와 구천의 불륜 등으로 스스로 허물어지다가 결국 김평산 등에게 살해당한 것과는 대조적으로 이용은 비록 평범한 농민으로 살아가지만, 월선과 여한 없는 사랑을 나누고 주어진 여건 속에서 최선을 다하며, 심사숙고하여 결정한 것을 단호히 실행에 옮기는 모습을 통하여 인간의 도리와 품격을 지키는 모습을 보여 준다. 이용은 상민이었지만 아들 이홍은 양반가의 딸과 결혼하여 안정적으로 살아갈 뿐 아니라, 항일운동에도 일정하게 관여한다. 따라서 아버지 이용의 정신은 이홍에게 계승되면서 가족서사가 민족서사로 확산되는 양상 또한 보여 주고 있다.

3) 김평산·김거복과 김한복·김영호의 대조

김평산은 몰락한 양반으로서 탐욕과 이기심으로 가득 찬 인물이다. 그는 성질도 포악하여 어질고 근면한 아내 함안댁을 중인 신분 출신이라 하여 무시하고 학대한다. 자신의 처지와 대조되는 최참판가에 대한 시기심과 귀녀의 야망, 조준구의 은밀한 사주 등에 의해 김평산은 마침내 최치수를 살해한다. 그러나 윤씨 부인의 날카로운 관찰과 추리에 의해 사건의 전모가 밝혀지고 김평산, 귀녀 등은 처형당한다. 그는 처형되기 직전까지 반성하지 않는 모습을 보인다.

김평산의 장남 김거복은 부친의 잘못은 생각하지 못하고 오직 부친을 죽이고 자신을 곤경에 빠뜨린 세상을 저주하며 일제의 밀정이 된다. 김두수로 이름을 바꾼 그는 수많은 의병들과 항일투사들을 체포하거나 죽인다. 또한 아편 밀매, 밀수, 인신 매매 등을 통해 돈을 모으고 수많은 사람들에게 해악을 끼친다. 그러나 그런 그에게도 인간적 면모가 희미하게나마 남아 있었다. 그것은 함안댁의 시신을 수습해준 용이, 영팔, 윤보 등에 대해 감사하는 마음과 어머니를 닮은 심금녀에 대한 집착, 그리고 친동생 한복에 대한 형제애 등이다.

이와는 대조적으로 김평산의 차남 한복은 갖은 핍박과 고난에도 불구하고 고향 평사리를 떠나지 않는다. 그는 성장한 후 장터를 배회하던 여성과 결혼하여 아들 영호를 얻는다. 그는 타고난 착한 성품으로 말미암아 살인자의 아들이라는 질곡으로부터 조금 씩 벗어난다. 특히 자신은 항일운동을 돕고 아들 영호는 광주학생 의거에 가담하여 옥살이까지 하게 됨으로써 평사리 주민들로부터 한복 부자는 신망을 얻게 된다. 작품 후반부에 영호의 아들이 구 김살 없이 순탄하게 커 가는 모습을 보고 한복은 비로소 안도의 한숨을 내쉰다.16)

〈토지〉는 거복(두수)과 한복의 모습을 통하여 두 방향으로 가족 서사가 민족서사로 확산되는 양상을 보여 준다. 거복은 자신의 아 버지 김평산이 행한 죄악은 생각하지 않고 자신이 고아가 되어 겪은 고통과 원한을 일제의 밀정이 되어 항일세력을 탄압하고 약 자들을 괴롭히며 착취함으로써 되갚으려고 한다. 이에 비해 한복 은 아버지와 형이 저지른 잘못을 인정하고 설움을 겪으면서도 고 향과 어머니의 산소를 지키며 선한 일을 행한다. 또한 조선과 만 주를 오고가며 형의 지위를 이용하여 중요한 문서나 자금을 전달 하는 역할을 수행한다. 형과는 달리 고통과 원한을 자기와 남을 파괴하는 데 사용하지 않고, '삭임'의 과정을 통하여 승화시켜 나 가는 것이다. 따라서 작가는 거복을 통해서 부정적인 방향으로, 그리고 한복을 통해서는 긍정적인 방향으로 가족서사가 민족서사 로 확산되는 양상을 보여 주고 있다 하겠다.

---

16) 김은경은 〈토지〉가 "하나의 가치를 그 하나의 가치에 대한 절대적 추구만으 로 구하기보다는 새로운 가치의 발견과 실천을 통해 문제 상황을 해결코자 하는 '굴절의 원리'가 작용하고 있다.고 하였다. 예컨대 김평산의 차남 한복 이 밀정이라는 형의 신분을 활용하여 항일운동을 지원함으로써 살인자의 후손이라는 아픔을 치유하고 인간의 존엄성을 회복할 뿐만 아니라, 평사리 에서 김한복 일가가 뿌리를 굳건하게 내리는 과정에서도 '굴절의 원리'가 작용하고 있다는 것이다. 김은경, 앞의 책, 232쪽.

4) 기타 대조적 인물들

이동진은 조국과 민족, 혹은 왕이나 민중을 위해서가 아니라 "산천을 위해서"라는 묘한 말을 남기고 만주로 건너가 항일운동을 전개한다. 그는 양반 출신이지만 봉건적 의식과 제도의 한계를 인정하고 노비 문서도 불태워 버린다. 하지만 그의 근대 의식은 철저한 것이 아니었고 봉건적 잔재는 늘 그의 곁에 남아 있었다. 다만 항일의식은 분명한 것이어서 이국땅에서 숨을 거두는 마지막 순간까지 이동진은 조국 광복을 위해 헌신한다.

이에 비해 그의 아들 이상현은 무기력한 삶을 이어간다. 서희와 함께 만주로 이주한 후 송장환 등과 어울리기도 하였지만, 최서희가 길상과 결혼하자 격분하여 귀국한다. 이상현 역시 근대주의 작가임을 자처하면서도 봉건적 잔재를 철저하게 극복하지 못하였다. 길상의 인품이나 능력보다는 그가 하인의 신분이라는 사실을 더 중시하고 있기 때문이다. 일본 유학 생활을 통해 작가로 등단한 그는 그러나 기생의 신분인 기화가 자신의 딸을 낳았다는 소식을 전해 듣고 만주로 이주한 후 유약한 삶을 이어간다. 그는 기생의 신분인 기화가 자신의 소생을 낳았다는 사실에 기쁨을 느끼기보다는 치욕을 느끼고 자학한다.

상현의 장남 시우는 부친과는 달리 기화의 딸이자 서희가 수양딸처럼 키운 양현을 자신의 동생으로 받아들여 남매의 정을 쌓아간다. 조부와 부친이 극복하지 못한 봉건적 잔재를 3대째에 접어들면서 겨우 극복하게 된 것이다. 이동진은 자신의 집안을 돌보고 지키는 일보다는 '산천'을 지키기 위하여 만주로 무대를 옮겨 항일운동을 전개한다. 그는 유교적인 '절의' 정신에 입각하여 가족서사를 민족서사로 발전시키지만 양반 의식을 끝내 떨쳐내지 못한다. 그의 아들 이상현은 항일투사들과 가깝게 교류하면서도 적극적으로 민족을 위한 활동을 전개하지 않는다. 또한 양반으로서의 신분적 우월감도 끝내 청산하지 못함으로써 허약하기 이를 데 없는 근대 계몽주의자의 초상을 보여준다.

김훈장은 〈토지〉의 등장인물 중 가장 봉건 의식이 가장 강한 고루한 인물로 등장한다. 그는 서희와 길상의 결혼을 끝까지 용납하지 않는다. 그러나 그의 손자 범석은 스스로 농본주의자로 자처하면서 대단히 진보적인 사고를 보인다. 그는 중학교만 졸업하였지만 독학으로 상당한 학식을 갖추었고 현실을 분석하는 안목도 탁월하여 같은 또래의 청년들이나 후배들의 존경을 받는다. 김의관의 양아들 한경은 친아들 이상으로 부친에 대한 지극한 효성을 보인다. 자칫 폐문지가가 될 뻔했던 가문에 양자로 들어와 김 씨가문을 굳건히 지키고 자녀들을 훌륭하게 키운다. 다소 모자라는 모습으로 비쳐지기도 하였던 그는 봉건적 의식에서 크게 벗어나지 못하지만 그의 아들 범석은 봉건적 한계를 훌쩍 뛰어넘는다.

김훈장은 이동진과 마찬가지로 유교적 의리나 절의 정신에 입각하여 의병에 참여하였다가 쫓기는 몸이 되어 만주에 오지만, 만주 도착 이후에는 항일운동에 전혀 관여하지 않는다. 의병 활동 역시 그가 양자를 들여 가문을 잇는 데에 비하면 훨씬 소극적인 태도를 보인다. 결국 그는 가족의 틀을 크게 벗어나지 못한 셈이다. 이와는 대조적으로 그의 손자 범석은 매우 토지와 민중에 대한 진보적인 시각을 보이고 있어 민족서사로 나아갈 가능성을 보여주고 있다.

김두만과 김기성 부자는 나름대로 부를 축적하고 사회적 지위를 지니고 있음에도 불구하고 자신들의 조상이 최참판가의 노비였다는 열등의식에서 자유롭지 못하다. 두만의 경우에는 비빔밥집과 양조장 경영을 통해서 치부한 돈을 가치 있는 데 쓰지 못하고 축첩과 향락을 위해 사용한다. 김기성의 경우도 크게 다르지 않다. 이들 일가는 상업자본이 빠른 속도로 성장하는 시대에 잘 적응하여 경제적으로 성공을 하였음에도 불구하고 불행한 삶을 살아간다. 작가는 김두만, 김기성 부자의 타락해 가는 모습을 통하여 도덕성이 뒷받침되지 않는 매판자본가들이 흔히 빠질 수 있는 문제점과 타락상을 지적하고 있다.

이에 비해 진주의 부자 이도영과 이순철 부자는 겉으로는 친일협력을 하는 듯하면서도 이면적으로 은밀하게 항일운동세력을 돕는다. 해도사, 손태산 등이 가정부(임시정부) 요인을 자처하며 그의 집을 급습하였을 때, 이도영은 미리 준비한 돈을 순순히 그들에게 넘겨준다. 두만이 겉으로나 속으로나 친일에 앞장서는 것과는 대조적으로 최서희, 이도영 등은 조선의 독립을 소망하며 항일운동 세력을 돕는 것이다. 최서희는 애초에 조준구에게 빼앗긴 재산을 되찾기 위해 친일협력을 하였던 것이지만, 진주에 정착한 이후에는 항일운동전선에서 활동하고 있는 김환과 김길상 등을 은밀하게 도우며 지리산 항일운동세력을 위해서는 농토 500섬지기도 내놓는다. 작가는 이처럼 '대조의 원리'를 적용하여 같은 친일자본가이지만 자신의 탐욕을 채우기 위해 맹목적으로 친일하는 무리들과 겉으로는 친일협력을 하면서도 은밀하게 항일운동을 도왔던 자본가들을 구별하여 그리고 있다.

4. 마무리하는 말

지금까지 〈토지〉에 등장하는 여러 가족들이 세대를 달리하면서 어떻게 변모하고 새로운 시대에 적응하였는지에 대해 살펴보았다. 이 작품에는 물론 더 많은 가족들의 이야기가 존재한다. 예컨대 평사리의 김봉기 가족, 봉순네 가족, 진주의 송관수, 송영광, 송영선 가족, 만주로 터전을 옮긴 강포수, 귀녀, 강두메 가족, 서울의 임역관, 임명빈, 임명희 가족, 유인실 가족, 일본의 오가다 가족 등을 더 다룰 수도 있을 것이며, 또 가족과 가족이 서로 얽혀 있거나 갈등하는 양상들을 더 살펴보아야 할 것이다.

이 글에서는 여러 가지 제약으로 인해 주로 최참판가를 중심으로 최참판가와 관련이 깊은 순서로 몇 가족들을 살펴보았다. 최참판가의 여성들은 혈통 중심의 세대 계승이 이루어지는 반면에, 남성들의 경우에는 능력과 정신 위주의 세대 계승이 이루어짐을 알 수 있었다. 윤씨 부인, 별당 아씨, 서희는 합법적인 결혼에 의해 이어진 3대이다. 그러나 이들 세 사람 모두 강간, 불륜, 낙혼이라는 멍에 때문에 고통 받는다. 김개주와 윤씨 부인 사이에 김환이 태어남으로써 별당아씨는 최참판가를 떠나고 이후 최치수는 살해된다. 당주가 사라지고 집안의 기둥이었던 윤씨 부인마저 전염병으로 사망하자 최참판가 재산은 거의 조준구의 것이 된다.

서희는 빼앗긴 재산을 되찾기 위해 길상과 결혼하고 서로 성을 바꿈으로써 신분적 장벽을 스스로 허문다. 그러나 재산을 되찾은 후 서희는 허무감에 빠진다. 그녀를 허무의 늪에서 건져 준 것은 타자에 대한 책임을 다하는 행위들이었다. 봉순의 딸 양현을 입양하여 키우고, 지리산과 만주의 항일세력을 지원함으로써 그녀는 비로소 허무감에서 벗어나기 시작한다. 가족의 부와 권위를 유지하거나 탈환하는 데 집착하던 윤씨 부인과 최서희는 겁간과 낙혼이라는 시련에 굴복하지 않고 항일운동세력을 은밀하게 지원함으로써 새로운 정체성을 구축하게 된다.

이에 비해 남성 3대는 핏줄보다는 정신적으로 이어지는 양상을 보인다. 혈통상으로 최참판가 1대 당주는 최치수이지만 그는 서희를 낳았을 뿐, 가문이나 지역 및 국가 사회를 위해 특별히 기여한 바가 없다. 김환은 비록 최씨 가문의 혈통을 이어받지 못했지만, 윤씨 부인의 피를 물려받았고, 별당아씨의 남편이 되었으며, 서희의 계부이기도 하다. 그는 청년기의 방황과 일탈을 극복하고 동학당과 항일운동의 지도자가 되어 가치 있는 삶을 살며, 자신의 일과 정신을 서희의 남편인 길상에게 물려준다. 이와 같은 김환의 '성장과 변신'의 과정은 윤씨 부인이나 최서희보다 더 구체적으로 제시됨으로써 보다 확실하게 민족서사를 구축하고 있다.

김길상은 원래 최 씨가문과 전혀 상관없는 남성이지만 최서희와 성을 서로 맞바꿈으로써 최참판가의 일원이 되고 당주 역할까지 맡게 된다. 그러나 양반의 딸과 혼인하고 성을 바꿨다고 해서 마을 사람들에게까지 인정받을 수는 없다. 이동진, 이상현, 시우모친 등은 끝까지 길상을 당주로 인정하지 않았다. 길상은 신분적 한계를 스스로 극복하기 위하여 귀국하지 않고 만주에 남아 항일운동에 전념한다. 계명회 사건 이후에는 진주, 평사리, 서울 등을 오가며 항일세력을 지원하는 역할을 수행한다. 특히 길상은 가족서사를 민족서사로 발전시킬 뿐만 아니라, 나아가 생명 서사로 발전시킨다. 그가 만주의 항일운동전선에 복귀하지 못해 실의와 무력감에 빠졌을 때 조성한 관음탱화는 모든 생명에 대한 경외와 존중의 의미를 담은 원력의 결과물이었기 때문이다.

이 작품에는 또 가문과 가문, 혹은 같은 가문 내에서도 '대조의 원리'가 작용한다. 최참판가의 1대 당주인 최치수와 이용은 뚜렷하게 대조된다. 둘은 동년배로서 양반과 상민의 차이 때문에 늘 용이가 당하는 입장이었다. 그러나 최치수가 끝내 피폐한 삶을 살다가 비명횡사한 반면, 용이는 여러 가지 시련에도 불구하고 자존감과 품위를 지키면서 여한 없는 삶을 산다. 그는 어떤 고통이라도 무섭게 견디면서 자신의 소신을 잃지 않고 균형 잡힌 삶을 살아가며 인간으로서의 도리와 품위를 지킨다. 그의 아들 홍이는 방황을 딛고 양반가 여성과 결혼하여 안정된 삶을 구가하며 만주로 이주하여 항일운동세력의 일원으로 활동한다.

이밖에 김판술, 김두만 부자와 이도영, 이순철 부자도 대조된다. 전자의 경우는 농업자본을 상업자본으로 전환하여 큰 성공을 거두었지만 노비 집안 출신이라는 열등감을 극복하지 못하고 친일협력에 앞장서는 한편, 도덕적으로도 타락한 삶을 살아가며 주위 사람들의 빈축을 산다. 이에 비해 이도영, 이순철 부자는 겉으로는 최서희처럼 친일협력을 하지만 이면적으로 은밀하게 항일운동세력을 지원한다.

송광수, 정석, 이홍, 길상, 두메 등이 각자의 아픔을 이기고 조국과 민족을 위해 헌신하는 반면, 김평산의 아들 김거복(김두수)는 자신이 당한 고통을 타자에게 더 큰 고통을 주는 것으로 보상받으려 한다. 반면에 그의 친동생 한복은 어머니가 묻혀 있는 고향 땅을 지키며 항일운동에 가담하는 것으로 자신이 당한 고통을 긍정적으로 승화시킨다.

같은 집안 내에서 대조되는 인물들도 많다. 이동진, 이상현 부자가 봉건적 잔재를 끝내 떨치지 못한 반면, 3대째인 시우는 이복

동생 양현과 격의 없이 잘 지내고자 하고, 김훈장과 달리 그의 손자 김범석은 농본주의자로서 진보적 사고를 보인다. 무엇보다도 대조되는 것은 조준구와 그의 아들 조병수이다. 조준구는 최참판가 재산을 가로 채기한 이후에도 친일, 방탕, 사치, 투기 등을 일삼다가 결국 파산한다. 나이가 들어 의탁할 데가 없어지자 평생 구박했던 병수의 집에 얹혀 지내면서 병수 내외에게 엄청난 고통을 준다.

이에 비해 조병수는 자살미수 사건 이후에 소목장 일을 하면서 스스로를 구제할 뿐만 아니라 부친이 쌓은 악을 정화해 간다. 그는 단순히 가구를 만드는 데 그치지 않고 물과 자아가 일체가 되는 장인정신의 경지에 진입함으로써 고통과 원한을 긍정적으로 승화시킬 뿐만 아니라 주위사람들에게 감동을 선사한다. 그의 아들 남현이 보다 안정적인 삶을 구가하는 것은 온전히 조병수가 부친의 적악을 사력을 다해 정화한 데 힘입은 것이다.

이처럼 〈토지〉는 가족을 사랑하고 지키며 대를 잇는 것을 소중히 여기고 그것을 위하여 재산을 모으고 지키거나 되찾으려고 노력하는 모습을 그리는 가족서사적 성격을 지님과 동시에 가족이라는 울타리를 벗어나 왜곡된 민족의 운명을 바로잡고 고통 받는 타자들을 수용하며, 삶의 다양한 국면들을 넓게 포용하고자 하는 민족서사, 혹은 생명서사를 지향하고 있다.

---

* 이 글은 「〈토지〉의 역동적인 가족서사 연구 — '성장·변신'원리와 '대조'의 원리를 중심으로」란 제목으로 2015년 『현대문학이론연구』 63집에 실린 글을 수정·보완한 것이다.

참고 문헌

1. 기본 자료

박경리, 〈토지〉 1~21권, 나남출판사, 2002.

2. 단행본 및 논문

김윤식, 『염상섭연구』, 서울대출판부, 1987.

김은경, 『박경리 문학연구』, 소명출판, 2014.

박상민, 「작품 구조와 인물을 통해 본 일본론」, 『한국근대문화와 박경리의 〈토지〉』, 소명출판, 2008.

이상진, 「〈토지〉에 나타난 동아시아 도시, 식민주의와 물질성 비판」, 『현대문학의 연구』 37집, 2009.

_____, 「가족 문제와 모성성, 그리고 생명」, 『한국근대문화와 박경리의 〈토지〉』, 소명출판, 2008.

_____, 「인물의 존재방식으로 본 〈토지〉」, 『〈토지〉 연구』, 월인, 1997.

이승윤, 「식민지 경성의 문화와 근대성의 경험」, 『한국근대문화와 박경리의 〈토지〉』, 소명출판, 2008.

천이두, 『한의 구조 연구』, 문학과지성사, 1993. 155~116쪽.

_____, 「한의 여러 궤적들」, 『현대문학』, 1994. 10.

최유찬, 『세계의 서사문학과 〈토지〉』, 서정시학, 2008. 333쪽.

_____, 『〈토지〉를 읽는다』, 솔, 1996.

_____, 「〈토지〉의 미시문화사적 연구방법론」, 『배달말』 제35호, 2004. 168쪽.

토지학회, 「토지, 〈토지〉의 서사 구조」, 『토지학회 2015 가을 학술대회자료집』, 2015.10

H. 포터 에벗, 우찬제 외 역, 『서사학강의』, 문학과지성사, 2010.

S. 채트먼, 한용환 역, 『이야기와 담론』, 푸른사상, 2003.

〈토지〉 가족 서사의 확대, 능동적 공동체 만들기

이덕화

1. 들어가는 말

〈토지〉의 주제로 거론되는 역사성, 그 역사 아래 민족 운동, 민족정신, 농민의 일상, 농민의 현실, 민족의 풍습, 민족 고유의 한과 해한, 비극적 운명, 생명사상, 가족 중심주의, 가문주의 등등 실로 다양하다. 물론 어떤 시각으로 작품을 바라보느냐에 따라 다양하게 나타나기도 하지만, 16권 이상의 방대한 대하소설[1]이기 때문에 다루고 있는 서사 내용 또한 풍부하다.

〈토지〉의 연구 방향 또한 이를 그대로 반영하고 있다. 완간되기전 1,2부만으로도 연구논문이 나오기 시작해서 한, 생명사상, 운명, 윤리, 역사적 소설로서의 〈토지〉를 연구한 논문이 지속적으로 나오고 있다.[2] 최근으로 갈수록 연구 양상이 다양해져 〈토지〉에 나타난 악(惡)의 상징연구[3], 〈토지〉와 관련된 지역성 연구와 〈토지〉와 관련 문화콘텐츠 논문도 나오고 있다.[4] 그러나 막상 〈토지〉 연구에서 가족 서사를 중심으로 한 연구는 그렇게 많지 않다. 박경리 문학 전체를 다루는 논문에서만 가족 서사를 중심으로 다루

---

1) 권수는 출판사에 따라 다르다. 나남출판사간은 16권, 솔출판사와 마로니에 북스는 20권이다.
2) 이에 관한 논문은 많은 논문에서 정리되고 있어 생략하기로 한다.
3) 박상민, 『박경리 〈토지〉에 나타난 악(악)의 상징연구』, 연세대학교 박사학위 논문, 2009.
4) 최유희, 「만화 〈토지〉의 서사 변용 연구」, 현대문학연구학회, 2011.2, 「소설과 텔레비전 드라마의 서사초점 연구-박경리 소설 〈토지〉와 1987년 KBS 드라마〈토지〉를 대상으로」, 한국문예창작학회, 2008.6.
이상진, 「〈토지〉의 평사리 지역 형상화와 서사적 의미」 (배달말학회, 2005.12), 2015. 봄 〈토지〉 학회 학술대회의 주제 역시 「〈토지〉의 공간과 지역문화」였다. 기조발제로 김종회, 「〈토지〉의 공간과 동시대 수용의 방향성」, 박상민, 조윤아, 「〈토지〉의 공간과 서사적 문화지원」, 윤철홍, 「박경리 〈토지〉에 나타난 진주지역 형평사운동」, 최미진, 「장소성의 역적과 문화의 표류」, 권유리야, 「〈토지〉에 나타난 대칭성과 비대칭성」.

고 있지만, 〈토지〉에서 가족 서사를 따로 단독으로 연구한 논문은 보이지 않는다.5) 限에 관한 연구라든가, 생명사상을 연구하면서 부분적으로 다루고 있을 뿐이다. 그러나 가족주의에 대한 부분적인 인식만을 보여준 뿐 〈토지〉를 관통하는 중심 의식으로 가족주의를 포괄해 내지 못하고 있다.

조윤아는 〈토지〉의 생명사상적 변모를 추적하는 논문6)에서 〈토지〉에는 가족주의를 지향하는 정신과 그것을 비판적으로 인식하려는 이중적인 정신이 포괄되어 있지만 그것은 동일하게 개인의 존엄성 확보에 있음을 분석하고 있다. 즉 개인의 존엄성을 지키기 위하여 가족주의를 고수하려고 하는 한편 개인의 존엄성을 위협하는 가족주의의 폐단을 비판하고 있다는 것이다. 이런 지적은 〈토지〉에서 작가가 드러내고자하는 하나의 거룩한 생명공동체로서의 가족의 개념을 너무 축소시키고 있다. 부분적으로 가족 서사를 다루는 다른 논문에서도 〈토지〉에서 중심 주제가 되는 가족 서사가 어떻게 민족적 공동체와 연계시키고 있는지를 분석해 내지 못하고 있다. 특히 〈토지〉는 일본의 침탈이 시작되는 구한말에서 해방까지의 텍스트 시간 안에 가장 중심 있게 다루어지는 독립 운동이 가족 서사와 어떻게 연계되는가를 분석해내지 못하는 한계를 보여주고 있다.

〈토지〉는 가족의 문제가 제기되는 소설이다. 최참판가라는 불행한 가족을 비롯, 그 주변의 인물들은 대개 가족 관계 속에서 대

---

5) 박경리 연구에서 가족 서사를 중심으로 한 연구는 이금란, 「가족 서사로 본 박경리 소설 연구」, 『현대소설연구』 제 19호, 2003. 『박경리 소설에 나타난 가족이데올로기 연구』, 숭실대 박사학위 논문. 2006.

6) 조윤아, 『박경리 〈토지〉의 생명사상적 변모에 관한 연구』, 서울여자대학교 박사학위 논문, 1998.2.

잇기의 문제나 가족 내의 불화, 여성문제 등 가족지키기의 욕망이 이야기의 중심을 이루고 있다. 〈토지〉는 단순히 최참판의 흥망성쇠를 다룬 작품이 아니라, 각자 개인이 가지고 있는 개인적 한에 의한 삶의 존재 방식을 통해서 드러나는 가족이야기를 중심으로 이루어진다. 가족의 구성원인 그 개인 개인을 독립 운동에 소환하여 민족공동체에 접합시킴으로서 개인의 삶이 어떻게 살아있는 생명체로서 능동적 공동체를 이루어 낼 수 있는가를 보여주는 민족에 대한 비전까지 제시한다.

이번 연구에서는 〈토지〉를 역사소설의 한 형태인 가족사 소설로 보고 논의를 시작한다. 김치수가 지적한 것처럼 가족의 중심인물들이 가지고 있는 한에 의해서 사건이 추동되고 해한이 이루어지는 것이 이 작품의 핵심이기 때문이다.[7] 그러나 가족사로 끝나지 않고, 민족의 한을 함께 짊어지고 민족적 한을 풀기 위해 노력하는 확대가족 개념으로 민족적 비전을 제시하는 능동적 공동체를 지향하는 작품으로 보고자 한다.[8] 〈토지〉는 박경리의 작가 생활을 마무리하는 대작이라는 의미에서나, 우리 민족공동체의 비전을 제시했다는 점에서도 총체적 결실이라는 표현을 쓸 수 있다.

작가의 그런 성과에는 69년에 시작한 연재가 92년에 대단원의 막을 내리기까지 격동적인 사회적 변화도 있었지만, 글쓰기를 통한 작가 의식의 고양이 한 몫을 했다고 생각된다. 작가는 'Q씨에게'라는 가상의 대상에게 보내는 편지를 통해 일상에 부딪치는 문

---

7) 김치수, 『박경리와 이청준』, 민음사, 1982, 47~48쪽.
8) 김치수는 〈토지〉는 지금까지의 한국 소설에 대한 어떤 반성을 끊임없이 동반하고 있으며 그 반성을 통해서 소설이 갖는 총체성을 가질 뿐만 아니라, 초기의 단편들에서 보여주는 개인의 차원에서 〈토지〉에 이르러 주제의 발전적인 종합으로 보고 있다. 김치수, 「비극(悲劇)의 미학과 개인의 한(恨)」, 『朴景利와 李淸俊』, 민음사, 1982, 19쪽, 33쪽.

제와 의식을 성찰하는 짧은 글을 써왔다. 그것을 묶은 책이 400 페이지에 달한다. 거기에는 작가의 모든 의식을 드려다 볼 수 있어 연구자에게는 중요한 기초 자료가 된다. 이 책에는 삶이나 작품, 자기 자신에게까지 치열하게 살아 온 작가 정신이 깃들어 있다. 치열한 작가 정신에 의한 결정체가 바로 〈토지〉라고 할 수 있다. 〈토지〉 1부의 집필을 마치고 쓴 서문과 『Q씨에게』 책의 내용 중의 한 부분을 보자.

글을 쓰지 않는 내 삶의 터전은 아무 곳에도 없었다. 목숨이 있는 이상 나는 또 글을 쓰지 않을 수 없었고, 보름 안에 퇴원한 그날부터 가슴에 붕대를 감은 채 〈토지〉의 원고를 썼던 것이다....내게 있어서 삶과 문학은 밀착되어 떨어질 줄 모르는, 징그러운 雙頭兒였더란 말인가.

치졸하지만 나에게 있어서 문학은 내 인생의 일부이며 내 인생에 있어서의 행동이기 때문에 죽음의 나락도 애정의 빼저림도 증오의 불길도 함께 할 수밖에 없는 것이며 행동의 필요를 느끼는 한 나는 죽는 날까지 글을 쓸 것입니다. 문학을 위한 문학이라면 일 년에 열두 번 살아나는 것 같은 고역을 나는 도저히 치를 수가 없을 것입니다.9)

위의 두 인용문에서 볼 수 있는 것처럼 작가는 작품을 통해 인생을 살아왔고, 작품과 함께 사고하고 작품을 통해 자신의 운명에 대한 치열한 격투를 벌여 온 것이다. 암에 대한 격투와 자신의 운명으로부터 오는 절대 고독을 작품을 쓰는 과정 속에서 예술적 고양과 더불어 극복되었다고 할 수 있다. 문학과 작품에 대한 작

---

9) 박경리, 「회원을 꿈꾸며」, 『Q씨에게』, 지식산업사, 1981, 164쪽.

가의 이런 치열한 의식은 작품을 쓰면서 자기 자신의 운명과 함께 더불어 사는 이웃에서 민족공동체의 비전을 제시할 수 있을 만큼 의식이 확대된다. 그 모든 것이 〈토지〉에 집결되어 나타난다.

2. 서사의 지향점

〈토지〉의 서사적 구조는 농민들을 비롯한 민중이라고 할 수 있는 인물들을 중심으로 작은 일상적 사건들을 묘사하는 부분과 독립운동을 서술하는 부분, 두 부분으로 나누어져 있다. 이 두 부분의 배경서사를 이루는 구한말의 동학 운동에서 의병운동, 일제하의 시기별 독립운동 서술은 농민들을 비롯한 독립운동가들의 내밀한 삶을 들여다보는 내부 묘사를 통해 보여준다.

〈토지〉의 서사구조를 이끌어가는 가장 핵심적인 것은 민족의 독립운동이다. 이것은 조정래의 민족사적 거대구조와 개인적 시간이라는 내부구조의 분석과 동궤에 있다.[10] 작품의 서두에서 최참판가의 몰락이 직접적으로는 최치수와 윤씨 부인의 죽음으로 제시되어 있지만, 그로 인한 조준구의 재산 탈취는 일본의 침탈과 연계되어 있다. 이것은 작품의 지향하는 방향을 짐작하게 하는 부분이다. 또 김훈장이 동네 사람들을 모아 의병을 일으켜 조준구를 공격한 것도 조준구의 뒷배경으로 일본 경찰이 있음을 시사하는 것이다. 또 작품 속에 대부분의 인물이 독립운동과 연계하여 관계를 맺고 있다. 심지어 기생으로 지내다 자신의 한을 극복하지 못해 자살하는 봉순이조차 독립운동가인 서의돈, 이상현과 관계 맺음으로서 연계를 가지고 있다. 또 가문지키기와 토지 찾기에 연연

---

10) 조정래, 「생존의 원리와 역사성」, 『〈토지〉와 박경리 문학』, 솔출판사, 1996.

하는 서희마저 길상이 독립운동에 뛰어드는 3부 이후에서는 가족을 돌보지 못하는 독립운동가족들을 돌보는 일을 전적으로 맡아서 한다. 길상이 독립운동에 직접 참여하고 둘째 아들마저 학생운동에 참여하자 서희는 자신 가족의 안위와 독립운동가들의 생계 문제를 장연학을 매개로 조력자의 역할을 철저히 함으로써 독립운동에 일조하는 인물이다.

독립운동은 평사리를 떠난 3,4,5부에 가서 공간과 인물을 확장하면서 전개된다. 평사리, 하얼빈, 훈춘, 연해주, 연추, 진주, 평사리로 다시 돌아올 때까지 독립운동 서사는 이어진다. 또 인물들역시 새롭게 등장하고, 세대를 이어 독립운동에 관여한다. 수많은인물의 창조와 필연성 없는 관계맺음을 통하여 그래도 끊임없이독립운동은 당위성을 가지고 민족을 소환한다. 그런데 이 부분은역사적 사건의 구체적 형상화가 아닌 서술자의 직접적 언술이나후일담 형식으로 인물들의 대화, 인물들의 관념이나 의식을 통하여 드러나는 서술로 주석적이고 설명적이다.

작품에서 작가는 민초의 삶을 둘러싸고 있는 역사적 배경이나독립운동가들의 활동을 농민들과 관수나 강쇠 같은 민초들의 삶과 긴밀히 연관시키고 있다. 이런 연계를 통하여 그들 각자도 민족공동체의 일원임을 상기시키는 작가의 서술적 전략에 의한 것이다. 작가는 역사적 사건이나 독립운동을 최참판가나 농민들을비롯한 민초들의 삶의 현실적인 규정력으로 제공하고 있다. 최유찬 역시 〈토지〉에서 역사적 사건은 대부분 작품 속에 구체적인모습을 드러내지 않고, 다만 그 사건들과 연계되어 있는 조선 민초들의 고달픈 삶의 이야기가 서사의 주요내용을 이루고 있다고분석하고 있다.11) 중요한 것은 이런 민족적 배경이 되는 농민들이나 민초들의 삶과 어떻게 연계되고 현실적 규정력으로서의 역사를 감당해야 하는가이다. 여기에 최참판가의 서희와 길상이의 역할이 있고, 후반부에 장연학의 역할이 필요한 것이다. 이런 이중 서사구조의 체계로 인해 드러나는 특징은 다음과 같다.

첫 번째 서사구조에서 나타나는 특징은 주인공이 없는 서사구조이다. 주인공이 없다는 것은 각 개인이 자기 나름의 한을 쌓기도 하고 풀기도 하는 고유의 삶을 살아가고 있음을 보여주는 형식 구조이다. 천이두가 작품 전편에 일관하는 주인공이 없다12)고 지적한 이후, 조정래 역시 장면과 상황이 바뀔 때마다 주 인물의 역할을 하다가 보조적인 역할을 하는 등으로 교체되면서, 전체로 보면 주인공이 없는 서사구조로 짜여있다고 지적했다. 김진석 역시 〈토지〉를 1부에서 5부까지 구한말에서 해방 전까지 시대적 흐름에 따라 중심인물이 다르기 때문에 주인공이 부재하는 작품으로 보고 있다.

> 서사구조의 첫 번째 특징은 〈토지〉에서는 주인공이 부재한다. 다르게 말하면 소설의 중심인 주인공은 존재하지 않는다. 최참판가 사람들이 소설의 주인공이라고, 그들을 중심으로 서사적 구조가 펼쳐진다고 말한 필요가 없다. 사소한 인물까지도, 사소한 사물까지도 모두 주인공이다. 주인공이란 이름 자체가 맥이 풀린다. 이들까지도 나름대로의 역사 속에서 움직인다. 그들의 일상은, 그들의 침묵은 어떤 서사적 중심에 예속되지 않은 채 그들의 생명의 결에 따라 이야기되는 것이다. 바로 이 점에서 〈토지〉는 소설의 영역을 변화시키면서 확장하고 있는 것이다.13)

---

11) 최유찬, 「〈토지〉를 읽는다」, 솔출판사, 1996, 185쪽.
12) 천이두, 「한의 여러 궤적들」, 현대문학, 1994, 10, 120쪽.
13) 김진석, 「소내(疏內)하는 한(恨)의 문학」, 『문예중앙』, 1995.5, 212쪽.

〈토지〉에서의 개인적 실존 자체가 한을 낳는다는 의식은 인간은 누구나 한을 지니고 살 수밖에 없는 존재로 인식하는 것이다. 개인의 노력 여하에 따라 극복이 가능한 것으로 새로운 비전을 제시할 수 있는 여지가 있다. 이상진이 '인물의 존재 방식'으로 분류한 다양한 항목은 그들의 나름대로 짊어지고 있는 한과 극복을 통한 개인의 삶의 존재방식이 다양함을 보여준 것이다. 14) 이런 작가 의식이 작품의 한 인물에 집중된 구조보다는 다양한 인물구조를 통해서 열린 구조를 선택할 수밖에 없었고, 한 인물을 주인공으로 내세우기보다 모든 인물이 자기 삶의 중심인물이듯 개인 개인의 삶을 민족 공동체의 총체적 삶으로 제시하고자하는 의도로 발전했다 할 수 있을 것이다.

두 번째 특징인 인물들의 존재방식을 서술하는 방식 또한 기존의 서사 방식을 많이 벗어나 있다. 서사에서 이야기가 상승구조를 타면서 독자의 호기심이 절정에 이르는 순간, 갑자기 이야기가 잘린 것처럼 다른 이야기로 넘어간다. 이 부분에 대해 정현기는 독자에게는 미완성인 채로 계속되는 이야기들을 이어가고 있음에도 불구하고 끊어진 장면 장면이 마디 그 자체로서 말할 수 없는 매력과 재미를 지닌다고 했다.15) 이야기가 한 인물의 이야기에서 갑자기 다른 인물로, 한 사건의 이야기 전모를 드러내지 않고 잘렸다가 몇 장이 지나서 잊을 만할 때 다시 인물들의 대화나 서술 속에서 이야기의 전모가 드러난다. 다양한 연애 서사도 마찬가지이다. 그러기 때문에 전체를 읽는 동안 반복적인 서술이 지속적으

---

14) 이상진, 「인물의 존재 방식으로 본 〈토지〉」, 『〈토지〉 연구』, 위의 책, 49쪽~173쪽.
15) 정현기, 「박경리의 〈토지〉 연구」, 『한과 삶』, 솔출판사, 1994, 281쪽.

로 언급된다. 또 객관적인 행위나 사건보다는 대화와 생각, 상념 및 느낌을 통해 인물이 묘사되고 있다. 공적인 사건에 대한 행위와 사건은 생략되거나 절제 된 체, 논쟁이나 대화, 느낌을 상세히 서술하고 있다.[16]

〈토지〉에서는 번번이 독자들이 기대하는 기존의 서사구조 방식과는 다른 느닷없이 서사가 잘리는 구조는 인물의 주인공이 다양하게 각자의 한에 의한 존재방식과 마찬가지로 열린 구조라고 할 수 있다. 여기서 열린 구조라는 것은 인간의 운명을 결정적인 것으로 보지 않는다는 것이다. 다양한 삶의 존재 방식과 마찬가지로 삶은 필연적인 운명보다는 우연에 의해서 조합되어 그것이 필연적인 운명을 이루고 있음을 보여주는 서사구조라고 할 수 있다. 일본 제국주의의 하에서 우리 민족의 삶이 인물마다의 의식에 의해서 결정되는 것이 아니라 우연적인 사건에 의해서 좌우됨을 보여주는 서사구조이다. 또 일정한 기대치를 벗어나는 서사구조는 우리의 삶이 기대와는 달리 엇나가는 현실의 삶과 많이 닮아 있다.

세 번째는 주로 역사서술이나 독립운동을 서술한 부분에서 많이 나타나는 특징이다. 인물간의 유기적인 관계가 약한 생소한 인물들이 일정한 맥락이나 필연성이 없이 나타나는 것이라든가, 의병운동이라든가, 형평사운동, 계명회 사건, 또 다양한 독립운동에 관한 서술 역시 인물들과 고리를 가지고 있지만, 유기적 연결고리나 필연성이 부족한 우연의 산물로 그려지고 있다. 그럼에도 불구하고 작품에서는 인물들을 끈질기게 독립운동에 참여시키기 위해 끌어낸다. 역사적 사건들이 전개되는 과정은 생략된 채 그 사건들에 대한 개개인에게 받아들여지고 있는 반응이나 그로 인한 개인

---

16) 김진석, 「소내(疏內)하는 한의 문학」, 위의 책. 219쪽.

들의 삶의 변화를 중심으로 그려지고 있다.

위의 세 가지 서사구조의 특징은, 전 봉건적 시대에서 근대로 넘어가는 과도기적 삶을 드러내는 서사의 특징으로 볼 수 있다. 일본 제국주의의로부터 억압된 삶과 나라를 잃은 민족적 비극 속에서 아무 것도 확정할 수 없는 민족의 공동의 심리가 형식으로 드러났다 할 수 있다. 과도기적 체계에서 모든 의미가 미확적정으로 미끌어져 내려가는 가운데 심리적 불안을 보여주는 형식구조라고 할 수 있다. 예를 들면 최서희가 모든 가문의 재산을 조준구로부터 탈취당하고, 그것을 찾기까지는 분명한 목적을 통하여 서희의 행동이나 의식이 분명히 드러나지만, 모든 재산을 되돌려 받은 이후 최서희의 존재는 미약하게 최소한의 다른 사람의 대화 속에서나 등장한다. 1,2부에서 소작인들이나 하인들의 삶이 생생한 현장감을 가지고 전달되던 것과는 달리, 3부 이후에서는 장연학의 활동과 서희 차기 세대들의 연애담, 뚜렷한 행동이 없는 지식인들 사이의 토론이나, 독립운동가들 사이의 논쟁 역시 그런 범주에 속한다. 중요한 역사적 사건은 인물들의 대화 속에서나 후일담으로 서술되고, 독립운동가들이나 지식인들의 토론으로 이어진다.17)

이런 열린 서사구조는 작가의 생명사상에 의한 구조이다.18) 국가나 민족이 서로서로 떨어져 기능하는 부분 집합들을 결합시키는 추상적 통일체이듯이19) 서사구조 역시 개인의 삶의 존재 양식

---

17) 임진영은 이에 대해 여러 민초들의 운명과 최참판가의 운명이 동일화될 때, 식민지 하의 민족이라는 당연한 일반 규정 속에서 그 운명 공동체적 성격만이 표나게 강조될 때, 이제 이것은 더 이상 매개를 필요치 않는다며, 인물들의 역사적 관계가 삶의 구체성을 드러내기 보다는 작가의 목소리가 그대로 실린 인물들의 말을 통해 드러난다고 서술했다. 「〈토지〉의 삶과 역사의식」, 『〈토지〉와 박경리 문학』, 위의 책. 76쪽.

18) 이상진, 「서사의 특성으로 본 〈토지〉」, 『〈토지〉 연구』, 월인, 1997, 175쪽.

을 통합하는 추상적 통일체이다. 이것은 작가 의식의 반영으로 '생명 있는 것은 그 모두가 시간(縱)과 자리(橫), 혹은 공간이라는 엄염한 십자가 밑에서 만나고 이별하며 환희와 비애를 밟고 지나가는 존재이기 때문이다.[20] 이런 작가 의식은 서사구조에서 추상적 통일체는 주인공이 없거나, 미확정적인 이야기, 열린 서사구조로서 나타나지만, 〈토지〉에서는 욕망하는 생명체로서의 개인의 삶의 존재방식을 민족적인 것으로 소환하여 여기에 하나의 전체, 생명성을 통하여 민족을 내재화한다. 개인은 욕망하는 주체이면서 욕망의 대상이다.

〈토지〉에서는 욕망에 따른 개인의 삶의 다양한 방식과 그들의 삶의 구조를 통해서 드러나는 역동적인 생명성이나 개인적 가족주의나 이기주의에 의해서 파멸하는 인물군상을 잘 드러나고 있다. 이에 대해서는 최유찬은 중심적인 사건이 빠져나가버리고 나서도 작품이 생동하는 인물과 인간관계를 보여주는 이유가 된다고 해석한다.[21] 삶의 역동성과 서사 구조를 확장하는 인물들은 가족으로부터 소외, 분리, 현실의 굴절을 통하여 독립 운동가, 혹은 예술가라는 새로운 가치를 창출하는 석이, 조병수, 관수를 비롯한 서희나 길상이, 용이, 영팔이, 장연학, 같은 인물이다. 이들 중에 특히 서희의 대리인 장연학을 통해서 독립운동가들과 민초들의 삶을 이어줌으로써 우리 민족공동체의 비전을 제시하고 있다. 장연학을 통하여 서사구조가 확장되고 있다. 그리고 〈토지〉 이전의 작품에서 보여주는 관념적 고향으로부터 발전, 현실적으로 실현 가능한 고향이 제시된다.

19) 들뢰즈, 가타리, 김재인 옮김, 『안티오이디프스』, 민음사, 1997, 376쪽.
20) 박경리, 〈토지〉, 마로니에북스, 5부 5권, 20권, 241쪽.
21) 최유찬, 「〈토지〉를 읽는다」, 『〈토지〉 비평집 4』, 솔출판사, 1996, 193쪽.

3. 가족 서사에서의 장연학의 역할

위의 서사구조에서 분석한대로 작품 속의 인물들은 각자 자신의 나름대로의 한을 짊어지고 사는 존재들이다. 그들의 삶이 확장됨에 따라 가족서사가 민족 서사로 뻗어간다. 그러면 어떻게 민족 사사로 확장되는가를 보자. 이 작품에서 가족 구조에서 오는 원한으로 개인적 한이 이루어져 있지만, 그 배경을 면면히 살피면 모두 일본제국주의라는 시대적 배경으로 인한 것이다. 주요 인물이랄 수 있는 서희, 용이, 김훈장, 관수, 김환, 길상, 조준구, 조병수, 송장환, 한복이, 석이, 홍이, 양현, 영광이 대부분의 인물들은 큰 틀에서 보면 국가 어버이를 상실한 큰 설움을 배경으로 가족으로부터 온 각자의 한을 짊어지고 살고 있다. 물론 인물들 중에는 자신의 한을 예술을 통하여, 독립운동을 하는 가운데 극복되기도 한다. 나라를 잃은 큰 서러움을 가진 민족이라는 큰 테두리 안에서 서로 가련하게 생각하고 도우면서 서러움을 이겨나가는 가운데 한이 극복된다. 민족적 한을 가진 설움은 이웃에게 자신처럼 더욱 더 감정 이입하여 이웃을 가족처럼 사랑하게 된다.22) 이런 사적인 마음을 공적으로 감당하는 인물이 장연학이다.23) 장연학은 가족으로부터 오는 한을 가지지 않은 여유있는 집안의 사람이라는 것도 작가가 의도한 전략일 것이다. 치밀하고 정확한 성품은 최판참가의 관리인으로서 일을 치밀하게 처리할 수 있는 능력을 갖추었음을 보여준다.

---

22) 이에 관해서는 서현주,『박경리 토지와 윤리적 주체』, 역락, 2014, 참고.
23) 장연학은 자신의 사사로운 감정에 의해서 움직이지 않는다는 의미에서 공적이라는 말을 사용했다. 나라를 잃은 일본 제국주의의 하에서 민족에 대한 책임을 가지고 최참판가의 대리인으로 돌보는 역할을 수행하고 있다는 의미에서도 공적이라는 말을 사용.

〈토지〉의 1,2부는 최참판댁 윤씨부인과 서희를 중심으로 최참판댁의 몰락과 그 집안을 다시 일으켜 세우는 서사이다. 즉 1,2부는 최참판댁 몰락으로 인한 서희라는 인간의 한 맺기와 한 풀기 서사라고 할 수 있다. 1,2부에서 서희가 조준구로부터 빼앗긴 모든 재산을 도로 찾은 후 허망함에 빠지는 것은, 오직 몰락한 최참판댁의 명예와 재산을 되돌려 놓은 일이 서희의 그동안 삶의 목적이었기 때문이다. 서희가 1,2부에서는 조준구에게 빼앗긴 재산을 회복하기 위해 간도에서 친일마저 마다하고, 오직 가문 세우기와 지키기에 필요한 길상과의 결혼을 통해서 혈연과 가문에 집착하는 인물로 등장한다. 김은경은 〈토지〉 작품 연구에서 현실로부터 소외되어 가치를 절대화하는 인물군과 가치를 상대화하여 굴절하는 인물군으로 나누며 서희는 최참판가의 가산은 회복하였지만, 길상과의 결혼으로 안게 된 신분으로 오는 한으로 인해 굴절을 거치게 된다는 것이다.24) 김은경의 논리로 보면 최서희는 길상과의 결혼으로 오는 굴절에 의한 새로운 가치의 창출로 이웃과 민족에 접속함으로써 삶의 지평을 확대한다고 할 수 있다. 3,4,5부에서 이 역할을 바로 장연학이 대신 맡아서 하는 것이다.

1,2부에서 드러나는 서희의 소망이 가문지키기와 재산의 회복에서 찾을 수 있다면, 용이나 영팔의 소망은 옛 고향의 정취를 되찾는 것이다. 용이는 간도에서 간간이 평사리에 대한 과거의 기억들을 아련한 아름다운 회상으로 떠올리는 장면들이 제시된다. 영팔이는 간도에서 농사를 짓기 위해 간도 농촌 마을로 들어가고 용이 역시 뒤따라간다. 서사에서는 두 사람을 통하여 막연히 예전의 서로 부대끼고 함께 했던 평사리 마을의 공동체를 그리워하는 정

---

24) 김은경, 『박경리 문학연구』, 서울대학교 박사학위 논문, 2008, 191쪽.

서를 보여준다. 이런 두 사람의 평사리의 마을의 공동체에 대한 소망은 3,4,5부에 와서는 최서희의 소망이 되면서 그 소망을 장연학을 통해서 이루어낸다.

3,4,5부에서 최서희나 길상은 소극적인 역할만 할뿐 장연학이 그 집안의 모든 역할을 대신한다. 그래서 3,4,5부에서 장연학을 내세워, 임이네의 탐욕으로부터 노후의 힘든 삶을 사는 용이나, 또 독립운동에 가담해 가족을 돌보지 못하는 석이네 가족, 송관수의 가족 등과 같은 어렵고 힘든 사람들을 돌보는데 여력을 다한다. 그 이후 서사를 이끄는 최참판댁의 중심인물은 서희도 길상이도 아니다. 장연학이라는 재산 관리인이면서 서희와 길상의 대리인으로서의 장연학이다. 장연학은 3부에 등장해 5부까지 꾸준히 등장하다 5부 제일 마지막 해방의 기쁨에 취해 만세를 부르는 마지막 서사를 장식하는 인물이다.

"어머니!"
양현은 입술을 떨었다. 몸도 떨었다. 말이 쉬이 나오지 않는 것이다.
"어머니! 이, 일본이 항복을 했다 합니다.!"
"뭐라 했느냐?"
"일본이 일본이 말예요. 항복을, 천왕이 방송을 했다합니다."
서희는 해당화 가지를 휘어잡았다. 그리고 땅바닥에 주저앉았다.
"정말이냐...."
속삭이듯 물었다. 그 순간 서희는 자신을 휘감은 쇠사슬이 요란한 소리를 내면 땅에 떨어지는 것을 느낀다. 다음 순간 모녀는 부둥켜 안았다. 이 때 나루터에서는 읍내 갔다가 나룻배에서 내린 장연학이 둑길에서 만세를 부르고 춤을 추며 걷고 있었다. 모자와 두루마기는 어디다 벗어던졌는지 동저고리 바람으로,
"만세! 우리나라 만세! 아아 독립만세! 사람들아! 만세다!"

외치며 춤을 추고, 두 팔을 번쩍번쩍 쳐들며, 눈물을 흘리다가는 소리 내어 웃고, 푸른 하늘에는 실구름이 흐르고 있었다. 25)

위의 인용문이 〈토지〉의 전체의 마지막이면서 5부의 마지막 장면이다. 작가의 〈토지〉 전체의 용의주도한 서술전략으로 보면, 이 마지막 장면 역시 의도적인 서술전략으로 볼 수 있다. 장연학은 3,4,5부에서 길상이나 서희보다 더 많이 등장한다. 그러나 장연학에 주목한 논문은 보이지 않는다. 인물의 존재방식으로 〈토지〉의 의미를 분석한 이상진조차 장연학은 분석 대상에서 제외시켰다. 26) 필자 역시 장연학의 인물이 크게 부각된 것은 이번 〈토지〉를 다시 읽는 과정에서 새롭게 인식하게 되었다.

3부 이후 장연학의 역할을 분석해보면, 〈토지〉의 주요한 주제의 하나인 생명의 존엄성이 어떻게 지켜져야 하는가를 볼 수 있다. 이것은 앞으로 인류가 이루어야 할 삶의 형태에 대한 가치 있는 비전 제시를 작품의 주요가치로 분석한 최유찬과 동궤에 있는 것이다.27) 작가는 생명이 있는 존재는 누구나 한을 지니고 사는 존재로 인식하고 있다. 즉 생존 자체가 한을 키우고 한을 푸는 작업이다. 최참판가 뿐만 아니라 최참판가의 가계와 관계 맺고 있는 다른 대부분의 사람들도 거의 예외 없이 무슨 업보와도 같이 한

---

25) 박경리, 〈토지〉, 마로니에북스, 5부 5권, 20권, 415~416쪽.
26) 이상진, 『〈토지〉 연구』, 월인, 1999, 77쪽, 이상진은 인물을 분리하면서 개인은 개인대로 작중인물이 되었다가 어느 새 한 떼의 무리가 되어 익명화된다며, 강청댁, 임이네를 비롯한 마실꾼, 혹은 수다쟁이, 이상현, 임명빈을 비롯한 지식인 집단, 용이, 영팔이를 비롯한 농꾼 집단으로 나눈다. 여기에 장연학은 마실꾼도, 지식인도, 농꾼도 아닌 집단에 소속되기에는 애매한 존재이다. 장연학은 가족과 가족을 이어 민족공동체의 비전을 제시하는 인물이다.
27) 최유찬, 『〈토지〉를 읽는다』, 솔, 1996, 14쪽.

을 지니고 사는 사람들이다.

> "산에 맛을 딜이고 한번 인이 박혀버리면 산을 떠나지 못하는 것이 보통인데 시쳇말로 자유라는 것이 그렇게도 좋은 것이다. 그 말인데 신선이 무어이겠소? 소위 자유인. 풀려난 사람 아니겠소이까? 어디 사람뿐이겠소? 천지만물 생명 있는 것. 그 모두가 풀려나면 나로부터 풀려나는 게요. 수십 년 기나긴 성상 소지감 선생께서 헤매고 다닌 것은 무슨 까닭이오? 골육에서 풀려나고자, 윤리도덕에서 풀려나고자 한 몸부림 아니외까?"28)

인용문에서 보는 것처럼 골육이라는 가족과 윤리도덕으로부터도 해탈한 현실을 초극한 인물, 주갑이, 윤보 같은 인물들은 개인의 자유의지에 의해서 생명성을 극대화하지만 인간은 가족이나 사회, 국가 같은 공동체의 일원이다. 그러기에 더불어 살아가는 최참판가의 최서희가 자신의 환국이 윤국이를 사랑하는 것처럼 이웃을 혈연처럼 사랑하는 마음으로 돌보는 마음이 장연학을 통해서 실현된다.

작가는 작품 활동을 시작한 초창기, '마음도 생활도 온통 가난했었다'29)라는 말로 표현했듯이 자신의 불합리한 출생에 대한 열등감, 남편과 아들을 잃은 전쟁으로 인한 상흔, 어머니와 딸을 부양해야 하는 가장으로서의 심리적 경제적 부담 등으로 인한 삶에 대한 객관적 거리를 지킬 수 없는 상태였다. 즉 자신과 가족 추스르기에 급급, 주위를 돌아 볼 상황이 아니었다. 그러나 『표류도』 발표 이후 박경리의 경제적인 생활은 안정된다.

---

28) 박경리, 〈토지〉, 마로니에북스, 15권. 179~180쪽.
29) 박경리, 『Q씨에게』, 지식산업사, 1981, 141쪽.

아무튼 『표류도』가 세상에 나간 후 나는 차츰 매스컴을 타기 시작했다. 조선일보사에서 연재 교섭이 있어 『내 마음은 호수』를 쓰게 되었고, 여원사의 요청으로 『성녀와 마녀』를 연재 하게 되었다.
(중략)
무대는 화려하나 무대 뒤의 쓸쓸하고 착잡한 바람을 받고 서 있는 나, 다 뿌리치고 어디론지 도망치고 싶은 충격, 이 상태에서 터지지 않았던 것, 파괴하지 못했던 것, 그것은 가족이라는 너무나 강한 지주가 있었기 때문이다.30)

위의 인용문은 박경리 의식의 축약도라고 할 수 있다. 우리는 이 인용문에서 〈토지〉의 서희가 간도로 떠나기 전 잃은 땅과 집을 다 찾은 후 삶의 허망함을 느낀 것과 같은 허망함을 볼 수 있다. 그런 허망함을 구원해 준 것은 가족이었었다는 글에서 볼 수 있는 것처럼, 삶의 최후의 보루, 가족이라는 화두를 놓지 않는다는 것이 〈토지〉의 서사 목적 중의 하나로 드러나는 것은 이런 작가의 심리와 맞닿아 있다는 것을 알 수 있다. 위의 인용문에서 또 하나 분석할 수 있는 것은 외부 폭압에 의해서 뿐만 아니라 자기 자신의 내부에 '터지지 않았던 것, 파괴하지 못했던' 한이 고스란히 남아있는 것에 대한 인식이다. 외부 환경이 자신에 대한 관대함과 친밀함으로 다가오면서 좀 더 외부 환경에 너그러워졌음에도 자신의 심리 내부에 파고드는 심리적 허망함을 통해서 인간 실존 자체에 대한 본질적 물음, 인간의 생존 자체가 한의 삶이라는 인식에 도달한다. 이런 인식에 의해서 〈토지〉에서는 한의 구조가 다양하게 직조된다. '가족'을 기본항으로 하는 〈토지〉는 최참판

---

30) 박경리, 『Q씨에게』, 위의 책. 144~145쪽.

가의 '가족' 훼손이야기에서 이야기가 출발하여 가족의 회복으로 이어진다. 31) 이것은 다른 가족에게도 마찬가지이다. 최치수의 살해범 김평산의 아들 한복은, 아버지는 처형당하고 어머니는 자살하고 형은 가출함으로 가족의 해체 속에서 한을 끌어안은 인물이다. 가족을 통한 훼손된 삶이 그 아들 영호가 광주 학생사건으로 구속되자 진정한 평사리의 구성원으로 받아들여진다. 동네 사람들은 한복을 마을의 구성원으로 적극적으로 끌어 앉음으로서 한복의 그동안 가족으로 인해 잃은 인간의 존엄성을 되찾는다.

3,4,5부에 와서는 장연학의 역할을 통해 가족을 지키면서도 그 가족의 따뜻한 사랑이 민족 공동체 형성까지 이어지게 한다. 길상이 일본제국주의라는 민족적 현실을 극복하기 위해 독립운동에 직접 뛰어 들고, 서희가 환국이 윤국이 어머니로서의 역할에 집중하는 동안 장연학을 통해 이웃의 타자들을 거두고 보살피는 역할을 지속적으로 이어간다. 서희의 가족을 사랑하는 마음이 장연학에게 이어져 장연학은 이웃의 힘들고 어려운 가족을 돌보는 일을 최선을 다한다. 장연학을 통해 가족의 개념은 한 가족으로 머무르지 않고 함께 하는 이웃으로 확대되고 민족으로 이어진다.

사람 모두가, 역사를 극복하지 않으면 안 될 것이다. 김개주도 김환도, 역사의 산물이며 그 오랜 역사를 극복하려다가 간 사람이다. 자신도 그 길을 가고 있다. 강자는 극복되어야 한다. 약자의 눈물을 거두기 위하여, 평등하기 위하여, 강국도 극복되어야 한다. 약소국의 참상을 씻기 위하여, 국가와 국가가 평등하기 위하여, 일본은 마땅히

---

31) 김은경, 『박경리 문학 연구』, 서울대학교 박사학위논문, 2008, 133쪽. 김은경은 〈토지〉의 기본주제는 '가족'이라 할 수 있는 바, 가족은 인물들이 추구하는 가치의 하나이다. 따라서 〈토지〉의 주요 갈등상황은 가족의 문제와 관련을 맺는다고 할 수 있다.'라고 가족의 가치를 부각시키고 있다.

극복되어야 한다.32)

위의 인용문은 김개주의 생애에 감동을 받고 독립운동에 뛰어 는 든 길상이의 의식의 단면이다. 작품에서 지속적으로 서술되는 역사적 사건들도 일본 제국주의 침탈 하에 있는 약소민족인 우리 민족이 역사를 극복하기 위해서는 독립운동은 지속되어야 함을 당위적으로 서술한 것이다. 또 이 인용문을 빌어서 보면, 강자의 편에 서 있는 최판판가에서 불행하고 헐벗고 독립운동을 하느라 고 가족을 돌보지 못하는 독립운동가 가족을 비롯한 이웃을 지속 적으로 돌보는 것은 당연한 것이다라는 논리이다. 작가가 한국인 의 전통신앙인 무속신앙의 범신론적 태도에 모든 산천초목이 다 영성이 있고 공생 공존한다는 가치관과 모든 생명은 동등하다는 가치관이 담겨있음을 역설33)한 것처럼 강자가 약자를 돌봄으로서 더불어 함께 사는 사회가 바로 우리의 민족적 비전으로 제시되고 있다.

〈토지〉 전체 작품의 배경이 되는 일본 제국주의라는 현실에서 우리 민족적인 대의는 일본 제국주의로부터의 독립이다. 그러기 위해서는 작품에서의 전체 서사는 일본제국주의자들에 대항한 독 립운동이 주요 흐름이 되어야한다. 그러나 누구나 다 독립운동에 참여할 수는 없다.

독립운동을 하는 사람들과 남은 가족들의 삶은 병행되어야 한 다. 〈토지〉의 큰 서사구조는 바로 독립운동군과 그 가족들의 삶이 라고 할 수 있다. 그 두 삶의 구조를 연결해주는 역할을 하는 것

---

32) 박경리, 〈토지〉, 마로니에 북스, 14권, 297쪽.
33) 박경리, 정현기, 설성경, 「한국문학의 전통적 맥잇기」, 『현대문학』, 1994.10. 71쪽.

이 바로 장연학이다. 가장이 독립운동에 참여함으로써 남은 가족들은 생계가 막연하고 누군가의 돌봄이 필요하다. 최참판댁의 서희의 막강한 재력에 의지한 장연학의 역할이 그 돌봄의 중심역할을 하는 것이다. 독립운동이라는 공동체의 큰 비전을 위해서 가족을 챙길 여력이 없는 독립운동가를 위해서 장역학의 역할은 공동체의 대의를 위해서 필수적인 것이다.

4. 만들어가는 능동적인 공동체

작가는 역사를 만들어가는 능동적인 생명체와 같은 것으로 인식한다. 그래서 첫째 우리가 할일은 일본 제국주의 하에서 벗어나기 위해 적극적인 대응, 독립운동을 해야 한다는 것, 〈토지〉에서 동학운동에서 의병 활동, 민주에서의 갖가지의 독립운동이 제시되는 것은 능동적인 역사, 우리 것을 찾기 위한 노력의 일환, 민족사의 배경으로 서술되고 있다. 두 번째는 나라가 없기 때문에 다스리는 일은 돈 있고, 더 힘있는 자들이 일본제국주의의 침탈로 헐벗고 굶주린 백성들을 고루 족할 정도는 아니더라도 일제로부터 벗어날 때까지라도 버티고 살아남도록 도와야 함을 서희나 장연학을 통해 이루어낸다.

〈토지〉에서 가족 개념은 서희 가족으로부터 서희가 위급할 때 생사를 같이 했고 간도에서 동고동락했던 용이, 영팔이, 또 조준구로부터 재산을 찾는데 적극적으로 도와 준 석이네 가족 등의 평사리 가족, 더 확대되어 관수, 강쇠, 이동진, 이상현 가족, 명희 가족으로 확대되어 한 가족처럼 서로 도움으로서 일본 제국주의 하에서의 각박한 현실을 버텨나간다. 이것은 가족의 확대 개념으

로 해방 후의 우리 민족이 만들어 가야하는 능동적 공동체로 제
시된다.

　〈토지〉에서는 핍박받고 소외당한 불쌍한 사람끼리 만나서 서로
아끼고 의지하는 시큰할 정도의 아름다운 인정을 보여주는 장면
이 많다. 관수가 백정의 딸과 결혼, 의병활동에서 동학당 잔당의
중심인물로서, 또 독립운동과 형평사 운동에 전력을 다하는 동안
관수 가족을 챙기는 것은 서희였다. 관수의 부인이지만 백정의 딸
로서 갖은 천대를 받아야 했던 영선이를 장연학으로 하여금 물심
양면으로 배려하게 한 것도, 관수의 아들 영광이 백정 아들이라
퇴학당한 후, 일본으로 건너가 깡패들과 싸우다 다리를 다치자 환
국이로 하여금 찾아가서 돌보아 주게 한 것도 바로 서희였다. 그
이후에도 지속적으로 환국으로 하여금 영광을 물심양면으로 도우
게 한다. 사당패 아버지를 따라다니다 아버지가 병사하자 혼자가
된 몽치가 꿋꿋하게 떠돌이 생활을 견디어 낸 것도, 해도사나 소
지감과 같은 이웃의 사랑이 없었으면 몽치의 강인하고 꿋꿋한 성
정을 지킬 수 없었을 것이다. 그들의 지극한 애정은 가족 이상의
사랑이었고, 그런 사랑을 받고 살아 온 몽치는 가족이 없어도 인
간의 존엄성을 꿋꿋이 지킬 수 있었다.

　또 길여옥과 명희, 길여옥과 최상길의 관계 역시 아름답게 가족
이상의 사랑을 지속하는 관계이다. 명희의 남편 조용하가 명희와
시동생과의 관계를 의심, 자살을 결심하고 여옥에게 내려왔을 때
여옥은 혼신의 힘을 다해 돌본다. 그리고 명희에게 살아갈 수 있
는 용기를 주어 재기의 길을 걷도록 도운다. 그 후 여옥은 기독교
전도사로 일하며 기독교 반전 공작 운동에 참여 체포되어 영어의
몸이 된다. 그러자 옛 남편의 친구였던 최상길이 죽을 정도로 피

폐한 상태로 출옥한 여옥을 자신의 모든 것을 다 바쳐 혼신의 힘으로 여옥의 건강을 챙겨주어 결국 건강을 되찾게 한다.

서희는 또 독립운동으로 젊었을 때부터 집을 떠난 이동진이나 3.1운동의 패배로 암담한 일제하의 현실에 대한 절망으로 황폐한 삶을 살아가고 있는 그의 아들 이상현조차 가족을 내팽개치고 돌보지 못하자 그 가솔을 맡아서 시시때때로 곡식 등 일용한 양식을 지속적으로 보내 든든한 버팀목이 되어준다. 또 서희는 자신의 몸종으로 있던 봉순이의 그리움의 대상이었던 길상이나 이상현으로부터 버림받자 스스로의 한을 극복하지 못하고 삶의 끈을 놓고 아편에 빠져 허우적거리는 봉순이를 자살하기 전까지 자신의 가족처럼 돌보았다. 또 그 후 남겨 둔 딸 양현을 서희는 친딸 이상으로 거둔다. 그것으로 환국의 아내, 며느리와 갈등까지 빚었지만 끝까지 양현의 편에 서서 양현을 돌본다.

길상이 독립운동으로 만주 지방에 머물자, 서희는 집안 관리인으로 장연학을 고용, 길상이 맡은 역할을 맡게 한다. 집안 관리뿐만 아니라 독립운동으로 가솔을 돌보지 못하는 가족을 돌보는데 주력을 다하게 한다. 특히 3,1운동에 가담했던 정 석이 가정적 불화로 일본 경찰에게 쫓기는 몸이 되어 만주로 독립운동에 참여, 소식조차 끊고 가솔을 돌보지 못하게 된다. 장연학은 석이 어머니 성환 할머니와 성환이와 남희를 지극 정성으로 돌본다. 특히 남희는 집나간 엄마 양을례가 운영하는 술집에서 일본군에게 강간을 당해 성병을 얻는다. 장연학은 남희의 성병을 다른 사람 모르게 병원에 입원 치료하는 것은 물론 어린 나이로 받은 그 정신적인 상처를 치유하는 데까지 전력을 다한다. 한 때 최참판가와 관련 있었던 용이를 비롯한 소작인들은 물론 하인, 하인 식솔, 독립운동가의 가족들은 장연학의 보살핌 속에 일본 제국주의 하의 어려운 현실을 견디어 나간다.

> "그렇지요. 생명. 모든 생명은 존재하고 운동하는 한에 있어서 의지가 있다 할 수 있겠지요. 풀잎 하나에도."
> "그렇다면 역사는 독자적인 것이 아니라면 지배하는 건가?"
> "능동적인 공동체다. 저는 그런 생각을 합니다."[34]

> 다스린다 함은 두말할 것도 없이 고루 족하였는가 보살피는 일이며 옳고 그름을 판단하는 일이며 취하고 버릴 것을 선택하는 일, 결국 알뜰하게 살림을 꾸려가면서 정신적이든 육체적이든 백성이 필요로 하는 것을 백성과 더불어 이룩해가는 일인데, 정치이념이야 언제나 명쾌한 것 아닙니까? [35]

위의 두 인용문은 상현이 일본 유학 친구인 전윤경, 임명빈, 남천택이 더불어 시국 토론 중 나온 일부 대화이다. 작가는 3부 후반부부터는 독립운동가들이나 지식인 그룹과 오가타 유인실의 토론을 통해 위의 인용문 같이, 역사, 민족주의, 일본의 민족성, 한국의 민족성, 한, 생명성, 문화, 문명 등 작품에 필요한 개념들을 토론을 통해서 제시하고 있다. 이 부분도 그 일부분으로서, 이 두 인용문을 통해서 인식할 수 있는 것은 역사를 살아있는 생명, 능동적인 공동체로 보고 있다.

지금까지 논의를 정리하면 서희는 조준구로부터 모든 재산을 찬탈당하고, 간도로 탈출할 때는 모든 그동안의 기반은 다 잃고 오직 윤씨 할머니가 남기고 간 금괴와 김훈장을 비롯한 자신의

---

34) 박경리, 〈토지〉, 위의 책. 13권. 386쪽.
35) 박경리, 〈토지〉, 위의 책. 13권. 388쪽.

집에서 소작인을 지냈던 용이, 영팔이, 그리고 길상이 등이었다. 김훈장, 이상현을 빼고는 대부분이 소작인 하인이었다. 김훈장과 이상현과도 길상과의 결혼 문제로 다툰 이후 모두 떠나갔다. 서희가 그 이후 자신의 모든 것을 맡기고 도움을 요청할 사람들은 그들이었다. 길상이, 공노인 등, 자신의 토대 기반과 다른 민초에 토대를 둔 사람들이었다. 서희는 그들과의 폭넓은 교유로 그들은 타인들도 가족처럼 아끼고 사랑하는 것을 보아왔다. 용이와 영팔이가 아무 연고도 없는 주갑이를 받아들여 함께 지내며 같이 나누어 먹으며 형제처럼 서로 아끼고 애틋해 하는 것을 보았다.

　서희는 또 최참판가의 재산을 도로 찾은 후 환국이 윤국이를 통해 가족의 사랑을 느낀다. 그런 가족적인 사랑을 자신을 위해 희생했던 봉순이 딸 양현에게까지 확대한다. 용이가 쓰러진 이후 임이네의 뒤틀린 욕망에 시달리는 것을 안타깝게 생각, 하동 자신 집의 방을 내주고 하인으로 하여금 돌보게 한다. 이것도 가족 이상의 사랑이다. 이 모든 것은 바로 가족과 같은 사랑을 이웃과 함께 나누며 더불어 사는 사회 그것이 결국 고향이며 유토피아임을 서사를 통해서 보여주고 있다. 이것은 민족의 모든 구성원이 노력하며 이루어나가야 하는 능동적 공동체, 우리의 유토피아다. 자신의 힘이 미치는 못하는 부분은 장연학을 통해서 대리 역할을 감당하게 한다. 3,4,5부의 서사의 중요한 인물로 장연학이 지속적으로 등장하는 것은 바로 가족과 같은 사랑으로 이웃을 돌보자는 작가의식의 반영이다. 이는 김지하의 생명 사상의 한 부분이면서 박경리의 〈토지〉를 관통하는 핵심 의식인 생명 사상인 '가족 전체에게도 우주 생명이 있으며 가족 전체는 하나의 거룩한 생명공동체'[36]라는 의식을 드러내고자 하는 것이다.

이것은 〈토지〉 이전 박경리 작품에서 언제나 등장하는 작품의 인물이 돌아가야 할 유토피아, 즉 관념 속의 고향과는 전혀 다른 능동적인 공동체, 우리가 노력에 의해서 만들어가야 하는 현실적인 고향이다.

> 오랜 방랑을 끝내고 이제는 살 땅으로 돌아온 여행자처럼. 전쟁이 끝나면 온갖 것 다 버리고 산골에 가서 살자고 그는 말했다. 싸리나무 울타리에 초막을 짓고 꿀벌을 기르고, 토끼를 치고, 덫을 놓아 산짐승을 잡고, 감나무, 살구나무를 심고, 산나물, 송이, 머루, 산딸기는 얼마나 맛날 것이며, 솔잎도 먹을 수 있지 않느냐고 했다.37)

위의 인용문은 『시장과 전장』에서 지영이 남편이 전쟁 중 행방불명이 된 이후 남편을 회상하며 자신의 유토피아를 그리고 있는 묘사부분이다. 〈토지〉 이전의 대부분의 작품에서는 현실과 괴리된 이런 고향이미지가 작품 속에서 지속적으로 제시된다. 이것은 전쟁이라는 공포와 낯섦이 지배하는 폭력적 상황 속에서 벗어나 인간 본래의 원시적인 삶, 본래적인 삶에 대한 희구라고 할 수 있다. 인간이 어떤 목적에 의해서 수단화되지 않고 자연과의 합일에 의해서 자기의 감성대로 살아가는 〈토지〉에서 주갑이나 윤보와 같은 삶이다. 주갑이와 윤보의 삶은 자유인으로서 자신이 감성이 시키는대로 살아가야 하는 삶이기 때문에 편안하고 행복하지만 가족을 보살필 수 없다는 점에서 보편적인 삶이 아닌 것처럼, 위의 고향도 이웃과의 관계 속에서 살아가야 하는 보통사람들에게는 오직 관념 속의 고향일 뿐이다.

---

36) 김지하, 『생명』, 솔출판사, 1994, 34쪽.
37) 박경리, 『시장과 전장』, 마로니에북스, 2013, 321쪽.

이런 작가의 발전은 그동안의 작가로서의 성공으로 자신감과 경제적인 여유로 그동안 자신의 한이 극복되었고, 장기간 〈토지〉를 쓰면서 고심에 의한 의식의 확대와 민주주의 사회로의 현실적인 변화 등에 힘입은 결과라고 할 수 있다.

5. 나가는 말

〈토지〉의 서사는 작가의 생명사상에 의한 능동적인 생명체의 구현에 지향점을 두고 있다.[38) 국가나 민족이 서로서로 떨어져 기능하는 부분 집합들을 결합시키는 추상적 통일체이듯이[39) 서사구조 역시 개인의 삶의 존재 양식을 통합하는 추상적 통일체이다. 서사구조에서 추상적 통일체는 주인공이 없거나, 미확정적인 이야기, 열린 서사구조로서 나타나지만, 〈토지〉에서는 욕망하는 생명체로서의 개인의 삶의 존재방식을 민족적인 것으로 소환하여 여기에 하나의 전체, 생명성을 통하여 민족을 내재화한다. 개인은 욕망하는 주체이면서 욕망의 대상이다.

〈토지〉는 다양한 개인적 존재양식을 다루고 있기 때문에 주인공이 없다고 말할 수 있지만, 중심인물인 서희와 최참판가를 통하여 혹은 대리인 장연학을 통하여 민족공동체의 비전을 제시한다. 서희가 혈혈단신이었기 때문에 최참판가의 몰락을 막을 수 없음에 비해, 또 혈혈단신이었기 때문에 많은 사람의 도움을 필요로 하는 삶의 양식을 보여준다. 조준구를 피해 간도로 옮길 때 자신의 몸종으로 자신을 돌보던 봉선이와 길상의 도움은 물론 의병을

---

38) 이상진, 「서사의 특성으로 본 〈토지〉」, 『〈토지〉 연구』, 월인, 1997, 175쪽.
39) 들뢰즈, 가타리, 김재인 옮김, 『안티오이디프스』, 민음사, 1997, 376쪽.

일으켜 조준구를 공격했다 실패한 김훈장을 비롯한 이웃, 용이, 영팔이가 없었으면, 서희의 간도로의 탈출이 불가능했다. 간도에서 재산을 재축척하는 과정에서나 다시 하동의 최판판가의 재산을 도로 찾는 과정에서도 공노인이나 길상이 등의 헌신이 아니었으면 불가능했다.

혈연가족이 없는 서희의 입장에서는 이웃이 절대적인 존재였고, 혈연 가족보다 자신을 도와 준 이웃뿐만 아니라 독립운동으로 가족을 돌보지 못하는 가난한 가족과 고통 받는 가족을 돌봄으로서 자신의 혈혈단신으로서의 한 갚음을 이룬 것이다. 서희의 혈연가족이 없는 혈혈단신은 다른 사람에게 의지할 수밖에 없다. 3,4,5부의 장연학의 등장은 이런 서희의 의식을 장연학을 통해서 이루고자 하는 작가의 서술전략이라 할 수 있다. 모든 이웃을 혈연가족과 같은 사랑으로 이런 마음을 민족공동체까지 확대, 돌봄의 미학을 보여준다. 즉 〈토지〉의 다른 서사적 의도와 함께 작가는 서희를 통해서 무한포용의 모성적 세계, 전 우주적 해한상생(解恨相生)의 세계를 이루려는 서사적 의도를 보여준다.[40] 이런 모성포용적 세계는 서사구조에서도 열린 구조와 다양한 인물 구도를 통해 드러난다.

작가는 역사를 만들어가는 능동적인 생명체와 같은 것으로 인식한다. 그래서 첫째 우리가 할일은 일본 제국주의 하에서 벗어나기 위해 적극적인 대응, 독립운동을 해야 한다는 것, 〈토지〉에서 동학운동에서 의병 활동, 민주에서의 갖가지의 독립운동이 제시되는 것은 능동적인 역사, 우리 것을 찾기 위한 노력의 일환, 민족사의 배경으로 서술되고 있다. 두 번째는 나라가 없기 때문에 다

---

40) 정호웅, 「〈토지〉의 주제, 한, 생명, 대자대비」, 한국문학, 1995, 봄, 339~340쪽.

스리는 일은 돈 있고, 더 힘있는 자들이 일본제국주의의 침탈로 헐벗고 굶주린 백성들을 고루 족할 정도는 아니더라도 일제로부터 벗어날 때까지라도 버티고 살아남도록 도와야 함을 서희나 장연학을 통해 이루어낸다.

---

* 이 글은 「〈토지〉가족 서사의 확대, 능동적 공동체 만들기」라는 제목으로 2016년 4월 『여성문학연구』(한국여성문학학회)에 실린 글을 수정·보완한 것이다.

참고문헌

김진석, 「소내(疏內)하는 한(恨)의 문학」, 문예중앙, 1995.5.

김은경, 『박경리 문학 연구』, 서울대학교 박사학위논문, 2008.

김치수, 「비극(悲劇)의 미학과 개인의 한(恨)」, 『朴景利와 李淸俊』 민음사, 1982.

들뢰즈, 가타리, 『안티오이디프스』, 김재인 옮김, 민음사. 1997.

박경리, 정현기, 설성경, 「한국문학의 전통적 맥잇기」, 현대문학, 1994.10.

박상민, 『박경리 〈토지〉에 나타난 악(惡)의 상징연구』, 연세대학교 박사학위 논문, 2009.

서현주, 「박경리 토지와 윤리적 주체」, 역락, 2014.

이덕화, 『박경리와 최명희, 두 여성적 글쓰기』, 태학사. 1996.

이덕화, 「서술 의도에서 본 〈토지〉의 인물유형」, 『〈토지〉와 박경리 문학』, 솔출판사, 1996.

이상진, 「서사의 특성으로 본 〈토지〉」, 『〈토지〉 연구』, 월인, 1997.

이 진, 「〈토지〉의 가족서사 연구」, 국학자료원, 2012.

임진영, 「〈토지〉의 삶과 역사의식」, 『〈토지〉와 박경리 문학』, 솔출판사, 1996.

정현기, 「박경리의 〈토지〉 연구」, 『한과 삶』, 솔출판사, 1994.

정호웅, 「〈토지〉의 주제, 한, 생명, 대자대비」, 한국문학, 1995. 봄.

조윤아, 「박경리 〈토지〉의 생명사상적 변모에 과한 연구」, 서울여자대학교 박사학위 논문, 1998.2.

천이두, 「한의 여러 궤적들」, 『현대문학』, 1994.10.

최유찬, 「〈토지〉를 읽는다」, 『〈토지〉 비평집 4』, 솔, 1996.

〈토지〉에 나타난
'민족서사'의 구성방식

김연숙

1. 민족 공동체의 고전 〈토지〉

〈토지〉는 1897년에서 1945년이라는 연대기적 시간을 바탕으로 개항기 열강의 침략과 주권 침탈, 일제의 식민지 침탈 그리고 해방이라는 한민족사를 배경으로 삼고 있다. 또 주 집필시기가 민족 문학적 관점이 강력했던 1970~80년대인 까닭에 〈토지〉는 반식민적 민족주의 텍스트, 일제에 대한 저항서사가 될 수밖에 없는 태생적 조건을 지니고 있다.[1] 하지만, 역사적 사실을 풍부하게 담고 있다고 해서 혹은 민족적 자긍심을 주장한다고 해서 그것이 곧장 민족 공동체의 가치를 담보하는 것은 아니다. 그렇다면 1969년에 첫 집필이 시작된 이래 줄기차게 〈토지〉를 민족공동체의 텍스트로 호명하는 이유는 어디서 비롯되는 것일까. 또 〈토지〉로부터 구성되는 민족적 자긍심이란 무엇일까. 그저 부모로부터 내가 태어난 것처럼, 선재(先在)하는 정체성을 인정한다는 것이 민족공동체의 본질인가. 나아가 전지구적 질서를 운운하는 2000년대에 민족적 가치의 공유란 여전히 유효한 것일까. 연이어 생겨나는 이런 질문들로부터 이 글은 시작했다.

〈토지〉에 나타난 역사적 특징은 초기 연구에서부터 지금까지 중요하게 다루어져 왔다. 역사학자 강만길이 〈토지〉는 사료에 구애받지 않음으로써 오히려 역사적 진실에 접근한 농민 중심의 근대 민족 생활사와 근대민족 운동을 담고 있다고 평가했던 것처럼, 민족 역사의 관점에서 〈토지〉를 조망하는 방식은 거의 모든 연구자들의 공통점이라고 해도 과언이 아니다.[2]

---

1) 이상진, 「탈식민주의적 시각에서 본 〈토지〉 속의 일본, 일본인, 일본론」, 『현대소설연구』, 한국현대소설학회 43호, 2010, 411쪽.
2) 박상민, 「박경리 〈토지〉 연구의 통시적 고찰」, 『한국근대문학연구』 31호, 한국근대문학회, 2015, 275쪽; 한편 〈토지〉에 대한 연구사 시기구분과 연구 내

예를 들어 초창기 연구(1973~1980)들의 제목만 봐도 '역사라는 운명극'(염무웅), '민중과 리얼리즘 문학'(유종호·김현), '다양한 시대의 드라마'(임헌영), 〈토지〉의 한과 삶'(서정미), '성장하는 민족 이미지'(송재영), '문학과 역사'(강만길) 등 역사·민중·민족의 범주에 〈토지〉를 위치시키고 있다는 점이 분명히 드러난다. 이후 〈토지〉 연구의 양적 확대와 기획연구가 두드러졌던 1981년에서 1997년 시기에도 〈토지〉의 역사적 성취에 대한 주목은 계속된다. '역사적 상상력'(이태동), '민족사'(송재영, 김병익), '식민지의 삶'(김병익, 임명섭), '역사의식'(김철, 정미숙, 홍성암, 임헌영, 이재선, 김성희, 정호웅, 권오룡, 류보선, 신덕룡, 임진영), '민족의 한'(임진영), '역사와 허구'(김민수), '〈토지〉와 한국 근대사'(박명규)라는 논의들이 그러하다.3)

연구자에 따라서 관점이나 논의전개가 조금씩 다르긴 하지만, 대체로 〈토지〉에 구현된 한국근대사는 역사적 진실을 포괄하면서도 문학의 형식과 내용이 도달할 수 있는 소설적 진실의 최대치를 반영해내고 있다는 긍정적인 평가로 수렴된다. 요컨대 〈토지〉는 20세기 한민족의 역사와 사회와 문화와 인사(人事)에 관한 총체적 양상을 거시적인 전망 속에서 탐구하고 있는 작품이라는 것이다.4) 최근까지도 이런 논의는 계속되어서 "집단의 역사적 트라

용 개괄은 박상민(위 논문, 271~316쪽)의 연구를 참조해서 요약·정리했고, 본고에서는 개별 소논문의 연구결과보다는 역사소설로서 〈토지〉를 주목하는 선행연구방식을 검토했다.

3) 학위논문은 그 성격상 핵심어를 직접 제시하는 경우가 드물고 '〈토지〉 연구'라는 제목이 가장 많으나, 주제 혹은 내용상 분류를 보면 위의 경우와 별반 다르지 않다.

4) 김성수, 「일제 상업자본의 유입과 식민지 근대의 양상」, 최유찬 외, 『토지의

우마에 해당하는 식민 상황의 극복을 인물의 개인사를 통해서 구현"함으로써 "〈토지〉는 주권 침탈과 회복의 서사"를 보여준다고 평가하기도 한다.5)

한편 민족 역사의 재현이라는 내용적 평가 못지 않게 그 재현 방식에 대한 논의는 더 흥미롭다. 예를 들어 〈토지〉는 제도나 사건보다도 개인의 삶과 행동을 통해 생활사를 그렸고 이를 통해 한국근대사의 총체적 모습을 읽어낼 수 있지만, 실제 작품 내에서는 주요한 역사적 사건이 배제되어 있고, 내부적으로 역사상의 균질적인 시간의 흐름이 깨져 있다는 논의가 대표적이다.6) 이런 이유 때문에 한때 〈토지〉가 역사소설인지 아닌지에 대해서 논란이 벌어지기도 했고, 이후 〈토지〉가 "개인사와 생활사에 더욱 충실한, 미시사적 역사소설"의 특징을 가지고 있으며, 이에 따라 "시대의 사회상을 총체적으로 조감"하고 있다는 평가로 수렴되면서 마무리된다.7) 그럼에도 불구하고 〈토지〉는 구체적인 역사적 사건과 인물을 주변으로 밀어놓고 있으며, 그 때문에 "역사를 후경화(後景化)하고 있다"는 비판도 계속 받아왔다.8)

결국 긍정적이든 부정적이든 기존의 연구사를 종합해보면 〈토지〉가 한민족역사를 총체적으로 조감하고 있지만, 그것이 '개인의 삶과 행동'을 통해 드러나는 특성이 있다는 결론이 도출된다. 이

문화지형학』, 소명출판, 2004, 137~138쪽.
5) 서현주, 「자아 성찰과 관계를 통한 치유 - 박경리 〈토지〉를 중심으로」, 『국제한인문학연구』, 국제한인문학회 제15호, 2015, 114~119쪽.
6) 최유찬 외, 『토지의 문화지형학』, 소명출판, 2004, 24~25쪽.
7) 이승하, 「미시사적 관점에서 본 지식인 유형」, 최유찬 외, 『한국 근대문화와 박경리의 〈토지〉』, 소명출판, 2008, 163~167쪽.
8) 이승윤, 「식민지 경성의 문화와 근대성의 경험」, 최유찬 외, 『한국 근대문화와 박경리의 〈토지〉』, 소명출판, 2008, 140~144쪽.

런 맥락을 감안한다면, 〈토지〉의 민족서사가 구성되는 방식을 살펴보는 작업은 〈토지〉 연구의 핵심적인 과제에 해당한다고 할 것이다. 또한 〈토지〉 전체 서사의 출발점이 민족서사의 구성으로부터 시작된다는 점도 매우 중요하다.

베네딕트 앤더슨이 민족을 '상상의 공동체'라고 규정한 이래, 민족을 구성된 범주로 파악하는 일은 거의 일반화되어있다. 이때 '상상'이란, 민족의 실체 유무를 따지기보다는 마을단위를 벗어나 직접적 접촉과 체험이 불가능한 단위로 집단범주가 확장되었을 때, 그래서 상상에 의존해서 이해·수용해야 하는 집단의식이 '민족'이라는 범주를 만들어냈음을 뜻한다.9) 따라서 민족이란 의식은 '우리'의 형성과 관련 있고, 그것은 적어도 형식적으로나마 '구성원'들 간의 평등의식을 필요로 한다는 지적은10) 매우 중요하다. 또 이런 논의에 따르면 신분제의 철폐야말로 민족의식의 결정적 전제다.

〈토지〉의 출발점도 바로 여기다. 1897년 한가위의 평사리를 시공간으로 하는 〈토지〉는 조선-대한제국-식민지, 즉 혈연적 공동체로부터 식민지 근대로 강제합병당하는 과정에서 개인과 집단의 정체성에 얽힌 탐색을 다양하게 드러낸다. 그 이전까지 '우리'는 아직 형성되지 않았고, 봉건제 국가의 백성이자 신민으로 '토지'에 생득적으로 뿌리박힌 삶을 살아가야했다면, 〈토지〉는 식민지 조선인이라는 박탈당한 위치로부터 역설적으로 자신들의 뿌리를 구성해나가는 '민족서사'를 시작하고 있는 것이다.

---

9) 권혁범, 『민족주의는 죄악인가』, 생각의나무, 2009, 21쪽.
10) 권혁범, 위의 책, 22쪽.

2. 혈통적 민족으로서의 집단정체성

〈토지〉 1권은 집단적 정체성이 형성되는 출발점, 구한말(舊韓末) 즉 조선 말기로부터 대한제국으로 이행되던 시기를 배경으로 시작한다. 특히 첫 장면에 등장하는 1897년은 조선조가 국호를 대한제국으로, 연호를 광무로 바꾸었으며, 고종이 원구단에서 황제 즉위식(10월 12일)을 했다는 기록이 남아있는 특별한 때다. 〈토지〉 1부는 그때로부터 1908년 5월까지를 배경으로 하는데, 이 시기 조선에서는 동학혁명을 비롯한 봉건사회의 혁파가, 일본에서는 러일전쟁을 비롯한 국가 팽창의 시도가 두드러졌다. 이에 따라 조선(대한제국)은 일제 식민지로 강제병합되고, 봉건적 공동체에서 근대국민국가로 진입하고자 했던 열망은 좌절된다.

여기서 가장 먼저 등장하는 것은 단일 혈통을 전제한 시원적(始原的) 민족주의다. 이때 혈통은 종족(ethnie)과 인종(race)를 포괄해서 수천 년 동안 단일한 집단이었다는 한국인의 독특한 '민족' 개념을 형성한다.[11] 이런 개념을 받아들일 경우 나와 집단은 쉽게 동일시된다. 따라서 국가의 몰락은 개인의 소멸로 동일시되기 때문에, '죽음'이라는 절대적인 저항까지 감행할 수 있다.

〈토지〉에서도 을사늑약 이후 자결하는 유생, 그 정신을 숭상하는 양반의 모습이 제일 먼저 등장한다. 또한 〈토지〉의 공간적 배경인 '평사리'가 서울과 멀리 떨어져 있기 때문에 국권침탈의 과정을 직접 공유하지는 못하지만, 국가상실로 벌어지는 일련의 사건들이 '평사리'까지 전달되는 과정은 상당히 구체적이다. 예를 들어 정미 7조약(1907년)에 의해 대한제국군대의 강제 해산령이 내려졌을 때, 박승환이 자결하고 "이것이 도화선이 되어 무기고를

11) 신기욱 저, 이진준 역, 『한국 민족주의의 계보와 정치』, 창비, 2009, 20~21쪽.

부수고 대한제국의 마지막 군인들은 남대문에서 일군과의 처참한 교전"(4_338)[12]을 벌인 사건은, 그때 서울로 일 갔었던 '윤보'가 싸움에 가담했다는 이야기를 통해 전해진다. 또 양반·유생들의 순국 소식은 '김훈장'의 통곡을 통해 마을사람들에게 다시 전달된다. 이 때문에 평사리 사람들은 서울로부터 먼 거리에 떨어져 있음에도 불구하고 비교적 국가상실의 동시대적 감각을 공유하는 모습을 보여준다. 이에 비해 본격적인 식민지로 이입된 이후인 1920년대 간도나 1930년대 경성에 이르러서는 어느 정도의 거리감을 확보한 관찰자 성향의 화자들에 의해 다양한 입장들이 드러난다.

(가) 자결을 했다는 대부분의 유생들이 육순, 칠순의 고령이라니 (…중략…) 늙은이들한테는 참말이지 자결한다는 게 쉬운 일은 아닐게요. 그러고 보니 유교적 윤리관 속에는 확실히 무슨 비밀이 있긴 있는 모양이오. 나는 어디까지나 그런 행위를 퇴영으로밖엔 생각지 않습니다만 그러나 아름다운 건 아름다운 거니까요. 뭔지 몰라? 꽃잎이 할랑할랑 지는 것 같고 설원에 한 마리 사슴이 서 있는 것 같고, 왜놈들이 배때기 갈라 제치고 죽는 것과는 사뭇 다른 게 있단 말입니다. (송장환, 5_192)

(나) 명분도 좋고 정신은 깨끗하다. 결벽증이라 할까? 뼈에 사무치는 원한 때문이겠지. (중략) 왜 이렇게 극단적인 순결을 요구하고 또 지켜야 하는가. 너무도 허약하여 그것이 보루로 될 밖에 없단 말일까? 일본이 너 죽이고 내 잘살겠다, 그것이라면 우리는? 너 죽고 나 죽자, 아 아니지, 내 죽으면 그만이다. 그래 내 죽으면 그만이다! 그게 이 민족의 주조(主調)란 말일까?

(유인실, 14_359~360)

---

12) 주 텍스트로는 가장 최근에 교정 발간된 마로니에북스 발간 〈토지〉(2012)를 선정했으며, 본고의 인용문은 텍스트 권수와 페이지를 밝히고, 필요에 따라 화자를 명시하는 방식을 취했다.

간도의 민족학교 교사인 '송장환'은 유생들의 자결을 유교라는 가치관에 절대적으로 순종한 결과로 판단한다. 그래서 그것은 "퇴영"에 지나지 않는다. 다만 부당한 침입에 대한 피해자의 항거라는 측면에서 그 긍정성(아름다움)을 인정할 수 있을 따름이다. 인용문 (나)는 1930년대 통영에서 '유인실'이 "땡전 한 푼 없어도 왜놈의 짐만은 지지 않겠다"는 지게꾼 노인을 보고, "극단적인 순결", "결벽증"을 가진 일종의 자학적 태도라고 비판하는 장면이다. 이때 지게꾼 노인의 태도가 피해자의 저항에서 비롯된 것이기 때문에 기본적으로는 정당하다고 판단한다. 그러나 일본 유학까지 마친 지식인 화자는 피해자에 대한 공감과는 별도로 그 '순결함'의 현실성을 판단하려든다. 그 결과 지게꾼 노인의 '저항'은 현실적으로는 자기위안/만족에 지나지 않는 무의미한 것으로 해석한다.

집단정체성을 인식하는 과정에서 타자는 집단의 경계선을 확정하고 집단 내부결속을 강화시키는 기제가 된다. 하지만 타자가 경계선 내부로까지 침입한다면 자기를 보존하려는 대응이 필연적으로 발생한다. 이때 자/타의 구별로부터 비롯되는 집단정체성이 자기보존의 논리로 확립되고, 나아가 자기/우리만의 순수성을 옹호하는 논리로 발전한다. 이 순수성의 논리에 가장 큰 힘을 발휘하는 것이 혈통에 기반한 시원적(始原的) 민족주의이다. 이는 '핏줄'을 강조함으로써 내부의 유대를 강화하는 근거, 특히 생래적 동질성, 자연적 실재라는 강력한 근거를 마련하고자 하는 집단적 욕망에서 비롯된 것이다. 우리에게 이런 혈통적 민족주의는 외부 집단의 침략에 맞서 반식민주의 이데올로기 기능을 했으며, 대중 사이에서 긍정적 함의를 가질 수 있었다. 따라서 '송장환'처럼 '아름답다'는 평가가 가능하고, 현실대응논리로는 부족하다는 비판이 있을지언정 '순결'이라는 수사를 사용할 수 있었다. 〈토지〉에서 혈통적 민족주의의 긍정성을 가장 잘 보여주는 인물이 평사리의 향반 '김훈장'이다.

나라가 망했다는 소식, 그로 인해 자결한 선비들의 소식을 전해들은 김훈장은 "나라 없는 백성이 어디 있으며 나라 잃고 살아 무엇하겠느냐!"(4_183)며 통곡을 한다. 특히 그는 양반계급의 일원으로서 국권상실에 대해 책임감을 느끼고, 결사항전할 것을 다짐한다. 그 절절한 통곡을 보며 마을사람들은 같이 슬퍼하고, 지도자로서의 면모를 보여주는 김훈장을 뒤따르기 시작한다. 물론 책상물림 양반이 구국의 영웅이 되기에는 현실적 한계가 있어 "속수무책 어떻게 할 바를 몰랐다"(4_200)고 서술되지만, 의병대를 조직하자는 그를 따라 인근의 유생들은 길을 나선다. 비장하지만 힘없는 김훈장의 모습은 서글프게 느껴지기도 하고, "너 죽고 나 죽자가 아니요 나만 죽겠다는, 그것도 의관을 바로 하여 욕됨이 없이 죽겠다는"(4_201) 고집스러움은 안쓰러울 정도다. 그럼에도 불구하고 "부끄럽소! 부끄럽소! 참으로 부끄럽소이다. 나라 없는데 내 영화가 어디 있으며 가문이 무슨 소용이오. 밤 사이에 나라 넘겨주고 백성들 앞에 양반 놈들, 무슨 염치로 낯짝 쳐들고 다니겠소. 내 말이 그르오?"(4_190)라며 소리를 지르는 김훈장의 꼿꼿함은 그 누구도 부정할 수 없는 긍정적인 가치이다.

한편 이는 민족적 나르시시즘으로 기울어 폐쇄적인 자기 동일성의 논리로 빠져들 위험성도 있다. 집단의 동일성, 순수성의 논리가 다른 모든 논리를 압도하게 되기 때문이다.[13] 뿐만 아니라

---

13) 공임순, 『우리 역사소설은 이론과 논쟁이 필요하다』, 책세상, 2000, 58쪽.

선험적으로 주어진 집단정체성은 그저 습관화된 애국심이나 감상
적인 애국심에 지나지 않아, 상황에 따라 이해관계에 따라 쉽게
변모가능하다. 이를 적나라하게 보여주는 인물이 '조준구'다.

> (가) 조준구의 심정은 착잡하다. 친일단체인 일진회 인사들과 어울려
> 다니며 주거니 받거니 친일적 언사를 농했던 것도 얼마 전까지
> 의 일이었다. 사실 그 자신 친일파임에도 틀림없고 오늘의 사태
> 를 예상하지 않았던 것도 아니었다. 그러나 막상 나라의 주권이
> 넘어간 보호조약이 체결되고 서울이 통곡의 도가니로 들어간
> 사태에 직면하고 보니 감정이 이상했다. 어느 구석인지 남아 있
> 던 민족의식 같은 것이 꿈틀거렸던 것이다. (중략) 한마디로 이
> 순간 조준구 가슴을 흔들고 있는 민족적 긍지는 습관에 대한
> 추억이다. (중략) 서울서 내려온 비통한 소식들이 말초신경을
> 자극하기는 했으나 중추신경은 역시 정세와 자기 개인의 이익
> 을 저울질하고 있었다. 중추신경이 말초신경을 몰아낼 것은 시
> 간 문제다. 그러나 말초신경이 째릿째릿하게 울려온다는 것은
> 아무래도 우울한 일이다. (4_189)
>
> (나) 서울서는 시골놈들만 못해서 도장을 찍었나? 나라는 기왕 망한
> 건데 손가락에 불을 켜고 하늘로 올라가지, 일본을 물리쳐? 바
> 지저고리에 상투 틀고 짚신 신고 쇠스랑 든 농부놈들 이끌고
> 일본을 물리쳐? 흐흐…… 가만 있자. 결과야 뻔하지만 우선, 내
> 가 먼저 당하면? 그렇지, 무슨 일이 일어날지 모른다.
> 한줄기 남은 감상적 애국심은 순식간에 무산되고 말았다. 자기
> 보호의 충동은 명확한 한계를 지운다. 고민할 것도 없이 그의
> 의식은 일본 진영으로 줄달음쳤다. (4_192~193)

체화된 정체성은 그야말로 '습관'처럼 익숙한 것일 뿐 내가 선
택한 것이 아니기 때문에 이해관계에 따른 갈등 국면에서는 언제

든지 달라질 수 있다. "감상적 애국심"이 바로 그러하다. 조준구는 인용문 (가)에서처럼 식민지로 강제병합될 것을 이미 예상하고 있었지만, 막상 나라가 망했다는 순간에 이르러서는 '이상한 감정'이 느껴진다. 그러나 "정세와 자기 개인의 이익을 저울질"하면서, 어떻게 "자기보호"할 것인지, 어느 쪽이 "태평성세"를 가져다주는지를 따져보는 순간, 선험적으로 가지고 있던 '우리'라는 집단정체성은 아무짝에도 쓸모가 없다. 그것은 그저 과거로부터의 한낱 습관에 지나지 않고, 현재를 위해서는 폐기되어 마땅하다.

이런 선험적 정체성은 집단끼리의 관계에서 더욱 문제적이다. 이미 주어진 정체성으로서의 민족의식/애국심을 긍정한다면 상대방의 경우도 마찬가지이기 때문이다. 나와 마찬가지로 상대방도 자기 집단의 정체성을 자연적으로 획득한다. 따라서 나의 집단정체성을 긍정한다면 그와 똑같은 논리로 상대방의 집단정체성도 긍정해야만 한다. 그렇다면 현실에서 가능한 것은 권력(힘)의 향방이다. 이제 지배와 피지배 구도가 만들어지는 것도 필연적인 귀결이다. 제국주의와 민족주의가 이란성 쌍생아라는 수사가 등장하는 것도 바로 이런 이유 때문이다.

〈토지〉에서 주목해야할 점은 이와 같이 복잡한 민족-집단-전체주의의 구도가 개별 인물의 삶을 통해 구체적으로 형상화된다는 사실이다. 우선, 앞서 살펴본 김훈장을 위시한 순국 유생들은 그 본질주의가 가지고 있는 위험성에도 불구하고 역사적으로 각인되어온 민족정체성의 긍정적인 함의를 드러내는 인물들이다.

그 다음으로 〈토지〉에서는 모든 집단정체성을 긍정할 수밖에 없다는 그래서 현실론적인 힘의 논리를 정당화하고 있는 개인이나, 아예 모든 집단정체성을 다 부정해야만 한다는 민족주의 비판

론자가 등장한다. 모든 집단 정체성을 긍정하기 때문에 현실 논리를 따른다는 입장은 일본인이나 그 동조자들을 통해 형상화되고 있다. 학생데모 때문에 경찰서에 잡혀 들어온 '윤국' 일행에게 '이치카와 형사'는 힘의 역사를 주장한다(인용문 (가)). 또 감시자로서 최부자집을 방문한 '구마가이 경부'도 강약이 분명한 힘의 질서를 현실로 직시할 것을 주장한다(인용문 (나)).

> (가) 힘은 역사상 언제나 정의였고 아름다운 것이었다. 그리고 풍요한 것이다! 힘이 없다는 것은 언제나 불의, 추악한 것, 빈곤이다! (중략) 머지않아 대일본제국은 동양의 맹주가 된다! 그리고 세계를 웅비할 것이다. 꿈이 아니다. 눈앞에 다가오는 바로 그 현실인 것이다. 너희들 조선민족이 살아남으려면, 또 자손의 안녕을 보장받고 행복을 누리려면 대일본제국에 동화되어야 한다. (13_120~121)
>
> (나) 조선사람들이 오늘날 겪고 있는 고통을 저는 압니다. 무조건 일본이 잘하고 있다는 강변을 할 생각은 없습니다. 그러나 어차피 과거나 미래에 있어서도 과도기적 현상을 모면할 수는 없는 일 아니겠습니까. 결국 불운한 시대에 태어났다, 그렇게 기착할 밖에 없을 성싶습니다. (중략) 아까 세계가 하나로 되어야 한다는 것은 농담이었고, 지금 하는 말은 진정입니다. 오늘 이 시점에서 맞선다는 것은 바위에 계란치기, 뭐니해도 지금 현실은 물리(物理)니까요. (14_172~173)

이런 논리에 선다면 '피해자=선 / 가해자=악'이라는 구도는 쉽게 무너진다. 그리고 '이치카와 형사'나 '구마가이 경부'와 같은 일본인들이 내세우는 힘의 논리에 따른 결과를 승복할 수밖에 없다. 이는 메이지 초기, 다윈의 진화론에 따라 가토 히로유키(加藤

弘之)가 사회적 다윈주의(Social Dawinism)를 내세웠던 시대적 분위기를 사실적으로 반영한 것이기도 하다. 가토 히로유키는 개인과 민족은 비대칭적 관계이며 국가와 민족은 유기적이고 집단주의적인 개념에서 파악해야한다고 설명한다. 또 생물계에서와 마찬가지로 국제관계에서 사회들은 '생존경쟁'과 '자연법칙'에 따른다고 주장했다.14)

〈토지〉에서 뒤이어 등장하는 것은 이런 힘의 논리가 가진 폭력적인 면모, 그 추악한 지배욕에 대한 반성이다. 의병으로 의심받아 경찰서로 잡혀와 마구잡이로 구타당하는 '홍이'에게 일본군인 '간바야시 일등병'은 남몰래 주먹밥을 챙겨다 준다. 하지만 그는 "결코 홍이를 동정하여 그 밥덩이를 가져왔던 것은 아니"고, "곤도(구타하는 일본군인-인용자)를 증오했고 군대를 증오했고 인간의 추악한 면을 혐오하며 분노했"기 때문이라고 스스로 설명한다. 나아가 그는 "애국심이 그런 추악한 것"임에 분노하고, 그럼에도 불구하고 그 추악한 논리에 복종하는 "자기 자신을 동정"한다. 이 과정은 단편적인 일화이긴 하지만, 혈통적 민족주의에 대한 다양한 시선이 드러난다는 점에서 중요하다. 이것은 〈토지〉 후반부에서 일본인 '오가타 지로', 한국인 '소지감'을 통해 '순결한' 민족주의에 대한 논리적인 비판으로 본격화된다.

---

14) 사회적 다원주의와 가토 히로유키의 주장에 관해서는 신기욱의 논의를 재인용, 정리했다. 그에 따르면 서양의 사회적 다원주의는 사회 속의 개인의 자유경쟁과 적자생존을 강조하는 것이었지만, 가토는 스펜서의 개인주의적 이론들과는 반대로 국가, 민족, 인종을 사회적 유기체들로 이해했다고 한다. 사회적 다원주의에 대한 유기적이고 집단주의적인 이해는 이후, 다른 국가들과 "대외적인 투쟁"을 벌이고 있는 일본에서 개인이익은 집단이익(예컨대 민족)에 양보해야한다는 논리를 뒷받침하는 중요한 근거가 되었다. 신기욱, 앞의 책, 56~60쪽 참조.

(가) "형편없는 우문이다. 인간의 총체는 인류가 아닌가. 민족은 부
분이다. 인간의 비극은 인류의 비극이요 민족의 비극도 인류의
비극이다. 개인이건 민족이건 생존을 저해하고 압박하는 것은
죄악이며, 근본적으로 부조리다. 이런 말 하는 나를 이상주의자
라 흔히들 비웃지만, 하지만 염치없는 이기주의를 어찌 옳다 하
겠느냐. 애국, 민족만 내세우면 범죄도 해소되는 그 기만을 수
긍할 수가 없다. 그리고 나는 민족을 부정하지는 않았다. 약육
강식의 민족주의를 부정했을 뿐이야." (오가타 지로, 13_459)

(나) "민족의식이란 가지가지 낯판대기를 지닌 요물이야. 악도 되고
선도 되고 야심의 간판도 되고 약자를 희생시키는 찬송가도 되
고…… 피정복자에게 있어서 민족의식이란 항쟁을 촉구하는 것
이 될 테지만 정복자에게 있어서의 민족의식이란 정복을 고무
하는 것이 되니 말씀이야. 민족의식, 동포애, 애국심, 혹은 충성
심, 따지고 보면 그것들은 인간 최고의 도덕이면서 참으로 진실
이 아닌 괴물이거든. 집단의 생존 본능이요 집단의 탐욕을 아름
답게 꾸며대는 허위, 어디 민족이나 집단뿐일까? 일가에서 개인
은 어떻고? 결국 뺏고 뺏기지 않으려는 투쟁 아니겠나?" (소지
감, 11_87)

'오가타 지로'는 약자/피해자의 선(善)/정당함을 주장한다. 그것
은 지역을 넘어선 세계, 민족을 넘어선 인류라는 관점에서 약육강
식의 민족주의를 부정하는 것이지만, 엄격히 말해 민족/민족주의
보다는 "약육강식"에 좀더 초점이 맞춰져 있다. 그래서 민족주의
가 "강해지면 질수록 추악해지고 비도덕적으로 된다"(13_460)고
주장한다. 이에 비해 소지감은 '민족의식' 자체의 이중성을 강하게
비판한다. 비록 그것이 피정복자의 항쟁근거가 되기는 하지만, 그
"집단의 생존본능"이 "집단의 탐욕"과 다르지 않다는 것이다.
이 단계에 이르면 침략자로서의 일본의 집단정체성에 대한 비

판뿐만 아니라, 피해자 조선의 집단정체성이 가진 이기적 속성에 대해서도 반성적 성찰을 가할 수 있게 된다. 1931년 만보산사건 이후 중국과 한인 갈등이 고조되는 가운데, 〈토지〉의 지식인(선우신, 선우일, 유인성)들은 이기적인 민족의식의 비판과 옹호 등의 다양한 모습을 보여준다. 그들은 간도에 대해 민족 소유와 권리를 주장하거나, 민족주의의 이기심이나 영토 순결주의에 대해 비판하기도 한다. "민족주의만 내세우면 어떤 범죄도 합리화"(15_161)된다거나, "따지고 보면 그 땅이 누구 땅인데? 태고적부터 우리 땅이었다"(15_162)고 주장하기도 하고, 이런 건 전부 "약자의 부질없는 감상"이나 "약자의 허세"일 수도 있다며 자학한다. 그러나 이 모두가 "인간 본연의 어쩔 수 없는 감정이며 자신들이 소속된 집단에 대한 도덕"(15_165)이라는 점을 수긍해버리면, '민족'이란 집단정체성은 한층 복잡미묘한 지경에 처한다. 집단은 기본적으로 자기집단의 통일성을 유지하기 위해 이질적인 타자를 철저히 배제하려고 하고 그 타자성에 맞서 자기 통일의 원리, 이른바 정체성에 대한 자각을 촉진하고자 한다.15) 따라서 피해자-가해자의 구도에서, 혹은 자기보존의 차원의 집단정체성이란 그저 현실대응의 논리에 지나지 않는 것일 수도 있다. 그렇다면, 민족의 집단적이고 보편적인 기억, 공동의 기억, 공동의 역사는 가능한가? 어떻게 공동체가 되는가? 그야말로 단지 상상의 차원에서만 가능하거나, 필요에 따라서 그때그때 조직되는 기획물일 뿐인 것일까? 동아시아 지역의 역사적 특수성, 즉 동아시아 각 국에서 민족집단(ethnic-group)이 오래 전부터 형성되어왔다는 점을 감안하더라도

---

15) 고사카 시로, 최재목·이광래·야규 마고토 역, 『근대라는 아포리아』, 이학사, 2007, 202쪽.

민족주의의 자기완결성과 초역사성을 전적으로 긍정하기도 어렵다.16) 이 난감함 앞에서 문학작품인 〈토지〉가 명쾌한 답을 내놓지는 않는다. 〈토지〉는 식민지로 강제되는 국면에서 혈통적 민족주의에 대한 신념을 가진 인물, 정반대로 현실 권력을 좇아가는 인물, 양 쪽을 비판적으로 고뇌하는 인물 등의 다양한 모습을 통해 민족-민족주의가 처해있는 좌표를 가장 먼저 드러내고자 했다. 이것이 현재적 위치의 확인이라면, 이후 〈토지〉는 그로부터 나가야할 지향점을 모색하는 과정을 보여준다.

3. 질문과 탐색 대상으로서의 집단정체성

두 번째로 살펴볼 인물들은 처음부터 혈통적 민족주의를 전제하고 있지 않거나 그 실체를 의심하는 자들이다. 그들은 무지(無知)에서 지(知)로 이행하는 앎의 서사처럼, 민족/국가라는 선재적 집단정체성을 '의심'의 대상으로 만드는 것으로부터 출발한다. 우선 하층민들은 국가상실이라는 엄청난 사건 앞에서 일차적으로 '나라'가 '나'에게 무엇인지, 어떤 의미인지를 의아해한다. 이런 질문으로부터 역설적이게도 '우리'라는 집단의식이 형성되기도 하지만, 대부분은 그저 큰 일이 벌어졌다는 불안만을 공유한다.

> (가) 그(김훈장-인용자)는 울면서 목쉰 소리를 짜내며 민영환 조병세 등이 자결한 얘기를 한다. 비로소 마을 사람들은 충격을 받는다. 나라의 위기를 실감한다. 오조약이 무엇인지 생소하지만 그런 큰 인물들이 자결하였다는 것, 김훈장이 울음을 터뜨렸다는

---

16) 윤해동, 『식민지 근대의 패러독스』, 휴머니스트, 2007, 58쪽.

것으로 사태를 통감한다. 애석하고 분통하다 하며 와글와글 떠들어댄다. (4_198)

(나) '예삿일이 아닌 모양이다. 노상 망한다 캐쌓더마는 이분에는 헛소문 아닌가배. 나라가 망하믄 우리는 우찌 될 긴고? 서울 있는 두만이 눔도 걱정이네.' (두만아비, 4_185)

(다) "그런 일(나라를 찾는 일-인용자)이사 양반들이나 유식한 사람들이 하는 일이제. 우리네 겉은 상사람은 그저 일이나 꿍꿍 하고, 그 양반들이사 나라 은덕도 많이 입었고 벼슬자리도 살았고 영화도 누맀이니…… 자손만대꺼지 백정은 백정으로 살아야 하고 무당은 무당으로 살아야 하고 노비는 노비로 살아야 하는데 어느 세상이라고…… 무신 좋은 일이 있일 기든고? 상놈들이 해서 되는 일 하나 없었고, 떼죽음당한 것밖에는 머가 있었노." (월선, 5_370)

(라) "(전략) 목구멍이 포도청인데 삼시 세끼 죽물이라도 먹어야 애국자도 되고 양심가도 되지. 나도 공노인만큼 지반 잡고 산다면야, 그 늙은이보다 더한 양심 찾고 애국자도 되겠다! 제에기, 제에기랄! 지금 같애서야 왜놈 아니라 왜놈의 할애비라도 좋다! 우리 식구 먹여만 살려 준다면, 이 나이 해가지구서 기저귀 차는 어린 것부터…… 생각만 하면 눈앞이 캄캄한데 그것 찾고 이것 찾고, 언제? 우리가 잘못해 나라를 잃었나? 빌어먹을, 참말이지 사람이라도 잡아먹고 싶은 심정이다!" (간도의 권서방, 8_142)

(마) "억울하지. 우리네야 평생 억울할 게 그 위에 또 겹치기로 억울하다가는 간다. 함부로 입 놀리지 말아야, 그저 배 부르고 등 따시믄 다스리는 놈이사 귀신이믄 우떻고 도깨비믄 상관있겠나." (평사리의 장사꾼, 10_106)

위 인용문들은 을사늑약(1905), 한일강제합병(1910), 1920년대, 1930년대 등등으로 시대적 배경도 다르고, 공간적 배경도 평사리,

진주, 간도로 제각각이다. 또 화자의 직업도 농업(소작농, 자작농), 상업(국밥집 주인, 거간꾼, 장사꾼) 등으로 다르다. 그러나 어쨌든 이들은 봉건제사회에서부터 피지배층이었고, 현재도 권력이나 자본이 없는 하층민이다. 이들은 자신의 삶과 집단(국가)의 관계를 쉽게 접합시킬 수가 없다. 접합은거녕 관계 성립 자체에 회의석이다. 그래서 국가상실이라는 대사건이 부정적인 것임에는 틀림없지만, 그것이 내 삶에 어떤 의미가 있는지를 되묻는다.

이때 '나라가 내게 뭐냐'는 이 소박한 질문은 자기생산적 가치를 추구하는 첫 단계라는 점에서 중요하다. 비록 이 문제제기가 대부분 신세한탄류의 감정적 범주에 머무르지만, 그것은 개인과 집단의 관계를 탐색하는 시도라는 점에서 충분히 의미있다. 질문의 유의미성에 비해, 답을 찾으려는 노력이 제대로 드러나지 않는 이유는 질문자들이 생존 자체가 절박한 상황에 놓여있기 때문이다. 자기존재 자체가 위협받는 하층민의 입장에서는 그 어떤 질문/탐색도 추상적일 수밖에 없다. 살고 봐야한다는 절박함이 다른 모든 것을 압도해버리는 것이다.[17]

한편 생존을 위해서든 자기합리화(자기보신)를 위해서든 자신과 집단과의 관계 탐색에 소극적인 이들과는 달리 질문의 의미를 적극적으로 고민하고 스스로를 변모시키는 인물들도 있다. 이들을 통해 선/악 혹은 긍정/부정의 이원론에 기반하여 목적론으로 기획된 서사구조가 와해되고, 개인(주체)·가족·민족·국가·제국의 수순으로 중심화되어가는 동일자 권력의 위험을 넘어설 가능성이 주

---

17) 이처럼 질문으로 그치는 것이 생존의 절박함때문인지 현실추수/순응 탓인지는 세심하게 구별할 필요가 있다. 지식인-양반계층의 경우 후자에 좀더 가깝기 때문이다.

어진다. 이들의 탐색은 조선이 망하고, 일본의 식민지가 된 시간적 지점과 개별 국가의 영향력으로부터 상대적으로 자유롭다. 역사적으로도 간도는 제3의 공간이다. 한민족역사에서 간도는 민족의 발원지였지만, 〈토지〉에서는 식민지 조선과 청-일본-러시아가 중첩되는 공간으로 등장한다. 실제로 그 당시 "간도는 한반도보다는 일제의 수탈로부터 비교적 자유로운 공간이지만, 그 공간에 대하여 현실적 실효적으로 주인의식을 갖지 못하는 불안정한 공간이란 이중성을 갖는 땅"18)이었다. 이런 간도에서 조선민족의 단일한 정체성을 강조하는 모습이 부각되는 것은 당연하다. 간도의 민족학교에서 교사 '송장환'은 학생들에게 단일한 혈통적 민족정체성에 대해 자각하고, 식민지인이라는 현재적 위치에 분노해야하며, 나아가 우리 민족을 복원해야할 사명감을 가져야 한다고 강조한다. 그러나 이런 입장이 그 선명한 논리와 강렬한 주장으로 인해 저항운동의 큰 원동력이 될 수 있지만, 앞서 말한 바처럼 상대방의 집단정체성 또한 긍정해야한다는 모순점에 봉착하는 것 또한 사실이다.

이와 달리 '간도'의 불안정성에서 촉발받아 집단 정체성을 적극적으로 탐색하는 인물들도 등장한다. 그 대표적인 인물이 항일운동을 위해 조선을 떠나 간도에 온 '이동진'이다. 이동진은 조선을 떠나기 전 최치수를 찾아간다. 왜 떠나는지를 묻는(백성을 위해서냐? 군왕을 위해서냐?) 최치수에게 그는 "산천을 위해서"라고 대답한다.(2_329~330) 원래 이동진은 온화한 성품으로 "상민층을 동정하고 이해"하는 양반이었고, 동학혁명 등에서도 자신의 계급

18) 강찬모, 「박경리 소설 〈토지〉에 나타난 간도의 이주와 디아스포라의 귀소성 연구」, 『어문연구』, 어문연구학회 59, 2009, 211쪽.

적 이해관계를 떠나 판단하고자 노력하는 사람이었다. 하지만 유학자-양반이라는 위치는 그에게 선재적인 집단정체성을 무비판적으로 수용하게끔 만들어 왔다. 때문에 그는 자기행동의 이유를 '산천'이라는 비유적 수사로 뭉뚱그릴 수밖에 없었다.

이런 인물이 노령 연추, 연해주 등에서 "큰 환경의 변화"를 겪는다. 공동체 밖에서 비로소 공동체의 경계를 인식하고 그 의미에 대해서 성찰하게 되는 것이다. 그곳에서 이동진은 가족이 살고 있는 아름다운 고향이 아니라 "외줄기 가늘디가는 황톳길에 흙먼지를 날리며 가난한 등짐장수가 지나가던 땅, 척박한 포전(圃田)을 쪼는 농민들이 살고 있는 그 땅덩어리가 가지는 의미"를 떠올리고, "국호(國號)는 비대해져서 대한제국이요 왕은 황제로, 왕세자는 황태자로 승격한 동방의 조그마한 반도를, 어마어마한 현판 뒤에서 찌그러져가고 있는 초옥과 다름없는 나라"의 현상태를 자각한다(3_269). 이 단계에 이르러 집단정체성이 담보해야할 애국심에 대한 적극적인 성찰이 시작된다.

> 고국에 있을 때 그는 그 나름대로 시국을 판단하고 앞일을 근심했으면서도 나라의 수난이 이동진 개인의 비극으로 밀착해오지 않았던 것만은 사실이다.(중략) 근본에서 국가에 대한 충의심에 무비판이었다는 것, 유교를 바탕으로 한 근왕(勤王) 정신이 굳어버린 관념으로 되어버린, 그것은 비단 이동진 뿐만 아니라 전반적인 양반 계급의 생활태도, 정신적 주축이기도 했었지만, 그 탓이었을 것이다. 그러나 간도에서 연해주 방면으로 방황하는 동안 차츰 국가의 운명이 자기 개인의 문제와 밀착해서 이동진을 어지러운 수렁 속으로 밀어 넣기 시작했다. 자기 자신은 무엇이며 겨레란 또 무엇이며 국토란 무엇인가 하고 자신과 연대되는 대상을 향한 감정을 캐보기에 이르렀다. (3_269~270)

이런 성찰이 가능해진 것은 앞서 말한 '간도'라는 제3의 공간이 주는 특수성 때문이다. 이곳에서 이동진은 양반도 유학자도 아니며, 중국-러시아-일본 세력의 각축 속에 놓여 있는 한갓 식민지 조선인일 따름이다. 자신의 현재 위치를 깨달은 이동진에게, 간도라는 경계선상에서 자기 삶을 적극적으로 개척하고 있는 조선인들의 모습은 가히 충격적이었다. 이동진은 조선을 떠나며 무비판적인 근왕정신에 내밀한 균열(산천 때문에 떠난다는 대답)을 일으키긴 했지만, 그로부터 새로운 가치를 형성하지는 못했다. 이런 그가 만난 간도의 조선인들은 스스로 자기가치생산에 적극적인 인물들이었다.

이동진이 '연추'에서 만난 '최재형'은 러시아 국적으로 귀화했음에도 불구하고 "객지에 나간 자식이 집을 생각하듯 겨레를 생각"하는 "원시적인" 조국사랑의 모습을 보여준다(3_273~274). 또 오랜 시간이 흐르며 지쳐가는 이동진이 어쩌면 자신이 독립이라는 허망한 꿈을 꾸는 "어릿광대"가 아닌가하는 회의 속으로 점점 더 깊이 빠져 들어갈 즈음, 간도에서 만난 '권필응'은 '그물 한 코'의 논리를 내세운다. "이선생, 그물 한 코 엮어보는 셈 칩시다. 한 코라도 부지런히 엮어나가면 고기 잡는 그물이 될 겝니다. 안 그렇소?"(6_74) 그물을 완성하고 고기를 잡는 결과가 아니라, '그물 한 코'를 엮는다는 권필응의 현재적 의미부여의 모습은 스스로 가치생산을 해나가는 자발적 삶의 결정체이다.

이들에게서 받은 신선한 충격으로부터, 이동진은 "무거운 이조 잔재에 눌리어" 늙어가는 자기 모습, 근대로의 변화를 인정하려하지 않았던 자기무의식을 되돌아본다(7_339). 이처럼 자신의 '허점'

을 마주하는 부끄러운 성찰을 거치고 나서야 "주의 주장, 다 좋소이다. 독립을 향해 가는 길을 함께 가는 것인데 뭐가 문제되겠소. 독립된 후 박이 터지게 싸우는 한이 있어도, 우리는 서로 손을 놔서는 아니" 된다는 강한 결단을 내린다(20_12~13). 하지만 이 변화는 '외침', '결단', '주장'일 뿐 구체적인 행동으로 형상화되지는 않아서, 질문-탐색만을 드러낸다는 한계가 있다. 그럼에도 불구하고, 이 탐색의 서사는 이동진이 행할 수 있는 최대치, 즉 "유교적 사유 체계 안에서 상상할 수 있는 혁신의 최대치를 보여"[19] 준다는 데에 큰 의미가 있다.

이동진이 봉건 양반계급으로서의 집단정체성으로부터 벗어나 새로운 삶의 방향을 정립하는 과정을 보여주고 있다면, 김한복은 몰락 양반이자 살인죄인의 아들이라는 주변자적 입장에서 자기정체성의 중심을 새롭게 정립하는 과정을 보여주고 있다. 흥미롭게도 김한복의 변화과정의 배경도 '간도'라는 제3의 공간이다. 〈토지〉에서 김한복은 세 차례에 걸친 만주행에서 항일운동을 지원하는 역할을 수행한다. 이 과정에서 그는 살인자 후손으로서의 아픔을 치유하고 인간의 존엄성을 회복할 뿐만 아니라, 평사리에서 자기 일가의 뿌리를 굳건히 내리게 된다.[20]

> (가) 두만강을 넘을 때 한복은 불안과 공포와는 사뭇 다른 감정, 무엇인가 심장을 조이며 피가 솟구쳐 오르는 것만 같은 슬픔을 느꼈다. 한복의 개인적인 감정도 물론 복잡하였으나 뚜렷이 그것은 망국민의 가슴을 저미는 슬픔이었다. 이때 비로소 한복이

---

19) 박상민, 「박경리의 〈토지〉에 나타난 근대 사회와 유교적 이상의 균열」, 『문학과 종교』 제18권 3호, 한국문학과종교학회, 2013, 109~1110쪽.
20) 김은경, 『박경리 문학연구』, 소명출판, 2014, 233쪽.

는 자신의 결단을 잘한 것이라 생각하였다. 파렴치한 동기로 살
인한 아비와 매국노가 된 형의 죄를 보상하는 것이 이 길이요,
지하에 잠든 어머니의 멍든 자긍심을 치유하는 방법도 이 길이
라 생각하였다. (10_374)

(나) 괴로웠다. 길상이 원망스러웠다. 관수도 원망스러웠다. 명분이야
다시 없이 거룩하지만 (중략) 그것도 자신의 능력 때문이 아니
지 않는가. 매국노인 형 김두수라는 인물로 인하여, 그 동생이
라는 이유 하나만으로, 한복은 마음 바닥에서 솟아오르는 오열
을 씹어 삼키는 것이다. (10_392~393)

(다) '누가 동정을 받을 사람인지 모르겠군.' / 마음속으로 중얼거렸
다. 한복에게는 놀라운 자각이었다. 남을 멸시하는 최초의 자
각, 자기 자신에 대한 신뢰, 어디서 흘러오는지 모를 의욕과 즐
거움 같은 것이 마음 바닥에 고여 오는 것을 느낀다. (중략) /
'이렇게 되면 아버지의 망령에서 빠져나오는 걸까? 이 사나이를
나는 업수이 여기고 있다. 나는 나다! 아버지도 형님도 아니다.'
(10_403~404)

(라) "(전략) 만주 가서 길상형님을 만나보고 그곳 사정을 보이, 야,
길상형님이 나를 깨우쳐준 기라요. 니는 과거의 굴레를 벗어라
벗어라 그것은 니 잘못이 아니다…… 남이사 머라 카든지 서러
버도 억울해도 이자 나는 기대고 떠받칠 기둥 하나를 잡은 기
라요. 사람답게 살자…… 나는 발 못 뺍니다. 나도 이 강산에
태어나서 소리칠 곤리가 있인께요. (하략)" (14_312~313)

인용문 (가)에서 느끼는 슬픔은 망국민의 것 즉 선재적인 집단
정체성으로 인해 즉각적으로 생겨나는 감정이다. 한편 아버지와
어머니, 형을 위해(인용문 (가), (나)) 내가 해야만 하는 일이란, 그
내용과는 상관없이 형식의 수동성 때문에 나를 억압한다. 그래서
나는 선한 행동, 의미 있는 일을 하면서도 괴로울 수밖에 없다.

선/악 혹은 가치의 유무를 내가 판단하기 이전에 해야만 한다는 당위성이 나를 작동시키고 있기 때문이다. 그런데 형 김두수를 만나기 위해 찾아간 일본 영사관에서 마주친 최서기에 대해 가치판단을 하는 순간(인용문 (다)) 한복은 자기자발성에 스스로 놀란다.

이후, 살인죄인의 후손이라는 이유 때문에 같은 집단의 일원으로 받아들이기를 거부하고, 심리적인 경계선을 유지하던 마을 사람들이 영호(한복의 아들)의 독립운동으로 인해 한복일가를 집단 내로 적극 수용하는 변화를 보여준다. 이를 통해 마을공동체와 화해하고, 한복이가 집단내부로 위치이동을 하는 계기가 되긴 하지만, 이것만으로 새로운 정체성이 획득되지는 않는다.

독립운동자금 전달에 이어 정석의 만주행을 지원하는 임무를 띤 세 번째 간도방문을 하고 나서, 한복은 자신의 행위에 적극적인 의미부여를 하기 시작하고, 새로운 정체성을 구성하기 시작한다(인용문 (라)). 그것은 나와 관계 맺은 '고향'과 '조국'에 대한 발견이자 인식 때문에 가능한 일이다. 즉 나와 타인들, 내가 관계 맺은 타자, 내가 관계 맺은 공간 이것이 '고향'과 '조국'을 구성하는 실체라는 것이다. "이 강산에 태어나서 소리칠 곤리"가 있다는 한복의 자기자각은 바로 그 관계의 확인이다.

이후 한복은 여전히 말수가 적고 조용해 보이지만, 신중하게 자기주장을 분명히 할 줄 아는 '어른'으로서의 삶을 살아가는 모습을 보여준다. 한복의 변화과정은 독립운동자금전달이라는 긍정성에도 불구하고, 그것이 내가 선택한 행위가 아닐 때 개인을 강제하는 명분에 지나지 않지만, 그 행위가 내 삶에 어떤 의미가 있는지 스스로 판단하고 자기의미로 받아들인다면, 그것이 자기 정체성을 형성하고 집단과의 관계까지 재설정하는 변화를 일으킨다는 사실을 보여준다. 이상과 같이, 이동진과 김한복이 보여주는 탐색의 서사는 추상적 가치에 대한 헌신으로서가 아니라, 구체적인 경험과 기억 속에서 집단정체성을 획득해나가는 모습을 생생하게 보여주고 있다.

4. 〈토지〉의 윤리적 선택, 서사적 연대의 관계

서론에서 〈토지〉가 한국근대사를 훌륭하게 형상화한 민족고전이지만, 일반적인 역사소설과는 다른 독특성이 있음을 언급했다. 이 독특함에 대한 최유찬의 비유를 옮기자면, 〈토지〉는 "격동의 시대에 한민족이 겪은 고난의 역사"를 객관적으로 제시한 것이 아니라 "뭇별이 반짝이는 푸르른 밤하늘의 이미지"[21)의 상태로 재현한다. 〈토지〉가 보여주는 민족서사는 수많은 별들의 탄생과 명멸 속에서 어떤 별을 바라보는지, 어떻게 별자리를 짚어보는지에 따라 새로운 의미망을 구성하는 '별자리의 서사'였다.

다시 말하자면, 봉건제국가에서 근대/자본주의/식민지로 급격히 변화하는 과정에서, 개인의 삶과 집단을 관계맺는 다양한 모습들이 〈토지〉에 등장하는 수많은 별들이었다. 그들은 긍/부정과는 별도로 백성/신민(臣民)이 국민/인민/시민으로 호명될 수 없는 상황에서 개개인들이 자기정체성을 찾아가는 고투를 고스란히 보여주었다. 그래서 〈토지〉의 세계는 선/악의 기준으로, 피해자/가해자의 관계로 정렬되는 현실이 아니다. 그것은 나와 타인들, 내가 관계 맺은 타자, 내가 관계맺은 공간으로 끊임없이 재구성될 수 있는 미정형의 세계다. 봄-여름-가을-겨울 하늘에 등장하는 별자리

---

21) 최유찬 외, 『토지의 문화지형학』, 소명출판, 2004, 29쪽.

가 달라지는 것처럼 말이다.

이런 관점에서 〈토지〉에 나타난 '민족서사'의 구성방식을 살펴본 결과는 다음과 같다. 첫째, 〈토지〉의 출발점은 집단정체성을 박탈당한 식민지인의 위치에서 역설적으로 자기 집단정체성을 구성하고자 하는 지점이다. 작품 내에서는 저항적 민족주의, 민족적 나르시시즘, 습관화된 애국심 등의 다양한 모습으로 나타난다. 나아가 일본제국주의도 극단적인 민족서사에서 비롯되는 힘의 논리임을 드러낸다. 〈토지〉는 이와 같이 복잡한 민족-집단-전체주의의 구도를 개별 인물의 삶을 통해 구체적으로 형상화하고 있다. 둘째, 〈토지〉의 '민족서사'는 민족-국가의 의미에 대해 질문-탐색하는 방식을 보여준다. 하층민의 경우, 이것이 대체로 신세한탄에 머무르는 한계도 있지만, 이동진이나 김한복의 경우 질문-탐색을 통해 삶이 변화한다. 이들의 변화과정은 선/악의 도덕이 아니라, 윤리적 선택이며, 그를 통해 집단정체성을 구성하는 방식이다.

이와 같이 내 행동과 삶에 의미부여를 하는 윤리적 선택으로, 즉 '탐색의 서사'를 통해 집단정체성을 구성할 수 있다면, 그것은 개인과 소속집단을 넘어서 보편적 윤리의 단계로까지 확장될 수 있다. 나를 둘러싼 세계는 서사적 연대의 관계로 존재하기 때문에, 탐색의 과정을 통해 나의 가치판단과 선택 이후에 획득된 정체성은 나를 구성할 뿐만 아니라, 우리를 연결시켜준다. 이 의미를 전해준 것이 바로 〈토지〉의 민족서사였다. 이 때문에 〈토지〉는 피해자 민족으로서의 나르시시즘을 넘어서서 보편적 인간의 이해를 도모하는 세계문학으로서의 소통가능성을 전망하게끔 만들어준다.

---

* 이 글은 「〈토지〉에 나타난 민족서사의 구성 방식」이라는 제목으로 2015년 12월 『새국어교육』(한국국어교육학회)에 실린 글을 수정·보완한 것이다.

참고문헌

1. 논문

강찬모, 「박경리 소설 〈토지〉에 나타난 간도의 이주와 디아스포라의 귀소성 연구」, 『어문연구』 59, 어문연구학회, 2009.

김성수, 「일제 상업자본의 유입과 식민지 근대의 양상」, 최유찬 외, 『토지의 문화지형학』, 소명출판, 2004.

박상민, 「박경리의 〈토지〉에 나타난 근대 사회와 유교적 이상의 균열」, 『문학과 종교』 제18권 3호, 한국문학과종교학회, 2013.

박상민, 「박경리 〈토지〉 연구의 통시적 고찰」, 『한국근대문학연구』 31호, 한국근대문학회, 2015.

서현주, 「자아 성찰과 관계를 통한 치유 - 박경리 〈토지〉를 중심으로」, 『국제한인문학연구』 제15호, 국제한인문학회, 2015.

이상진, 「탈식민주의적 시각에서 본 〈토지〉 속의 일본, 일본인, 일본론」, 『현대소설연구』 43호, 한국현대소설학회, 2010.

이승윤, 「식민지 경성의 문화와 근대성의 경험」, 최유찬 외, 『한국 근대문화와 박경리의 〈토지〉』, 소명출판, 2008.

이승하, 「미시사적 관점에서 본 지식인 유형」, 최유찬 외, 『한국 근대문화와 박경리의 〈토지〉』, 소명출판, 2008.

2. 저서

공임순, 『우리 역사소설은 이론과 논쟁이 필요하다』, 책세상, 2000.

권혁범, 『민족주의는 죄악인가』, 생각의나무, 2009.

김은경, 『경리 문학연구』, 소명출판, 2014.

신기욱 저, 이진준 역, 『한국 민족주의의 계보와 정치』, 창비, 2009.

윤해동, 『식민지 근대의 패러독스』, 휴머니스트, 2007.

최유찬 외, 『토지의 문화지형학』, 소명출판, 2004.

高坂史朗(고사카 시로), 최재목·이광래·야규 마고토 역, 『근대라는 아포리
　　아』, 이학사, 2007.

〈토지〉에 나타난 여담의 수사학

이상진

1. 들어가며: 〈토지〉의 서사구조와 여담

박경리의 〈토지〉는 그 어떤 소설적 관습으로도 설명하기 어려운 독창적인 작품이다. 보기 드물게 긴 서사의 길이와 단역 인물을 포함한 수백 명의 등장인물, 다층적인 갈등과 비계기적인 연결, 그리고 탈중심적이고 개방적인 결말 등의 특성이 그러하다. 이런 특성은 일정한 크기를 갖춘 전체로서 처음-중간-끝이 유기적으로 상호연관을 맺고 있는 선형적인 골격의 텍스트, 규모에 합당한 서사적 주제와 내용을 갖춘 아리스토텔레스적인 시학의 관습과는 거리가 있다. 지금까지 이런 서사적 특성을 두고 지속적인 논의와 분석이 이루어져 왔다. 거칠게나마 정리해보면 다음과 같다.

우선, 부-편-장의 나뉨과 이야기의 분절화는 이 작품이 부분의 독자성을 보이는 화소(話素)의 결합으로 되어있다는 주장을 이끌어내었고, 이를 '마디이론'으로 설명하거나 '판소리 사설'의 전통을 잇는 것이라고 보았다.[1] 독자적인 부분이 산만하게 이어지는 것은 후반부로 갈수록 두드러지는데, 이를 두고 김진석은 역사도 아니고 문학도 아닌 어떤 텍스트이자 '다하(多河)소설'이라고 규정하였고, 김은경은 '리좀(Rhizome)적 서사'[2]라 이름 붙였다. 탈중심화된 구성과 서사의 지연이 두드러진 서사구조는 집중화 단일화를 향한 독재 개발 시대에 대한 예술적 대응이라는 독특한 해석도 뒤따랐다.[3] 〈토지〉는 이야기의 차원에서 중심-부수적인 것의

---

1) 정현기는 이 작품이 독립적인 단편들의 그물로 짜여져 있는 특성을 '마디이론'으로 설명한다. 그것은 개인적 자아가 마주선 세계와의 관계가치를 만들어 가는 최소단위를 말한다. 이 작품에서 각 마디마디의 단절과 연계가 보이는 부분의 독자성은 판소리 양식의 구조와 흡사하다는 지적을 하였다. 정현기, 「〈토지〉 해석을 위한 논리 세우기」, 『한 생명 대자대비』, 솔출판사, 1996.
2) 김은경, 「〈토지〉의 유기적 인물관계와 '리좀적' 서사구성」, 『관악어문연구』 31권, 서울대 국문과, 2006.

설정이 모호하여 구별이 어렵고, 그 결과 줄거리가 표류하고 병렬식의 산만함이 지속된다.4) 곧 주인공이 부재하고, 후반부에는 중심플롯도 부재하며, 핵(kernel)사건을 공란으로 두거나 지연시키고 이를 보충적인 사건들이나 대화로 채운다는 것이다. 주요인물이나 지나가는 인물을 같은 크기로 다루기 일쑤이고, 중요한 사건은 후일담과 소문과 같은 대화 형식으로 형상화한다는 것인데, 이런 방식을 시치미 떼기, 능청떨기, 지연시키기, 뜬소문 잡기, 우물가 여론 등으로 표현하여 분석하기도 했다. 또한 이 작품에서 인과성의 토대와 관심의 통일성을 독립 운동사를 핵으로 하는 우리의 역사 사회적 변화 등에 두고 읽어야 한다는 주장이 제기되기도 했다.5)

작품의 성격이 후반에 들어서면서 변화하고 있다는 데에 동의한 연구자들은 전반과 후반을 나누어 보거나 이원적 플롯의 지배를 받는 작품으로 분석하였다. 우선, 최유찬은 고대그리스 비극의 구조에 대한 상세한 고찰을 토대로 〈토지〉의 전반부는 플롯의 통일 원리, 후반부는 관심의 통일 원리에 의해 조직된 것으로 보았다.6) 또한 이야기 플롯과 배경 플롯, 전기적 플롯(가족사적 플롯)과 역사적 플롯의 분리된 이원적 구성의 교직방법이 〈토지〉의 복합적 특성이라는 지적7)과 역사적 시간과 개인의 삶(공간)의 이원적 체계 속에서 전체적인 파악이 가능하다는 지적8)이 있었다. 또

---

3) 김인숙, 『박경리 〈토지〉의 대화성 연구』, 연세대학교대학원 비교문학협동과정 석사학위논문, 2000.
4) 성은애, 「〈토지〉 5부의 세대교체와 그 성과」, 『한·생명·대자대비』, 솔출판사, 1995, 156~158쪽.
5) 조정래, 「생존의 원리와 역사성」, 임진영, 「〈토지〉의 삶과 역사의식」, 『〈토지〉와 박경리의 문학』, 솔출판사, 1996.
6) 최유찬, 『토지를 읽는다』, 솔출판사, 1996, 388~389쪽.
7) 최유희, 『토지 연구』, 중앙대학교 박사논문, 1999.
8) 조정래, 최유희, 앞의 글. 홍정운, 「〈토지〉의 시간 구조」, 『월간문학』, 1983.11.

'1~2부 : 3~5부'를 '가족사적 플롯 : 역사적, 해방운동사적 관점'으로 보거나[9], '농민(농촌) : 지식인(도시)'로 나누어 본 경우[10]도 있고, '1~3부 : 4,5부'를 '영웅일대기 서사 : 생명주의자를 동반한 서사' 구조로 나누어 보기도 하였다.[11]

위의 연구 결과를 반영하여 〈토지〉가 지닌 시사구조의 지배적인 특성을 요약하면 다음과 같다.

> (가) 〈토지〉는 다양성, 분산성, 탈중심성 등을 지닌 비아리스토텔레스적 개방형 구성방식에 기대고 있다.
> (나) 〈토지〉는 이원적인 구조로 되어 있고, 이것이 각각 전반과 후반을 지배하고 있어 후반부에 성격이 달라졌다.

(가)는 이 작품의 눈에 띄는 특성인 것은 사실이지만, 전체를 일관되게 설명할 수 있는 특성인가에 대해서는 재론의 여지가 있다. 그간 이 작품의 주인공이 없다거나 주요 서사를 따로 지적할 수 없다는 등의 지적이 있었다. 물론 서사의 길이가 긴만큼, 다수의 주요인물이 등장하는 것은 사실이지만 처음부터 중심서사가 부재하고 중심인물이 없는 작품으로 기획된 것으로 보기는 어렵다. 최참판댁을 중심으로 한 가족과 측근들, 독립운동가 그룹과 서울의 지식인 그룹 등 주제를 드러내는 주요인물의 서사흐름은 분명히 있기 때문이다. 오히려 잉여적이고 주변적인 서사의 지속적인 삽입양상을 하나의 전략으로 이해해 볼 수도 있을 것이다. (나)에서 전반부와 후반부의 성격이 달라지는 것이 다른 서사 구

---

9) 최유희, 앞의 글.
10) 송재영, 「소설의 넓이와 깊이」, 『한과 삶』, 솔출판사, 1994.
11) 조윤아, 『박경리 〈토지〉의 생명사상 변모에 관한 연구』, 서울여대 박사논문, 1998.

조나 미학원리, 혹은 주제의 차이가 반영된 결과라고 보는 것도 문제이다. 연재가 진행되는 가운데 작가의 생각이 발전하고 외부의 영향을 받아서 주제나 의도의 변화가 일어났을 가능성은 분명히 있다. 하지만 이미 작가로부터 떠나 완결된 작품의 구조적인 문제인 만큼 변화의 원인을 텍스트 내의 구성요소들의 변화, 내재적인 서사 구성 원리에서 찾는 것이 더 우선되어야 할 것이다.

이 연구는 위와 같은 의문을 해결하기 위해 〈토지〉에 삽입된 여담(餘談, digression)에 주목한다. 즉 직선적 서사흐름에 끼어들어 분산적이고 삽화적인 특색을 만들어내고 전·후반의 특성을 나누어 보게 한 원인이 〈토지〉에 삽입된 여담에 있다고 전제하고 논의를 출발한다. 소설에서 여담은 자체의 중요성과 별개로 서사적 맥락과 직접적으로 관련이 없는 내용이 삽입되는 경우를 말한다. 대체로 저자의 성찰이라는 이름으로 행해지는 사변적, 논평적, 이론적 성격을 지닌 부분, 긴 묘사문이나 본래 이야기와 무관한 액자 구조 속 이야기와 같은 서술적인 성격도 포함된다.[12] 〈토지〉에 여담적인 부분이 있다고 전제할 때, 여담의 삽입은 처음부터 선택된 의식적 전략인가, 작품을 써내려가면서 생긴 통제 상의 어려움 때문인가와 같은 의문을 가질 수 있다. 만일 후자의 경우라면, 즉 통제의 문제로 여담적인 부분이 생겨났고 이음매에서도 문제가 드러나게 되었다고 본다면, 작품에서 이런 문제를 해결하기 위해 작가가 노력하고 적극적으로 수정한 흔적을 찾아볼 수 있을 것이다. 그러나 〈토지〉의 판본비교 결과를 보면, 두 개의 서와 1부 초반부, 4부 1편에서 집중적인 수정이 있었지만 여담부분을 삭

---

12) 이충민, 「용어해설」, 란다 사브리, 이충민 옮김, 『담화의 놀이들』, 새물결, 2003, 616쪽.

제하거나 이음매를 좀 더 자연스럽게 하려는 시도는 찾아볼 수 없다. 최종적으로 자기텍스트의 수정가능성이 있음에도 불구하고 여담을 그대로 두었으므로 〈토지〉 최종본은 작가가 어떤 효과를 창출하려는 의식적인 행위의 결과, 몽탈베티의 표현을 빌리자면 '통제력이 부족한 척하는 픽션'[13]의 형태가 되었다. 이 부분에 대해서는 연재의 과정과 두 개의 서 및 곁텍스트에 대한 분석을 통해 살펴볼 것이다.

〈토지〉의 여담이 의식적인 전략에 의해 삽입된 것이라고 한다면 그것이 단순히 서사의 유희적 성격 때문인지, 작가의 탈서사적인 담론의 삽입 필요성 때문인지도 밝힐 필요가 있다. 이는 〈토지〉의 삽입여담 내용이 어떤 성격을 지니는지, 서사의 전개에 어떤 기능을 하며, 어떤 전략에 의해 본 텍스트에 삽입되고 있는지에 대한 전반적인 고찰을 필요로 한다. 이러한 고찰을 통해 여담의 삽입이 어떠한 수사학적 혹은 주제적 의미를 가지며 전·후반의 서사구조 변화에 어떤 영향을 주었을지 분석해 보고자 한다.

2. 곁텍스트와 두 개의 서(序)

완결된 작품으로서 〈토지〉의 서사적 의도와 전략의 변화를 이해하기 위해서는 이 작품의 연재 이전의 준비과정과 26년이라는 연재 기간 동안의 상황 변화에 대해 알 필요가 있다. 아울러 이 작품이 하나의 텍스트로 독자에게 수용되기까지 출판의 과정도 함께 살펴야 한다. 곧 연재 이전과 연재시의 전(前)텍스트 (avant-text), 그리고 완결 이후 단행본의 곁텍스트성까지를 아울

---

13) 란다 사브리, 앞의 책, 623쪽.

러 읽어낼 필요가 있다는 것이다.

〈토지〉는 작가가 오랜 시간에 걸쳐 구상하고 준비해온 작품이다. 연재하기 3년 전, "써야할 작품이 있다. 그것을 위해 지금까지의 것을 모두 습작이라 한다"[14]고 밝혔으며, 연재 1년 전에는 〈토지〉 1부 중 중요한 서사를 이루는 용이의 이야기를 담은 중편소설 「약으로도 못 고치는 병」(『월간문학』, 1968.11)을 발표하였다. 연재를 시작하고서는 식민지시기를 배경으로 하는 2000매 정도의 작품이라고 구체적인 계획도 밝혔다. 1969년 연재가 시작된 후 이 준비의 정도를 보여주기라도 하듯, 제1부는 단 한 번의 휴재(1972.7)를 제외하고, 매회 원고지 150매 분량의 원고를 3년간 빠짐없이 연재하였다. 그러나 2부에서는 휴재회수가 세 번으로 늘어나고 분량의 증감이 있었으며, 중도에 연재가 중지되어 6~7개월 연재분량을 한 달 만에 집필하여 단행본에 넣었다. 3부는 네 차례의 휴재가 있었고, 여러 잡지를 옮겨가며 연재하여 문체의 차이까지 나타난다.[15] 4부는 거의 8년에 걸쳐 연재되었는데, 연재 도중 두 차례나 휴지기를 가졌고, 급기야 연재를 중단한 채 끝이 났다. 4년이나 지난 후에 신문에 연재되기 시작한 5부는 별다른 장애없이 매회 원고지 12매 분량이 607회에 걸쳐 연재되었다.[16]

---

14) 박경리, 「창작의 주변」, 『Q씨에게』, 지식산업사, 1966.

15) 박경리는 이와 관련하여서 '파탄'을 각오한 연재상황을 고백한 바 있으며, 자신의 한계 밖의 일임을 인정하고 있다. "〈토지〉의 제1부와 제2부는 그 나름대로 일단 구두점이 찍힌 것이라 할 수 있다. 그러나 제3부는 일제시대 중반기에서 자를 수밖에 없었다. 쓰면서 제4부로 넘어간다 하더라도 그 시대와 인간들이 작품 속에 온전히, 파탄 없이 담겨질 수 있을 것인가 회의도 느낀 것이다." 박경리, 「3부 서문 - 〈토지〉 제3부를 탈고하고」, 1979. 11.29. 〈토지〉 1권, 마로니에북스, 2012.

16) 최유찬, 「「토지」 판본 변이 양상과 수용환경 변화」, 『토지의 문화지형학』, 소명출판, 2004, 28~30쪽.

이것으로 볼 때, 초반에는 작가의 계획대로 창작이 되었지만, 연재가 길어지면서 결국 서사적 통제력에 문제가 생겼음이 짐작된다. 이를 연재와 단행본 발간 과정에서 나타난 곁텍스트와 두 개의 서를 통해 더 구체적으로 살펴보기로 하자.

1) 곁텍스트, 여담의 자각과 전략

곁텍스트(paratext)는 보통 텍스트를 둘러싼 여러 요소들, 책 표지, 제목, 부제목, 서문, 알림말, 후기, 주석, 제사(題詞), 삽화, 만화 등을 가리키는 용어로 쓰인다. '완전히 안도 아니고 완전히 바깥도 아닌 것', 중심의 연장물, 인접부, 부대물, 접근통로등으로서17) "독서를 유도할 수 있는 전략적 공간을 구성"한

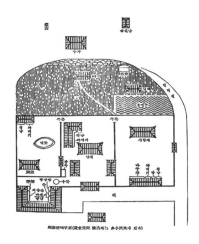

최참판댁구조(莊東宝界 賴吊各 多今防民々 丒々)

다.18) 〈토지〉의 곁텍스트 중 텍스트와 가장 가까운 경계에 있는 것으로 부-편-장의 제목과 목차, 두 개의 서가 있고, 출판사별로 다소 차이를 보이지만 앞뒤에 붙은 사진과 부록 등이 있다. 1973년 6월 문학사상사에서 간행된 최초의 단행본에는 박경리의 사진과 서문, 등장인물 가계도, 작가가 직접 그렸다고 하는 최참판댁의 가옥구조 그림과 평사리의 지도, 2부에는 배경이 되는 간도의

---

17) 란다 사브리, 앞의 책, 412쪽.
18) 곁텍스트성은 위에서 제시한 텍스트를 둘러싼 요소들과 텍스트 사이의 관계를 말한다. 프랑크 에브라르, 최정아 옮김, 『잡사와 문학』, 동문선, 2004, 73~95쪽.

사진 등이 수록되어 있다. 완간본인 솔출판사본(1994)에는 주요 등장인물 소개와 어휘풀이도 첨가되었다. 이와 같이 이 부분은 텍스트 바깥에 있는 독자를 의식하며 허구적 서사에 몰입하도록 친절한 정보를 제공하고 있다. 흥미로운 것은 시공간적 배경이 되는 역사적 사건이나 인물, 연대표 등 텍스트 밖과 허구를 연결하는 정보보다는, 텍스트 밖의 독자가 허구적 맥락을 제대로 이해하기 위한 등장인물 소개와 가계도, 가옥구조 등으로 주로 구성되었다는 점이다. 허구적 서사가 바탕으로 하는 실제의 역사에 대한 정보와 논평들은 여담의 형태로 이미 텍스트 안에 삽입되어 있고, 허구적 맥락의 이해를 위한 정보가 정리되어 거꾸로 곁텍스트로 첨가된 셈이다. 이런 곁텍스트는 단행본 발간 시 출판사의 필요와 작가의 동의에 의해서 만들어졌을 것인데, 이것은 끊임없이 서사적 맥락에서 떨어져 나와 현실적 문제로 밀어내는 여담적 단장에 대한 작가의, 혹은 편집자의 자각이 엿보이는 부분이다.

〈토지〉는 총 5부 25편 361장으로 각 편과 장의 제목이 달린 '부-편-장'의 형태로 완성되어 출간되었다.[19] 아마도 장 제목을 달고 이야기를 나누는 방식이 작가의 서사전략에 적합하다고 최종적으로 판단되었기 때문일 것이다. 곁텍스트로서의 소제목은 주로 허구적인 사건과 인물의 서사를 예시하고, 장면의 전환이나 주제 등을 보여주는 "사전예고 체계"라고 할 수 있다. 〈토지〉의 장 제목도 대체적으로는 이러한 기능을 수행하지만, 동시에 '간략하

---

19) 〈토지〉가 처음에 『현대문학』과 『문학사상』에 연재될 당시에는 장의 제목이 없었다. 그러던 것이 삼성출판사에서 단행본으로 출간될 때 현재와 같은 부-편-장의 제목이 달렸고, 다시 1979년 지식산업사에서 발간된 단행본은 연재본과 같이 장제목이 삭제되었고, 1994년 전 5부를 출판한 솔출판사본은 다시 '부-편-장'의 형식에 제목이 붙은 지금과 같은 외적 형태의 완결본으로 자리 잡았다.

고 단호하게 노출하는' 여담의 방식[20]으로서 주제의 키워드와 주석의 제시 기능도 하여 내용에 대한 선입견이나 판단을 유도하기도 한다. 예를 들어 '농민들은 슬퍼하는 관객(1-3-7)', '악은 악을 기피한다(1-5-16)', '신발이란 발에 맞아야(2-2-11)', '백정은 예수도 믿을 수 없었다(3-1-11)', '사랑은 창조의 능력(4-2-5)' 등은 작가의 생각을 단호하게 표현하는 주제적인 장이며, 제목의 내용대로 이해하도록 유도한다.

주목할 만한 것은 비서술적이며 여담적 형태의 내용이 포함되어 있음을 내세우는 장제목들이다. 우선, 인물들의 대화 형태를 빌린 대화적 여담이나 논설적인 여담이 중요한 장임을 암시하는 제목으로서 '--론'이나 '--논쟁', '---관(觀)'이라 이름 붙여진 것들이다. 정리하면 다음과 같다.

1-1-15	첫 논쟁	시국에 대한 시각차를 보이는 최치수와 조준구의 대화
2-3-4	개화당의 반개화론	황춘배의 집 사랑방에서 서의돈, 임명빈, 이상현, 황태수 등 지식인들이 벌이는 시사토론회
3-2-3	신여성론	임명빈이 동생 임명희와 신여성의 자질문제와 1920년대 여성운동에 대해 토론
3-5-6	민족개조론	용정 지식인들이 벌이는 이광수의 민족개조론을 중심으로 한 비판
4-5-5	일본인들의 시국관	무라가미 객실에서 중국 거주 일본인들이 나누는 시국담

이 장 제목은 플롯과 명백히 무관하며 논증이나 강의 쪽에 가까운 논지를 제시하려는 의도를 분명하게 보여준다. 실제도 그러

20) 란다 사브리, 386쪽.

한 여담이 포함되어 있어 작가가 공들여 비판하고자 하는 내용을 암시한다. 한편 등장인물의 신분이나 성격, 정치적 성향 등을 대립시키는 제목을 통해 대화적인 여담이나 논설적인 여담이 포함되어 있음을 암시하는 경우도 있다. 동학혁명에 가담했던 윤보의 이력에 대한 여담에 가까운 서술과 최참판가 주치의인 문의원에 대한 소개가 나오는 '상민 윤보와 중인 문의원(1-1-7)', 단발령과 관련하여 이른바 개명양반이라고 할 조준구, 이동진과 최치수의 언쟁이 나오는 '개명양반(1-1-11)', 양반의 체통과 권위를 중시하는 늙은 보수파 김훈장과 인간적 마음을 중시하는 개화파 문의원의 대화가 나오는 '늙은 보수파와 개화파(1-3-2)', 어리석은 반골이라 할 김훈장과 사악한 이성을 보여주는 조준구의, 정세변화에 대한 의견과 논쟁을 보이는 '어리석은 반골과 사악한 이성 (1-4-17)', 훈춘에서 만난 이동진(늙은 호랑이)과 길상, 김환 등(젊은 이리)을 비롯한 주변인들의 시국담을 담은 '늙은 호랑이와 젊은 이리(2-5-14)' 등이 그러하다. 이런 장은 텍스트 바깥에서 인물의 유형적 특성과 갈등양상을 드러내어 형상화 의도를 선명하게 파악하도록 진술하는 역할도 한다.

한편 역사 사회적 사건명이나 특징을 제목으로 붙임으로써, 시대적 배경에 대한 정보와 역사적 성찰결과를 제시할 목적을 분명하게 보여주는 경우도 있다.

| 1-4-13 | 흉년 | 1903년에 있었던 보리흉작에 대한 사건 설명과 평사리에서 벌어진 이야기 |
| 1-5-6 | 을사보호조약 | 1905년의 을사보호조약의 소식을 들은 김훈장의 비통한 태도와 조준구의 상반된 모습을 보여줌 |

2-1-1	화재	1911년에 용정에서 있었던 대화재 사건을 중심으로 서희의 재산축적과정을 요약서술
3-3-8	형평사	서술자의 형평사 운동에 대한 설명과 백정의 사위 송관수의 시국론이 중심이 됨
4-3-9	선비와 농민, 무사와 상인	통영에서 오가타와 인실의 대화 형태를 통해 보여지는 삽입된 연설로서의 일본론의 중심 주제
4-4-9	만주사변	1931년에 있었던 만주사변에 대한 화자의 설명
4-5-5	남경학살	1937년에 있었던 남경학살을 바라보는 중국의 일본지식인들

위에 인용한 장의 제목은 서사의 전개를 중지시키고 논설적이거나 정보제시적인 삽입단장을 넣겠다는 예고이다. 독자는 장제목의 목차를 보면서 '불협화음'이 작품 전체에 지속될 것이라는 예상을 할 수 있다.

각 장에 삽입된 여담은 제목의 내용처럼 서사적 연쇄를 단절시키기도 하지만 장 전체가 작품으로부터 독립되고 분리된 내용을 담고 있는 경우는 없다. 대체로 장제목은 경계를 획정하는 지표가 되기보다는 보통의 소설처럼 작가의 의도를 예시하고 확인시킨다. 작가의 교묘한 봉합에 의해 여담과 관련하여 인물을 형상화하거나 서사의 전개에 관여시키기도 하면서 논설적이고 성찰적인 담론을 형성하고 있기 때문이다. 텍스트가 연속적이기를 바라는 작가의 욕망은 여기에도 작용하고 있다.

2) 두 개의 서(序)와 여담의 경계

곁텍스트로서 외견상 여담처럼 보이는 것으로 두 개의 '서(序)'

를 들 수 있다. 단행본을 발간할 때 실제작가가 붙인 서문이 아닌 내포독자를 위한 서술자의 '서'이다. 〈토지〉에는 특이하게도 1부뿐 아니라 4부에도 서가 있는데, 모두 출간 시에 작가의 수정이 가장 여러 차례에 걸쳐 이루어져 개작의 수준에 가깝다. 그런데 이 두 개의 서는 연재과정에서도 그 성격에서도 매우 차이가 있다.

우선, 1부의 서는 텍스트 외부와 관계되었다는 의미의 독립성을 부여하기 어렵다. 외부의 관찰과 서술은 짧고 평사리 최참판댁의 갈등 원인과 이후의 서사전개방향을 강력하게 시사하는 서술로 곧장 이어지고 있기 때문이다. 연재 시부터 작가는 '서장'이라 제목을 붙였지만, 4부까지 연재가 끝난 후 지식산업사본에서는 '서장'이라는 제목 대신 일련번호 '1'을 붙였을 정도이다. 1부의 서는 한가위에 느끼는 풍요와 불모성의 모순에 대한 은유에 이어 평사리 타작마당에서 굿놀이판을 벌이는 농민들이 스케치되고, 세 번째 단락부터 최참판댁이 언급되며 서서히 이야기의 중심으로 옮아간다. 마치 희곡의 첫 페이지에 나오는 무대설명을 보듯, 허구적인 무대로 독자를 이끌어가는 모양새를 갖추고 있다. 풍요로운 한가위를 "열매를 맺어 놓고 쓰러진 잔해", 죽은 자들에 대학 기억이 "서러운 추억의 현"을 건드리는 "쓸쓸하고 가슴 아픈 축제"로 묘사하고 있는 첫 부분은 박경리가 이 작품을 쓰게 된 동기가 된 '풍요로운 대지와 죽어가는 사람들'의 강렬한 이미지의 대비[21]를 그대로 보여주고 있다. 이어서 이 이미지를 서사화하기 위한 갈등의 발단이 될 병약한 최치수의 위태로운 분위기, 귀녀의 위험한 욕망, 구천의 참담한 소망이 차례로 암시된다. 이들의 빗나간

---

21) 김치수, 「박경리와의 대화 – 소유의 관계로 본 한의 원류」, 『박경리와 이청준』, 민음사, 1982, 165~166쪽.

욕망과 갈등이 결국 최참판댁에 내려진 운명적 저주대로 수많은 죽음을 낳고, 서희는 이 문제를 해결하려다 다른 모순에 봉착하게 되며, 구천이 자기 운명의 모순을 깨닫고 자살에 이르게 된다. 이 내용이 3부까지의 일부 서사를 지탱한다.

4부에 새롭게 붙여진 '서'는 본격적으로 식민지 조선의 현실을 논평적으로 그리고자 한다는 의도를 담은 것으로 보인다. 이 점은 그간 많은 연구자들에게 〈토지〉의 전후반을 주제가 다른 두 편의 텍스트로 나누어서 해석할 타당성을 제공해왔다. 또한 4부 이후 본격화된 여담의 성격과 서술의 분열에 근거가 될 수 있으며, 4부부터 본격적인 일본론을 다루겠다는 작가의 의도를 반영한 것으로 읽히기도 한다. 이를 상세히 살피기 위해 각 부의 첫 장 앞머리를 비교해보기로 하자.

1부 서	1897년의 한가위. 까치들이 울타리 안 감나무에 와서 아침 인사를 하기도 전에, 무색옷에 댕기꼬리를 늘인 이들은 송편을 입에 물고 마을 길을 쏘다니며 기뻐서 날뛴다. 어른들은 해가 중천에서 좀 기울어질 무렵이라야, 차례를 치러야 했고 성묘를 해야 했고 이웃끼리 음식을 나누다 보면 한나절은 넘는다.(1:24)[22]
2부 1장 화재	1911년의 오월, 용정촌(龍井村) 대화재(大火災)는 시가의 건물 절반 이상을 잿더미로 만들었다. 사진(沙塵)을 거슬러 올리며 달려든, 오월에 흔히 부는 서북풍이 시가를 화염의 바다로 몰아넣고 걷잡을 수 없게 했던 것이다. 아직 공사가 진행 중에 있는 절[雲興寺]에 피신한 **서희 일행은 용이와 길상, 월선이, 임이네, 홍이, 그리고 간도(間島)에 오면서 부터 서희 시중을 들게 된 새침이와 부엌일을 하는 달래오망이, 일꾼 두 사람이었다.**(5:8)

3부 1장 끈 떨어진 연	종로 거리를 허둥지둥 걷고 있던 **억쇠는 점포마다 문이 닫혀있는 것을 새삼스럽게 깨닫는다.** "참말로 가게 문을 다 닫았구마." 어젯밤 여관에서 들은 얘기가 생각났다. 1,030호, 서울의 1,030호 상점이 일제히 문을 닫는다는 얘기였다. 갑자기 맥이 쑥 빠진다. 억쇠는 어디를 향해 자신이 가고 있는지, 가야만 하는지 알 수 없다는 것도 새삼스럽게 깨달아진 다.(9:10)
4부 서	어디로 가든지, 특히 소도시나 소읍 같은 곳은 거의가 다 그러한데, 양과점을 위시하여 담배 가게, 이발소, 목욕탕, 대개 그런 비슷한 업종은 일본인 경영이다. 다른 업체라 고 그렇지 않다는 얘기는 물론 아니다. 비교적 일인과의 접촉이 잦은 업종인 데다가 눈에 띄어야 장사가 되고 사 업이 되기 때문인데, 눈에 띄어야 한다는 것은 결국 대중 적이라는 내용이며 눈에 띈다는 그 자체가 벌써 식민지 백성들의 하층구조에까지 스며들어 일상화되어가고 있다 는 것을 뜻한다.(13:8)
5부 1장 신경(新京)의 달	아이들은 초저녁에 잠이 들었고 덥다, 덥다, 흐느적거리듯 중얼거리며 저녁 늦게까지 설거지를 하던 **보연이도 아무 기척이 없는 것으로 보아** 잠에 떨어진 모양이다. 상의 방 에도 불은 꺼져 있었다. **홍이는** 식당을 겸한 거실에 앉아 연거푸 담배를 피우다가 사무실에서 들고 온 신문을 펴든다.(16:8)

1부는 평사리의 한가위 풍경묘사, 2부는 용정촌의 화재에 대한
서술, 3부는 만세 이후 서울의 거리묘사, 4부는 식민지 백성의 일
상과 일본의 침투에 대한 서술, 5부는 신경에 있는 홍이와 식민지

---

22) 박경리, 〈토지〉 1권, 마로니에북스, 2012, 24쪽. 이 논문은 마로니에북스본
   (2012) 박경리 〈토지〉를 텍스트로 하며, 앞으로 인용부분의 출처는 '(권:쪽
   수)'와 같이 인용부분 말미에 표기한다.

말기의 정세에 대한 서술을 담고 있다. 4부를 제외하고는 평사리, 용정, 서울, 신경 등 사건이 벌어지는 구체적인 시간과 공간이 제시되고, 곧 이어 등장인물의 행동이 언급된다. 그러나 4부는 구체적인 사건과는 관련되지 않는 식민지 일상에 대한 추상적인 논설에서 시작되어 "그들의 신세는" "총독부, 동척 아닌 어느 곳에 가서 물어볼꼬."로 끝난다. 그리고 나서야 강쇠가 등장하는 1장이 시작된다. 4부 서의 어느 부분에도 이름을 가진 등장인물은 나오지 않는다. 대신 우리의 역사와 전통의 수호. 일본으로부터 유입된 정치사상과 문화, 생활양식의 문제, 계몽과 서구화를 외치는 지식인에 대한 비판적 거리 두기, 그리고 삶의 터전을 빼앗기고 떠나거나 버려진 사람들에 대한 직시가 서술되고 있다. 1부의 서와는 또 다른 시각과 문체, 서사화로 풀어내기 어려운 사상적이고 비판적인 측면에 경도된 내용이 중심이다. 4부부터는, 평사리 농민과 최참판댁을 중심으로 한 3부까지와는 다소 거리가 있는 서사가 주도하게 될 것임을 이렇게 암시하고 있는 것이다.

여기에서 더 중요한 것은, 작품의 서사전개와 무관한 논평적 서술이 무려 아홉 쪽이나 이어지는데도 작가는 처음 연재할 때나 지식산업사에서 단행본으로 낼 때나 4부 1편의 1장으로서 일련번호 '1'만을 붙였다는 사실이다. 또한 단행본 발간 시에 외적인 관찰과 논평으로 일관된 앞부분을 더욱 강화시켜 수정하고 한 단락 이상을 더 삽입했으며, 강쇠가 등장하는 장면부터 한 줄을 비우는 '인쇄상의 공백'을 두고 있다. 이 공백은 서사의 바깥과 안을 구분해주는 분명한 역할을 해주며, 강쇠의 등장 이전의 서술은 여담적인 부분이 될 수 있음을 암시한다. 결국 이 공백을 경계로 솔출판사의 단행본에서 '서'가 독립되고 강쇠의 등장부터 '1장 노상(路

上)에서'가 시작되고 있다. 그러나 박경리는 이 부분이 4부의 서로 독립하여 편집된 채 출판된 이후에도 이를 부정하고, 〈토지〉의 서는 오로지 1부에만 있다고 주장한 적이 있다.23) 솔출판사에서 4부 서를 독립시켜 편집하여 출간한 것은, 〈토지〉 전체의 서사구조를 파악한 작가 혹은 편집자 등에 의해 오히려 여담의 경계를 부각시키려는 의도가 드러난 결과라고 할 수 있다. 반면, 박경리가 4부 서를 부정한 것은, 논평적이고 비서술적인 부분이 〈토지〉에 길게 삽입되는 양상을 이미 자연스럽게 받아들이고 있었음을 의미한다. 곧 4부의 시작부터 삽입된 논평적인 여담은 분명히 작가의 의도에 의한 것이며, 〈토지〉의 의식적 서사전략에 속한 것이라고 할 수 있다.

요컨대, 이 작품 속의 여담은 전반부에 비여담적인 텍스트인 양 봉합되어 전략적으로 삽입되었으나, 부를 거듭하면서 점차 길이가 길어지고 빈도가 잦아지면서 노출적이 되었으며, 여담의 경계가 더욱 부각되고 서사적 맥락에 대한 간섭과 영향력이 더욱 커지게 되었음을 곁텍스트와 두 개의 서에 대한 분석으로부터 확인할 수 있다.

3. 이음매(transition)와 인물의 기능

〈토지〉는 초반부터 일탈적인 부분의 삽입을 의도하고 있으나, 그 흔적을 플롯의 차원에서 봉합하기 위한 여러 가지 기법을 동원하고 있다. 따라서 여담을 떠올릴 때 흔히 증거로 제시하는 저자의 노출, 사전표지나 사후인지 같은 이음매(transition)를 후반부

---

23) 최유찬, 앞의 글, 32쪽.

까지 찾아보기 어렵다. 〈토지〉와 같은 사실주의적 소설은 대체로 플롯상의 상황 속에서 여담을 삽입하는 특성을 보이며, 이 경우 시선, 지식, 언술이 지닌 구조화와 삽입의 기능을 인물들이 떠맡는다.24) 〈토지〉에서 중심 줄거리에서 벗어나나 사건 이해를 위해 필요한 예화들을 끌고 이 작품에 자연스럽게 미끌어져 들어오는 인물들 중 다수가 바로 그런 기능적 인물들이다. 예를 들어 5부의 첫 장면은 신경에 있는 홍이가 신문기사를 읽는 부분으로 신문기사가 인용되어 있다.

> 신경(新京)서 발행하는 1940년 8월 1일자 「낙토일보(樂土日報)」다. 전에 없이 신문을 들고 온 것도 그렇고 이미 사무실에서 대강 훑어보았는데 새삼스럽게 왜 다시 펴드는지, 그럴 만한 이유가 없었던 것은 아니다.

> 氣息奄奄의 重慶政權
> 輸送力 極度로 逼迫,
> 物資의 缺乏 急激히 增大!

> 1면 머리기사의 큰 활자가 송충이처럼 눈앞을 스쳐간다. 7면에는,

> 虎列刺 新患者
> 2名 又 發生

> 짤막한 기사가 있었다(16:8~9)

이 부분에서 삽입된 신문기사는 당시 신경의 상황을 보여주기

---

24) 란다 사브리, 앞의 책, 429쪽.

위한 것이다. 곧 홍이는 5부의 첫 부분에서 이 잡사를 전달함으로써 태평양전쟁으로 혼란스럽고 위태로운 정세를 보여주는 인물로 기능하고 있다.

한편 주요인물 못지않은 주제단위를 감당하고 현실의 문제를 생생하게 전달하고 유유하게 사라져가는 1회적인 인물들도 〈토지〉에서는 얼마든지 발견할 수 있다. 여담의 경계에서 '수문'을 열고 들어온 이 인물들은 서사상의 경중을 떠나 이 작품의 여담처럼 긴밀하고도 정교하게 봉합되어 당당하게 사건의 중심에 서기도 한다. 여담의 마디를 주도하는 단역인물을 포함하여 700여 명의 인물을 창조한 이유가 "창작상의 여유와 융통성 때문"25)이라던 작가의 고백은 바로 이 같은 기능적 인물 창조를 인정한 것으로 읽을 수 있다.

이 인물들은 여담으로 미끄러질 때 단절감이나 구분이 드러나지 않도록 하면서, 구전설화나 잡사, 다른 사람의 일화를 전달하고, 목격하고 관찰한 장소에 대해 장황한 묘사를 하며, 역사 사회적 사건에 대한 정보를 전달하고, 이념적인 주장이나 성찰의 결과를 논리적으로 드러내기도 한다. 곧 여담으로서 다양한 장르의 담론들이 인물들의 행동이나 시선, 목소리를 통해 중심서사에 삽입되는 것이다. 이를 그 삽입 내용과 삽입방식의 문제에 따라 정보전달 기능과 주제전달 기능으로 나누어볼 수 있다.

1) 정보 전달 기능과 거리 두기

〈토지〉에서 정보 전달 기능에 가장 충실한 인물로 단역인물26)

---

25) 김치수, 「박경리와의 대화 – 소유의 관계로 본 한의 원류」, 『박경리와 이청준』, 민음사, 1982, 169쪽.

을 들 수 있다. 단역인물의 일상, 혹은 대화가 배경처럼 삽입되면서 서술자를 대신하여 시대적 배경이나 사건에 대한 정보 등이 전달된다. 나루터나 주막, 장터 혹은 마차에서 (비단역)인물들의 시선을 통해 장면화 되는 단역인물들의 대화내용은 등장인물이 미처 알지 못하거나 전달하기 어려운 당시 상황을 인물의 행동이나 내면, 서술자를 대신하여 생생하게 전달한다. 서사의 맥락에서 벗어난 여담이지만, 인물의 시선과 관찰의 범위 내에 있으므로 여담의 경계를 구분하기 어렵다. 다음은 호열자가 휩쓸고 지나간 후, 장에 나가는 평사리의 사내들 눈에 들어온 어느 장돌뱅이 사내의 넋두리이다.

> "마누라가 있다 말가 자식이 있다 말가. 혈혈단신, 솥단지 걸어놓고 야장스리 살림할 것도 없고 내 그래서 떡을 쳤구마. 개값으로 뚜디리 팔고 한잔 묵었다 그 말이오. 흥 신선이 되어간다믄 오직이나 좋으까?"
> 사나이는 배 안을 둘러보며 오죽이나 좋을까 보냐고 넋 빠진 사람같이 되풀이 말하였으나 사람들은 관심이 없고 우울하게 강물만 바라보고 있었다.
> "지난 가슬에 장삿길에서 돌아오니께로 마누라 아들놈이 뒤지고 없더마. 집은 텅텅 비어 있고 날 맞아줄 사램이 아무도 없더마."
> 사나이는 입술을 실룩거리며 울기 시작했다. 역시 무관심하게 강물만 바라볼 뿐 사나이 말에 귀를 기울이는 사람은 별로 없었다. 지난

26) 김원규의 연구에 의하면 〈토지〉의 단역인물은 400여 회에 걸쳐 등장하며, 전체의 10%를 넘어서는 분량이다. 이들은 대체로 익명으로 드러나며 1회 이상 등장하는 일이 별로 없다. 김원규는 이들이 세태 묘사와 인물 묘사 등 묘사의 기능, 역사적 사건과 인물 등에 대한 평가의 기능, 비단역인물에 대한 조력 혹은 방해의 기능을 가진다고 분석한다. 김원규, 「텍스트의 구도와 단역인물의 의미」, 『한국 근대문화와 박경리의 〈토지〉』, 소명출판, 2008.

가을 곳곳에서 창궐했던 호열자로 말미암아 식구를 잃은 사람은 비단 이 사나이만은 아니었다. 전쟁터에서 송장 보고 놀라는 사람이 없듯이 액병이 떼 지어서 몰고 간 죽음의 그 흔한 후문(後聞)쯤 대단할 것이 없었다.(3:256)

이미 호열자로 평사리의 주요인물들이 죽어나간 상황에서 그 불행에 대해 굳이 덧보탤 것도 없는 시점이지만, 작가는 1회적인 인물의 체험내용을 삽입하여 그 심각성을 강조한다. 주요서사에 연결될 필요가 없는 1회적 인물들의 여담적 이야기를 삽입하여 그들의 목소리로 구체적인 체험을 들려주는 장면을 클로즈업시키는 것이다.

그러나 비단역 인물의 경험내용이 여담과 연결될 때에는 오히려 거리두기가 나타난다. 이후의 서사와의 연결, 구성적 동기화에 대한 부담감이 작용한 까닭이라 할 수 있다. 1권의 초반부에 1890년대 중후반 조선현실과 동학에 대한 객관적인 정보가 서술자에 의해 서술된다. 이 부분은 두 쪽 정도로 장황하게 지속되어 여담적 단장으로 분류할 수도 있다. 그러나 이 내용은 작중인물 윤보의 전사(前史)를 서술하면서 자연스럽게 삽입된 것이며, 중간중간 윤보와 관련되어 서술되는 '간섭의 체계'를 보인다.[27] 따라서 동학에 대한 서술이 독립적이지도 않고, 작중인물 윤보의 사건 개입이 현장화되어 그려지지도 않는다. 이 부분에서 윤보의 전력을 서술한 것은 그저 동학 농민운동의 전개에 대해 알려주기 위한 것이므로, 윤보는 정보전달을 위한 기능적 인물이라 할 수 있다.

갑오년 정월, 고부에서 탐관으로 악명 높았던 군수 조병갑이 수탈하

---

27) 란다 사브리, 앞의 책, 462~463쪽.

기 위한 목적으로 농민들을 사역하여 멀쩡한 만석보를 개축해놓고 사역비는커녕 과중한 수세를 여세농민들에게 부과함으로써 오랜 세월 수탈만 당해온 농민들의 원한과 무서운 탄압에 견디어온 동학교도들의 분노는, 이때 고부의 동학교 접주였던 전봉준이라는, 지략에 능하고 담이 찬 지도자에 의해 폭발되었던 것이다. (중략) 민중봉기가 전쟁의 양상으로 발전되어 가는 동안 윤보는 줄곧 그 대열에서 우레 같은 소리를 지르며 박달나무 같이 건장한 몸을 날려 무리들을 선동하고 사기를 돋우며 언제나 앞장섰다. (중략) 동학군이 관군에게 전주성을 내어주었을 때, 애당초 무엇을 신봉하고 누구의 지시를 받고 하는, 조직이 싫은 윤보는 마치 집 한 채를 지어주고 나면 연장을 챙겨서 떠나는 것처럼 담담하게 그 대열에서 떨어져 나왔다. (1:128~129)

서술자는 동학 혁명이 진행되는 동안 "대열에서 무리들을 선동하고 사기를 돋우며 언제나 앞장 선" 윤보의 활약을 이처럼 후일담의 형식으로 매우 간략하게 전달하고 있다. 윤보가 혁명에 대한 자각을 가졌었던지를 의심하고 그의 행동을 일종의 '협기'라고 보는 서술자의 태도는 윤보의 활약상을 깎아내리고 동학당과의 관련성을 느슨하게 만든다. 역사적 사실을 후경화시키고 관련된 인물의 행동을 삭제하는 〈토지〉의 전형적인 역사 서술방식이 나타나는 것이다. 여기에서 역사적 사건과 인물에 대한 서술은 역사적 사건의 중심에서 비껴있는 인물의 기능적 활용과 관련되어 있음을 확인할 수 있다.

이와 유사한 경우를 등장인물의 관찰과 시선을 통해 삽입하는 역사적 사건의 설명적 묘사에서 볼 수 있다. 다음은 관동대지진에 대한 묘사부분으로 이 사건을 목격한 선우신에 초점을 두고 시작된다.

동경, 요코하마[横濱], 미우라 반도[三浦半島]를 휩쓴 지진, 화재는 지진의 속성인 데다 마침 점심 때여서 집 안에 불기가 있었고, 또 대부분 목조건물인 탓으로 시가는 삽시간에 불바다로 변했던 것이다. 아비규환으로 몰아넣은 그 무시무시했던 재난이 본인들에게 악몽이었다면 재일조선인들에게는 그야말로 생지옥이었다. 잊을 수 없고 잊어서도 아니되는 조선인 살육의 현장이었다. 조선인들과 사회주의자들이 혼란을 틈타 불을 지르고 우물에 독약을 풀었다는, 사실무근의 유언비어에 선동된 군중이 불탄 거리를 몰려다니며 죽창, 곤봉, 갈고리, 식칼까지 꺼내들고 닥치는 대로 조선인을 참살했던 것이다. 그것뿐만 아니었다. 경찰서에서, 연병장에서, 공장에서, 총으로, 일본도로, 혹은 총검으로 수백 명의 조선인이 학살당한 것이다. <u>서의돈과 선우신은 함께 그 참상을 목격했으며 신변의 위협을 느끼기도 했으나 다행히 죽지 않고 살아서 지금 서울로 향한 기차간에 앉아있다.</u> (10:286)

1923년에 있었던 관동대지진과 뒤이은 조선인 학살사건에 대한 설명을 하기 위해 작가는 선우신을 끌어온다. 인용한 부분에서 볼 수 있듯 선우신은 서울로 돌아오면서 일본에서 경험한 그 사건에 대한 기억을 더듬는다. 작가는 등장인물을 역사적 사건에 개입시키고 이 같은 이음매로 봉합하여 객관적 사실의 단장을 자연스럽게 삽입한다. 선우신이 기능적인 역할에 충실한 것은 사실이나, 이 사건에 대한 그의 거리두기는 윤보의 경우와 마찬가지로 인물 형상화에서 실패하고 있다. 밑줄 그은 부분에서 볼 수 있듯, 그같이 충격적인 사건을 목격하고 신변의 위협을 느끼기도 했다는 그들에게 구체적인 느낌, 공포나 분노와 같은 감정이 나타나지 않는 것이다. 이 점에서 이 인물들이 여담의 삽입을 자연스럽게 해준 것은 사실이나, 인물 형상화에서는 오히려 잃은 것이 많다고 할 수 있다. 개인의 경험을 넘어선 사건 전체에 대한 개괄적이고 객관적인 서술과 인물의 결합에서 틈새가 생기고 있기 때문이다.

이런 서술방식은 양반으로 일찍이 노비문서를 불태우고 '산천'을 위해 독립운동에 나선 이동진이 내면 갈등에 주로 초점을 둔 채 '행동이 아닌 말'에 의해 형상화되는 것,28) 동학잔당으로부터 형평사운동, 부산 부두노동자 파업 등 국내의 민중운동에 참여하지만 결국 만년에는 자신의 출신계급 문제로 괴로워하다 죽는 송관수의 형상화 방식과도 크게 다르지 않다. 독립운동을 위해 집을 나와 전국을 돌고 만주와 일본까지 가야했던 이들의 행동은 구체적으로 드러나지 않고, 역사적 사건에 대한 정보와 독립운동 당위성에 대한 피상적인 주장이 행동을 대신하는 것이다.

2) 주제 전달 기능과 덩어리 전략

〈토지〉의 여담적 텍스트를 장르별로 나누어 보았을 때 전체 여담의 70% 정도가 논설장르로서, 논쟁적인 대화나 논설적인 독백, 서술로 되어 있다고 할 수 있다. 이 논설적 여담 중 상당부분은 인물의 내면독백이나 장광설과 같은 웅변적 단장으로 삽입된다. 이 부분을 이끄는 인물들은 서사적인 맥락을 떠나서 일방적으로 자신의 주장을 펼침으로써 논설적인 주제를 전달하는 기능을 한다.29)

---

28) 박상민, 「박경리의 〈토지〉에 나타난 근대사회와 유교적 이상의 균열」, 『문학과 종교』 18권 3호, 2013. 박상민은 이 글에서 이동진의 항일운동은 구체적으로 드러나지 않고 '외침', '결단', '주장'으로만 나타난다고 지적한다.

29) 미케 발은 삽입 텍스트(여담)의 가장 주된 형식은 대화로서, 이 중 장황하게 이어지는 이러한 비서술적 삽입텍스트를 극에서의 독백이거나 일인극과 유사하다고 보고 있으며, 확신, 묘사, 반영, 자기 반영 등 원하는 것 모두를 내용으로 담을 수 있다고 지적한다. 미케 발, 한용환·강덕화 옮김, 『서사란

이러한 장황한 논설이 〈토지〉에 처음 나타나는 것은 2부의 상의학교의 마지막 역사시간 장면에서이다. 교사 송장환은 한반도와 만주의 지도를 그리면서 핍박으로 얼룩진 역사와 주권상실의 슬픔, 그리고 고토회복의 필연성을 강조하기 위해 열변을 토한다. 박정호와 이홍, 강두매 등 젊은 세대의 성장과 우정, 만주의 교육 현장을 보여주는 장면이지만, 주로 송장환의 고토회복과 항일의 의지가 거의 다섯 쪽에 걸쳐 장황하게 삽입되어 있다. 서사적 의미보다는 주제 전달의 기능에 더 방점이 있음을 짐작할 수 있다.

> 그러나 여러분! 우리는 나라를 잃었습니다! 일찍이 이 넓은 만주 벌판의 주인이었던 우리 조상! 이조 오백 년 동안 임진왜란을 겪고 병자호란을 겪었습니다마는 오늘과 같이 이렇게 송두리째 나라와 주권을 잃은 일은 없었습니다. 반만 년 역사에서 이런 일은 단 한 번도 없었습니다. 참으로 우리는 조상에게 면목이 없는 부끄러운 후손이 된 것입니다. 여러분! 저 슬픈 고구려인들, 말갈족에 동화되어 조상을 잃은 내 겨레의 운명을 기억해야 합니다. 우리 영토의 일부를, 우리 겨레를 잃었으되, 그러나 신라에서 고려로 고려에서 이조 오백 년을 우리 단일민족은 면면히 이어왔습니다. 그러나 오늘날, 우리는 나라를 송두리째, 백성들을 송두리째 일본에게 빼앗기고야 말았습니다. 그 옛날의 슬픈 고구려인들처럼 우리도 일본에게 동화되고 만다면 영원히 영원히 우리의 민족과 국가는 이 지구상에서 사라지고 말 것입니다! 여러분, 저 슬픈 고구려인들을 기억하십시오. (5:161)

이 장면에서 송장환의 강의가 길게 삽입되는 것은 자연스러운 설정이기는 하나, 마지막 강의라는 진지한 상황과 삽입의 지속정

무엇인가』, 문예출판사, 1999, 266~268쪽.

도는 내포작가의 목소리로 착각하게 하는 효과를 거두기도 한다. 작가는 만주 땅을 넘어 시베리아까지 우리 민족이 진출했을 것이라는 생각을 샤머니즘의 연원과 연결하여 밝힌 바 있는데[30] 송장환의 강의에서도 "만주 벌판의 주인"이 우리의 조상이었다는 주장이 여러 차례 반복된다. 따라서 이 부분의 주장은 단순히 주권상실과 독립의지의 고취뿐 아니라 정신적인 원류를 시베리아로부터 찾으려는 작가의 영토의식도 포함되어 있다고 해석할 수 있다.

조용하의 대학친구이자 사업 동반자인 제문식(諸文植)은 배짱이 좋고 현실적이며 냉철한 인상을 지녔고, '조용하의 충견', '바닥 모를 인물' 등으로 표현된다. 조용하의 콩피당트로 역할을 할 뿐, 사실상 서사상의 의미는 미미하다. 그는 주로 조용하를 포함한 오가타, 조찬하 등과의 대화 장소에 나타나, 일본의 문화와 민족주의의 실체에 대해 또 민중의 생리에 대해 자신의 주장을 심도 있게 펼쳐내는 연설자가 된다. 이 점에서 주제전달의 기능을 하는 인물이라 할 수 있다.

> "짐승이나 초목도 제 영역을 침범하면, 초목도…… 초목 그, 그건, 아무튼 격렬하게 싸우는 것 그거 다 생존의 본능 아니겠어? 백정과 농청의 싸움도 본능인가? 그건 인간의 싸움이야. 인간 말이지? 소위 계급 투쟁이다 이거야. 농청은 상하를 그어 놓자! 백정은 아니다 상하를 지워버리자! 그게 먹는 것하고 무슨 상관이야! 뿌리 깊은 인습, 그것도 있지. 하지만 그건 민중에게 내포되어 있는 분파작용인 게야. 그래서 그 거대한 무리의 행방이 묘연해지는 게야. 모이고 흩어지는 것, 운동은 운동이지. 만물이 모두 모이고 흩어지고 그게 운동인 게야 (15:221)

---

30) 박경리·정현기·설성경, 「한국문학의 전통과 그 맥잇기」, 『현대문학』, 1994.10.

자살을 계획하고 있는 조용하에게 냉철한 충고를 시작한 제문식의 말은 중간에서 긴 연설로 바뀐다. "인간이란 묘한 거야"라는 문장에서 시작되어 조용하 주변 인물의 평가로, 다시 그들이 속한 각 계층에 대한 분석, 그리고 민중의 생리와 계급의 문제에 대한 생각으로 확대된다. 거의 여섯 쪽에 걸쳐 진행되는 제문식의 충고와 분석은 물론 조용하의 자살과 연관하여 해석할 여지가 있으나, 〈토지〉의 초반부터 단속적으로 삽입된 작가의 인간론(민중론)의 연장선상에서 파악할 수 있다.

이런 논설적 여담은 특히 4, 5부에 두드러지게 나타나는데, 농민론을 심화시키는 김범석, 일본문화 비판의 목소리를 높이는 오가타와 유인실, 조찬하[31], 신여성론을 전개하는 길여옥, 임명희, 생명사상을 전달하는 해도사와 길여옥 등이 그들이다. 이들이 전달하는 논설적 여담은 적절한 연결 장치나 간섭의 체계도 없이 불쑥 삽입되어 지속되는 일이 많아 덩어리 전략[32]을 보인다고 말할 수 있다. 이 같은 덩어리 전략은 후반부로 갈수록 두드러져 〈토지〉의 전 후반의 서사구조를 다른 것으로 판단하게 하는 원인

---

31) 작가의 일본문화에 대한 관찰은 주로 오가타와 유인실, 조찬하의 목소리를 통해 무리하게 삽입되어 있다. 정본확정을 위한 판본비교결과에 의하면 이 부분의 이음매를 좀 더 자연스럽게 수정하였다기보다, 일본문화에 대한 관찰결과가 훨씬 더 명료하고 논리적으로 수정되었다.(최유찬, 앞의 글, 82~83쪽.) 이로 보아 서사라인과 여담의 연결보다는 여담 자체의 논리적인 전달을 더 중시하였음을 알 수 있다.

32) 여담은 본래 진행되던 이야기의 줄거리와 맺는 관계에 따라 두 가지 전략으로 나누어 볼 수 있다. 하나는 진행 중인 이야기에 대한 논평, 주석으로 생산되는 여담으로서 줄거리에 대해 종속적이고 기생적인 메타담화적 전략이고, 다른 하나는 플롯과 여담 사이에 연관성을 만들려는 노력을 전혀 하지 않은 채 플롯과 무관한 자율적 여담 단위를 거칠게 삽입하여 독립적인 성격이 강한 덩어리 전략이다. 사브리, 앞의 책, 619~620쪽.

이 된다.

4. 확산과 응집, 개방과 폐쇄의 서사

1) 확산과 응집의 서사

한 물리학자는 〈토지〉의 서사구조를 두고 폭발할 수밖에 없는 뜨거운 에너지가 안팎에 가득 차 팽창하면서 빅뱅을 일으키며 확산된 모양새라고 분석한 바 있다.[33] 굳이 서사이론에 기대지 않더라도 이 작품의 확산적 진행방식과 이를 오래도록 지탱하는 복합적인 갈등의 깊이는 독자에게 분명하게 인지되는 것이다. 사실상 〈토지〉에 나타난 서사의 확산은 다수의 개성 있는 인물들의 설정과 가문 중심의 확대방식, 관계 인물의 증대, 갈등의 결합 및 지속, 인물 이동을 통한 배경지역 확대, 전언과 후일담 등을 통한 사건의 반복과 부연 및 논평 등의 방법[34]으로 이루어진다고 정리할 수 있다. 여기에 작가가 서사전개의 융통성을 위해 창조한 단역인물과 여담이 덧보태짐으로써 이 소설은 예정된 것보다 무려 15배가 더 긴 길이로 완성된 것이다.

확산의 가장 중요한 원인은 물론 인물의 창조와 서사의 지속에

---

33) 남균, 「물리학의 잣대로 읽는 〈토지〉」, 토지학회, 『토지학회 창립기념 학술대회 논문집』, 2014.8.13.
34) 〈토지〉의 확산방식은 조선조 대장편소설의 장편화 원리와 매우 흡사한 면이 있다. 예를 들어 조선조 대장편소설의 장편화원리를 연구한 임치균은 연작 〈임씨삼대록〉의 장편화 원리로 다양한 이야기, 사건의 반복과 부연, 내용의 총정리, 갈등의 결합과 갈등의 지속, 관계인물 증대, 타 가문의 확대 등의 방법을 제시하고 있다. 임치균, 『조선조 대장편소설 연구』, 태학사, 1996, 205쪽.

있다. 배경이 확대되고 관계인물이 증대되며, 타 가족이나 집단과의 관계가 퍼져나갈 때도 작가는 계획도 기록도 하지 않고[35] 이른바 '가지치기'도 하지 않은 채 인물을 형상화하였다고 하는데, 이러한 창작방식은 결과적으로 이 서사를 분산적이고 삽화적으로 만들었다고 볼 수 있다.

또한 주요서사의 중심에 있는 사건의 현장을 생략하고 주변인물의 기억과 소문, 전언으로 반복되고 부연되게 하는 독특한 방식도 관련인물을 증대하고 서사를 확산시키는 원인이 된다. 예를 들어 초반의 갈등을 낳는 김개주의 윤씨 부인 겁탈 장면, 별당아씨와 구천의 사랑과 도망 장면, 최치수의 살해 장면, 서희와 길상의 결혼식 등은 완전히 생략되어 있다. 대신 삭제된 사건에 대한 무수한 소문과 전언이 반복되면서 사건은 부풀려지고 오히려 강조되는 효과를 낳는다. 또한 대상에 대한 서술자의 논평이나 정리를 인물들의 다양한 대화로 대신함으로써, 정보의 누락이나 변형, 왜곡 등을 그대로 보여주어 사실(fact)를 제공하지 않고 소통과 현상에 집중하게 한다. 사건이 소통되는 방식에 대한 진지한 형상화는 민중의 이야기, 곧 역사가 기억되고 기록되는 과정을 은유한다는 점에서 이 작품의 미덕으로 꼽힌다.

앞장에서 살펴보았듯, 수많은 인물을 갈등의 당사자로서 주요서사라인에서만 그리는 것이 아니라 때로는 주제전달을 위해, 때로는 정보의 전달을 위해 가변적으로 기능을 부여하는 방식도 인물 확산과 여담의 삽입을 용이하게 하였다고 할 수 있다. 가장 주

---

35) 박경리는 강의를 통해, 상상력이 저해되지 않고, 기억의 필요로 인해 방해받지 않기 위해 등장인물이 몇 명이나 되는지도 모르는 채, 창작노트 없이 이 작품을 썼다고 말한 바 있다. 박경리, 「구성과 총체성」, 『박경리 강의노트 - 문학을 지망하는 젊은이들에게』, 현대문학, 1995, 116~117쪽.

목할 만한 것은 여로형 서사와 방랑형 인물의 창조이다. 배경이 되는 공간이 확대되면서 이들의 소식을 엮어서 전달할 인물들의 여행이 잦아진다. 이동진과 이상현 부자를 비롯하여 김환과 길상, 혜관과 주갑, 공노인, 송관수와 송영광, 이홍, 해도사, 조찬하와 오가타 등 실로 많은 인물들이 평사리에서 지리산으로 다시 만주와 일본으로, 그리고 진주로, 서울로 이동하며 필요한 정보를 전달하고 서사를 정리하며 관계를 확대한다. 무대를 바꾸지 않고 많은 인물의 이야기를 진행하기 위해 고대그리스극처럼 메신저(使者)를 적극적으로 활용하는 것이다. 여기에 서사의 진행과 무관한 인물의 이야기-민지연, 석난희의 서사가 대표적이다-까지 여담으로 삽입되면서 작가의 표현처럼 "역사와 함께 흘러가는" 서사로 무한히 확장되었다.

확산적인 특징과 함께 이 작품을 내부에서 움직이는 응집적인 힘도 동시에 작용하고 있음을 눈여겨 볼 필요가 있다. 사실 확산적인 특성으로 인하여, 이 작품의 서사를 인과성을 토대로 이해하는 것이 쉽지는 않다. 이런 이유로 〈토지〉는 중반 이후 관심의 통일성에 의해 지배된다는 분석이나 항일 민족 운동사를 뼈대로 읽어야 한다는 지적도 있었다. 이런 지적은 허구적 맥락의 서사가 점차 역사적 맥락으로 흘러들어가면서 개인의 일상으로의 분산이 오히려 공동체에 대한 관심, 더 정확히는 민족이라는 집단정체성에 대한 자각36)으로 응집되고 있음을 시사한다. 초반은 가문과 개인의 욕망과 갈등이었지만 이것이 서서히 집단의 갈등과 생명의

36) 김연숙은 〈토지〉를 집단정체성 획득의 서사로 읽어냄으로써 초반부터 중심을 향해 응집하는 힘(구심력)이 어떻게 그려지고 있는가를 보여주고 있다. 김연숙, 「〈토지〉에 나타난 집단정체성 획득의 서사」, 토지학회, 『토지학회 학술대회 논문집: 〈토지〉의 서사구조』, 2015.10.23.

문제 속에 포용되고, 창조된 인물은 늘어났지만 이들은 집단 단위에서 이해되고 행동하는 방식으로 바뀌고 있다는 것이다. 예를 들어 김환을 중심으로 한 동학잔당의 활동에서 시작된 지리산 모임은 부를 거듭하면서 더욱 다양한 소규모 모임의 연합형태로 발전한다. 즉, 의병봉기에 합류했던 사람들, 만주로 도피했다가 돌아온 사람들, 김환을 정점으로 흘러내려온 동학잔당, 동학혁명세력에서 대일항쟁으로 돌아선 민족주의자들, 해도사나 소지감 같이 개인적으로 터를 잡은 산사람, 이범준 등의 사회주의 행동파와 노동운동가들, 해방 직전 징용을 피해 산으로 숨어든 젊은이들이다. 이들을 묶어주는 것은 표면적으로 항일 민족 운동이지만, 최종적으로는 지리산의 사상, 생명사상이 된다.

지역과 관계, 이념을 토대로 한 소모임과 공동체 구성은 작품의 초반부터 지속적으로 나타나는 특징이기도 하다. 〈토지〉에는 처음부터 집단노동, 생일이나 장례, 결혼 등 사람들이 모이는 사건, 이동과 만남이 유독 많이 나타난다. 이런 사건에서 서술자는 죽음이나 혼인의 의미, 풍속묘사보다는 지난 사건에 대한 후문을 요약하고 정리하는 데 주력한다.37) 이러한 모임은 전통적인 장편소설의 장편화 전략이라 할 '매듭짓기'와도 유사하다. 매듭짓기 전략은 큰 관련 없이 진행되는 다양한 사건들을 하나의 자리에서 조망함으로써 하나의 의미망에 담겨지게 되는 것을 말한다.38) 확산된 인물

---

37) 이상진, 『〈토지〉 연구』, 월인, 1999, 207쪽.

38) 한길연이 〈완월회맹연〉의 이러한 특징을 두고 새롭게 명명한 용어이다. (한길연, 「〈완월회맹연〉의 서사문법과 독서역학」, 『한국문화』 36, 2005.) 〈완월회맹연〉은 180책이나 되는 최장편 대하소설로서, 기존의 작품들을 조합해서 만들어진 짜깁기 형식의 작품이라 규정될 정도로 여담의 삽입이 두드러지는데 이는 장편화의 전략적 특성이라 할 수 있다. 이 작품의 장편화 전략 중 일부는 〈토지〉의 특징과 흡사한 바가 있어 비교연구의 필요가 있다.

을 이러저러한 모임을 통해 한꺼번에 불러들이는 방식은 물론 서술의 융통성에서 만들어진 것이겠지만, 이 역시 결과적으로는 소통을 통한 집단의 정체성 형성으로 수렴되어 서사를 응집시키고 있다고 할 수 있다. 또한 이미 분산의 원인으로 지적된 여담적 텍스트 역시 일관된 주제를 가진 논설의 반복과 강화라는 측면에서는 주제의 응집에 일정한 역할을 하고 있다. 요컨대 이 작품은 분산적인 힘(원심력)과 중심을 향해 응집하는 힘(구심력)이 함께 작용하는 특이한 구조로 되어 있다고 볼 수 있다.

2) 개방과 폐쇄의 서사

〈토지〉는 흔히 비종결적 서사로 지적되며, "개인의 이야기로 끝나는 것이 아니라 큰 역사의 줄기를 타고 흘러가기 때문"에 자신이 함부로 "도막을 낼 수 없다"[39]고 했던 작가가 더 이상 쓰지 않기로 했기 때문에 종결되었다고 말할 수 있다. 마지막까지 미해결의 문제를 남겨둔 채 새롭게 확산되는 이야기와 인물창조는 그 충분한 근거가 된다. 이는 여담으로 보기에는 애매한 상의의 진주여고 서사에서 분명하게 드러난다. 5부에서 가장 자주 중심에 떠오르는 이상의가 체험하는 일제말의 황민화교육 내용과 기숙사 생활 등은 지나치게 길고 상세하게 삽입된다. 5부 3편부터 새롭게 등장하는 진주여고 서사는, 마지막 편에서는 두 장을 차지할 정도로 확대된다.[40]

---

39) 최영주, 「인터뷰/작가 박경리씨에게 듣는다 - 〈토지〉는 끝이 없는 이야기」, 『월간경향』, 1987.8.
40) 5-5-1의 '대결'은 일본인 선생들의 불합리한 행패를 다루고 있다고는 하나, 상의의 자존심에 얽힌 사건, 기숙사 방 배치에 대한 이야기로서 심지어 새로운 인물을 등장시켜가면서 장황하게 장면화하여 보여주고 있다.(19:382~

하지만 이런 확산과 개방을 향한 이야기선의 한편에서 주요인물의 이야기는 여러 차례에 걸쳐 정리되고 논평된다. 특히 5부에는, 작품의 마무리를 위해 과거기억을 재진술하고 각 인물의 이야기에 대한 의미부여를 하는 서술적 여담이 집중적으로 삽입된다. 예를 들면, 조병수와 조준구의 과거와 주변에 대한 논평적 서술(16:243~248), 평사리 사람들—천일네, 야무네, 성환할매(석이네), 귀남네에 대한 정보 요약(16:350~353), 서희와 환국, 길상의 과거 요약(16:364-5, 16:370~372, 16:381~383), 지리산 모임의 역사와 해체 이유에 대한 논평적 서술(17:96~101), 양현과 영광, 윤국의 이야기(17:244~245), 영광, 홍이, 영호, 휘의 인연을 중심으로 한 과거 요약(5-2-4, 17:300~303), 이동진을 포함한 이상현의 과거 재요약(20:9~14), 병수의 과거[41](20: 99~106), 한복과 병수의 공통된 과거에 대한 논평적 서술(20:169~171), 석이네에 대한 요약(20:316~319) 등이다. 5부에서는 이처럼 인물형상화와 관계확대라는 개방과 확산의 서사가 주요인물의 과거를 요약하고 갈등을 정리하는 폐쇄와 응집의 서사와 함께 제시되는 것이다.

---

434), 〈토지〉의 마지막 장인 '빛 속으로!' 바로 앞에 위치하는 6장은 해방 직전, 한밤중에 차출되어 주먹밥을 만드는 풍경이 묘사된다. 이어 하시모토 선생의 징집되어 가는 모습이 서술되며. 상의와 호시노 사이의 S언니 맺기, 푸른 노트와 관련된 사건을 회상(20:282~287), 상의가 차고 다니던 외제시계를 사카모토선생에게 빼앗겼다가 졸업 직전에 돌려받는(20:330~336) 이야기가 전개된다.

41) 서희를 훔쳐보다가 길상에게 들킨 부분으로서, 1부 5편에 서술된 부분이 거의 그대로 반복된다. 즉 1부 5편에 나오는 '코고는 소리는 여전했다. 병수는 책을 덮고 일어선다.~ 길상은 병수를 번쩍 안아 올리더니 대숲을 빠져나간다.'가, 5부 5편에서는 '이 초시의 코고는 소리가 지겨워서 병수는 읽던 책을 덮고 일어섰다. ~ 길상은 연신 눈물을 흘리는 병수를 번쩍 안아 올리더니 대숲을 빠져나갔다.'(19:102~106)와 같이 극히 일부만 수정된 채 재삽입된다.

이러한 요약과 논평 외에 서사상의 종결은 5부 2편에서 이미 이루어졌다고 할 수 있다. 그것은 길상이 관음탱화를 조성하는 사건으로, 이 부분에서 1부에서 4부까지의 주요 서사가 한 차례 요약 제시 된다. 무엇보다 중요한 것은 이 사건이 〈토지〉의 주제를 핵심적으로 전달하는 최종적인 사건이라는 점이다. 길상은 폭력석 저항과 대립을 예상하고 지리산 모임을 해체한 후에 도솔암에 관음탱화를 조성한다. 관음보살은 온갖 현실의 재앙과 고통 고뇌를 구제하는 보살로 연민과 자비의 사상이 구현되어 있다. 주요 인물들은 마치 참배행렬과도 같이 이어져 관음탱화를 보러 와서는 폐부를 찌르는 감동과 슬픔, 갈등의 해소를 경험한다.[42] 더욱 중요한 사건은 관음탱화를 보기 위해 지리산으로 향한 서희에게 박효영의 자살소식이 전달되는 것이다. 이 소식에 그녀는 자기를 포함하여 윤씨부인과 별당아씨로 이어진 여성 3대의 사랑을 이해하고 대자대비의 세계에 들어섬으로써, 비로소 가문의 저주를 풀 자격을 갖추게 된다. 이 부분에서 이미 1부의 서에 암시된 갈등은 해결되었다고 할 수 있다.

하지만 앞 장에서 보았듯 새롭게 삽입된 4부의 서는 다른 시각과 갈등을 제시하고 있다. 곧 일본적인 것의 유입과 이로 인한 자본주의화, 민족 간의 갈등으로서 '시적 정의(poetic justice)'가 아니라면 쉽게 서사적 해결을 보여줄 수 없는 것이다. 4부 이후에 이에 대한 답을 구하는 서술자의 논평, 인물의 주장 등이 논설적 여담으로 집중적으로 삽입되지만 언제나 결론은 지연되고 개방된 채 끝난다. 그 어떤 정치사상이나 종교적 이념, 또 등장인물 중 누군가의 행동도 해답이 되기 어려운 상황을 이념적 논쟁과 주장

---

42) 이상진, 앞의 책, 158~159쪽.

의 각축을 보여주는 여담 삽입으로 표현하고 있는 것이다.

4부 서가 제시한 갈등을 민족적인 문제로 바라볼 때, 5부 가장 마지막 장에 나오는 우개동에 대한 집단 처형이 갈등을 해결하고 마무리하는 사건이라 분석할 수도 있다. 일제와의 대립이 해결되는 상징적인 사건으로 볼 수 있기 때문이다. 그러나 이 사건이후 소지감은 '몽둥이는 몽둥이를 부른다'는 말로 이 죽음이 새로운 폭력으로 이어질 것임을 암시한다. 끝나도 끝나지 않는 우리의 역사와 열린 결말을 향하고 있는 것이다. 이 완결될 수 없는 문제는 결국 담론 상 가장 마지막에 서희가 해방소식을 들으면서 마무리되는 것으로 그려진다. 그러나 이것은 외부로부터 주어진 해결이자 단절로서 최유찬의 지적처럼 '데우스 엑스 마키나(deus ex machina)'에 불과하다.43) 오히려 관음탱화 조성에 이은 후일담, 에필로그로 보는 편이 적절할 것이다. 이 점에서 이 작품의 허구적 서사는 종결되었으나 역사적 서사는 열린 채로 끝이 난 것이라고 할 수 있다.

지금까지의 분석 결과 〈토지〉는 확산과 응집의 두 힘이 작용하면서 결국에는 개방적인 결말과 구성적인 측면에서 서사적 대단원을 함께 보여주었다고 정리할 수 있다. 그리고 그 근거 중 하나로 제시된 여담은 확산의 힘과 응집의 힘이 함께 작용하면서 생겨난 균열, 처음부터 치밀하게 기획된 독특한 서술 전략이 연재가 진행되면서 전체의 길이와 확산을 감당하지 못한 결과로 자연스

---

43) 일찍이 아리스토텔레스는 에우리피데스의 플롯의 결함으로 '데우스 엑스 마키나'의 사용을 지적하였으나, 최유찬은 사사키 겐이치의 분석을 토대로 하여 〈토지〉가 종국을 향한 것이 아니라 '단지 멈추기만 할' 뿐인 종지법의 수단으로 데우스 엑스 마키나의 수법을 사용한 것은 창조적인 사고의 산물이라고 지적하고 있다. 최유찬 『〈토지〉를 읽는 방법』, 서정시학, 2008, 276~439쪽.

럽게 나타난 특성일 가능성이 크다.

5. 생태학적 자아와 서술적 자아

〈토지〉는 장르적으로나 내용적으로 또 서술의 측면에서 혼종적인 텍스트이다. 서사성을 기본으로 하고 있지만, 인물의 대화만으로 전개되는 극화된 부분도 있고, 서정화 된 부분도 있으며 대부분의 여담처럼 교술적인 부분도 있다. 서술자 역시 비판적 거리를 둔 관찰자이기도 하고 적극적인 논평가이기도 했다가 인물과의 거리를 느낄 수 없는 자전적인 저자였다가 정치와 역사, 사회의 사전적 정보를 전달하는 해설자이기도 하다. 동일한 텍스트 내에서 여러 장르의 여담적 텍스트를 다루는 동안, 이야기꾼, 에세이스트, 비평가, 역사가, 묘사가로 배역을 바꾸는 여담적 작가의 모습을 보여주는 것이다.

이런 방식의 서술 변화는 삽입된 내용과 시각, 거리의 조정에서 비롯된다. 그러나 〈토지〉에서 이런 서술과 다른 변조(變調, alterations)44)의 방식도 눈여겨볼 필요가 있다. 기존의 연구에서 주로 지적된 역언법(paralipsis)뿐 아니라 이를 채우기 위해 후일담 형식으로 삽입되는 과잉 정보(paralepsis)는 여담적 텍스트의 삽입방식과 연관되고 있기 때문이다. 이러한 변조와 관련하여 삽

---

44) 즈네뜨는 서술의 법(mood)에서 서술과정에서 발생하는 시점, 초점화의 변화가 일관성 있는 문맥과 동떨어져서 행해지는 것을 변조라고 이름붙이고 있다. 이 변조를 원칙상 필요한 것보다 적은 양의 정보를 주는 것(paralipsis)과 원칙상 인정된 것보다 많은 양의 정보를 주는 것(paralepsis)으로 나누어 보고 있다. 제라르 즈네뜨, 권택영 옮김, 『서사담론』, 교보문고, 1992, 183~185쪽.

입된 여담과 고유의 서사전략은, 계획된 것보다 작품의 규모가 커지고 연재가 장기화되면서 내적인 균열과 구조적 변이가 일어날 수 있다. 더구나 완성되어 가는 과정에서 실제 작가의 사상적 변화나 창작과 소통 환경의 변화 역시 작품 속의 내포작가의 서술에 일정한 영향을 미쳤을 것으로 짐작된다.

〈토지〉의 인물창조와 형상화의 원리는 공평성과 생명의 연쇄에 기대고 있는 것처럼 보인다. 이를 확인해주듯 연재가 모두 끝난 후 한 인터뷰에서 박경리는 인물과 생명을 '평등하게' '자연계의 균형'에 따라 부각시키려 했다고 말했다.

> 나는 〈토지〉에서 등장인물뿐만이 아니라 등장한 모든 사물, 식물이나 동물, 단순한 무생물의 소도구까지 평등하게 부각시키려 노력했어요. 그것들이 지닌 각각의 생명성을 인본주의적인 시각에서만 보아서는 안 되며, 무시해서는 더욱 안 된다는 것이 내 생각입니다. 그 이유는 자연계의 균형이 모든 생명성의 생성 소멸에서 비롯되는 것이기 때문이지요.[45]

이 같은 형상화 원리에 의해 수많은 인물들이 살아가는 거대생명세계의 전지자(全知者)로서 작가는 존재 가능한 거의 모든 인물들의 스펙트럼을 〈토지〉에 펼쳐놓았다. 공평하고 균형 있는 서술을 위해 중요하다고 생각되는 인물의 사건은 비워지고 주변적인 인물들의 모임이 장면화되었으며, 이 가운데 말을 전하는 인물의 형상화와 부재하는 인물들의 이야기가 얽혀지는 방식을 취했다. 이 형상화방식이 고착되면서, 필요할 때마다 인물을 부르고 이동시키고, 단역인물을 창조하고 떠도는 이야기를 삽입하여, 자연히

---

45) 박경리, 「〈토지〉, 모든 생명의 모체」, 『문화일보』, 1994.8.20.

삽화적이고 분산적인 성격을 띠게 되었다. 후반부에 가서 작가가 이제 〈토지〉가 나를 이끌어가고 있다고 고백한 것은 이야기와 인물 창조방식이 자동적으로 진화하면서 수백 명의 인물들이 서로 다른 목소리로 서로 다른 삶의 행태를 저절로 말하게 되었음을 짐작하게 한다. 다시 말해 서술자(작가)는 생명에 대한 통찰 결과를 서사적 원리로 삼아 서술하는 '생태학적 자아(ecological self)'46)의 성격을 지니게 되었다고 말할 수 있다.

하지만 이런 인물창조와 형상화가 지속되면 담론상의 구성적 힘은 약화되고 서술자의 권위는 해체되기 마련이다. 곧 서사는 성숙한 내포작가에 의해 해체되고 파편화되고, 결국 서술자는 끊임없는 '보여주기'에 종속되고 숨겨질 수 있다. 또한 부를 거듭하면서 등장인물과 시공간의 규모가 더 커지고 작가로서도 함부로 도막낼 수 없는 이야기로 흘러가게 되자, 주제를 심화시켜 줄 대변자도 필요하고 분산된 서사를 통제하고 연결할 권위 있는 서술자도 필요하게 되었을 것이다. 3부 이후에 작가를 대변하는 인물을 내세워 장광설에 가까운 논설적 여담을 삽입시킨 것이나, 등장인물들이 특정한 목적 없이 이동하고 모여 대화를 나누며, 서술자의 논평과 서사에 대한 간섭이 자주 끼어들기 시작하는 것은 그 때문으로 짐작된다. 이 긴 소설의 마무리 단계인 5부에 가서는 주요 인물의 이야기를 재진술하고 무리한 논평과 요약을 포함한 서술

---

46) 심층생태학에서 강조하는 자아실현은 생물중심적 평등주의에 바탕하고 있다. 모든 생명의 평등한 권리를 가치있는 공리로 보며, 생물 간의 공생을 전제로 하는 것이다. '깊고 포괄적이며 생태학적 자아'는 개인적인 에고나 유기체의 제약에서 벗어나 자연전체성에 보다 큰 자아를 통합시킴으로서 달성될 수 있다.(최병두, 『비판적 생태학과 환경 정의』, 한울, 2009, 168~175쪽.) 박경리의 사상은 생명 중심적 평등주의를 보여주는 점에서 심층생태학이 강조하는 생태철학적 윤리의 핵심에 닿아있다고 할 수 있다.

적 여담이 무리하게 삽입된다. 물론 전반부처럼 결혼식이나 장례식과 같은 우연한 모임을 통해 후일담을 전하면서 빈자리를 채우는 〈토지〉의 특징적인 방식도 여전히 나타나지만, 5부에는 이러한 권위적인 서술을 통한 정리가 눈에 띄게 늘어나는 것이다.

> 송관수가 들어간 만주의 급변한 사정은 대강 이상으로 설명이 되었고, 자아 그러면 지리산의 우리 해도사와 소지감 선생의 동향은 어떠했는가. (15:176)

> 석이네는 아비 어미 없는 성환과 남희를 최참판댁 두호 아래서 길렀는데 어미 을례가 강탈하다시피 데려간 남희는 그 어린 나이에 일본 장교에 의해 몸을 망쳤고 몹쓸병까지 얻었으니, 오로지 희망의 등불이던 성환이마저 학병으로 끌려갔고 평사리에서 석이네는 눈먼 노인이 되었다. 자아, 이만하면 숨이 가쁜 불행의 연속이 아니고 무엇일꼬. 모두 힘들게 살아왔고 비극적 삶을 끝낸 사람들도 많지만 어찌하여 그다지도 불행의 여신은 석이네 식구들에게 달라붙어 떨어질 줄 모르는가. (20:318)

> "그 일이라 카모 마, 더 이상 말하지 마이소."
> 하고 딱 잘라버리는 것이었다. 참, 잊은 일이 있는데, 징용에서 도망쳐나온 홍석기가 산에 와 있는 것은 이미 아는 일이거니와 평사리의 귀남네가 오매불망하던 아들 귀남이도 산에 와 있었다. 진주여관에서 장연학이 데려다 놨던 것이다. (20:369~370)

인용한 부분에서 볼 수 있듯, 마무리 부분에서는 심지어 자기 이야기의 분절을 지적하고 논평적인 여담을 통해 서사를 통제하며 상황을 설명하는 자기 반영적이고 메타적인 서술자도 나타난다. 서술자-(내포) 작가 심급이 극도로 부각되어 이야기의 진행을 정지시키면서까지 자신의 현존을 드러내는 서술로서의 여담이 끼어드는 것이다. 이는 생태학적 자아에 이른 성숙한 서술자가 서사의 통제와 주제심화를 위해 서사의 맥락에서 벗어나 권위적인 서술자를 불러들인 것이라고 말할 수 있다. 정리하자면, 〈토지〉의 여담은 인물의 공평한 창조와 형상화원리에 의한 확장(생태학적 자아의 서술)과 서사의 통제와 주제 심화의 필요(서술적 자아의 서술)라는 양극의 균열로부터 생겨나게 되었다고 말할 수 있다.

6. 나오며

모름지기 작품이란 위고가 주장했듯, "단번에 태어나서 그 최초의 상태 그대로 남아 있어야"[47] 할 운명을 지닌 것은 아니다. 〈토지〉처럼 긴 시간에 걸쳐 창작된 작품은 더구나, 연재되고 완성되어 가는 과정에서 텍스트 외적으로 수많은 변인이 작용하고, 텍스트 내적으로도 구조적 변화가 일어날 수 있다. 구조란 전체성을 유지하기 위한 요소들의 관계 속에서 수많은 변인에 의해 끊임없이 변하지만 스스로의 균형을 유지하고자 하는 변이성을 지니고 있기 때문이다. 〈토지〉의 전·후반의 지배적인 성격은 주제의 면이나 플롯의 측면, 서술의 방식 등에서 분명한 차이를 보인다. 그것은 기존연구에서 지적했듯 플롯과 관심의 문제나, 가족과 역사의 문제, 혹은 주동인물의 성격이나 주제적 성격에 의한 차이가 전후반을 지배하기 때문이라고 말할 수도 있을 것이다. 그러나 보다 근본적인 원인은, 긴 시간에 걸쳐 하나의 작품으로 완성되어 가면서 초반에 계획되었던 서술전략에 배치되는 요소들이 나타나고

---

47) 란다 사브리, 앞의책, 390쪽.

전체적인 균형을 유지시키기 위해 변이가 나타난 데 있다고 할 수 있다. 다시 말해 〈토지〉는 서사구조의 변화와 보존, 개방과 폐쇄, 균열과 봉합, 분산과 응집의 상호작용 속에서 완성되었다고 말할 수 있다.

이 연구에서는 이와 같은 변화양상을 여담적 텍스트의 삽입과 이에 수반되는 수사적인 특징을 중심으로 살펴보았다. 작가는 초반부터 여담적 텍스트를 삽입하였으나 플롯의 차원에서 봉합하려는 반여담적인 서술전략을 보여주었다. 단행본에 삽입된 곁텍스트는 작가나 편집자가 여담적 텍스트를 자각하고 있음을 드러내며, 장의 제목 중 일부는 그 장에 여담적 단장이 삽입된다는 것을 예고하고 부각시키는 역할을 한다. 완간된 이후에 4부의 서가 독립된 것은, 후반부로 갈수록 여담의 경계가 더욱 부각되고 (여담의) 서사적 맥락에 대한 영향력이 더욱 커지게 되었음을 반영한 것으로 보았다. 한편 등장인물이 필요이상으로 확장된 것이나 기능적인 필요에 따라 형상화한 것도 여담의 삽입에 따르는 반여담적 서술전략이라 볼 수 있다. 정보전달이나 주제전달을 위해 인물을 등장시키고 여담을 삽입하는 것이 그것인데, 역사적 사실을 후경화시키고, 역사의 현장에서 인물의 행동을 장면화하지 않는 〈토지〉의 전형적인 역사 서술방식은 이러한 인물의 기능적 활용과 관련되어 있다.

〈토지〉는 확산과 응집의 두 힘이 작용하면서 결국에는 개방적인 결말(ending)과 서사적 대단원(denouement)을 함께 보여주었다. 초반에 치밀하게 결합되어 작용하던 확산의 힘과 응집의 힘이 전체의 길이와 규모를 감당하지 못한 결과 점차 느슨해지고, 반여담적 서술전략에 균열이 생기면서 여담적 텍스트는 보다 분명하게 강화되어 나타났다 할 수 있다. 후반부에 주제전달을 위해 덩어리로 삽입되는 논설적 여담이 늘어나고 잦아졌으며, 서술자의 간섭과 분산적이고 개방적인 특성이 눈에 띠게 된 것도 이런 이유 때문이라 할 수 있다. 이것은 내포작가의 차원에서 인물의 공평한 창조와 형상화원리에 의한 확장(생태학적 자아의 서술)과 서사의 통제와 주제 심화의 필요(서사적 자아의 서술)라는 양극의 균열에 의해서 생겨난 것이라고도 설명할 수 있다.

　〈토지〉에서 여담이 차지하는 부분이 비록 전체의 10%도 되지 않기는 하지만, 서사적 맥락을 단절하고 지연시키는 한편, 주제마디를 형성하는 등 중요한 영향을 미치는 것도 사실이다.48) 즉 〈토지〉의 잉여이면서 동시에 주제 형성을 위해 필수적인 요소로 작용하는 것이다. 여담은 본질적으로 역설적이어서 지연이나 휴지, 일탈로 하여 독자의 독서를 방해하지만 관심을 지속시키기 위한 자극이 되기도 하며, 본래 이야기에서 벗어나는 부수적인 부분이지만 동시에 본 이야기를 풍부하게 해줄 유용성도 지니고 있기 때문이다. 정리해보자면, 이 작품은 파편과 총체성, 일탈과 통일성 추구라는 독특한 방식을 보이고 있으며, 이 점에서 프루스트(Marcel Proust)의 〈잃어버린 시간을 찾아서〉와 마찬가지로 여담적 텍스트를 포함한 소설 중 경계에 놓이는 작품49)이라고 할 수 있다. 또한 여담이 지니는 태생적인 역설과 모순성은 결국 〈토지〉의 분산과 응집, 개방과 폐쇄의 서사를 떠받치는 원리와 긴밀히 조응되며 서사이자 역사이고 예술작품이자 철학서로서 작품의 독특한 장르적 특성을 낳았다고 할 수 있다.

---

48) 이상진, 「〈토지〉에 나타난 여담의 성격과 서술전략」, 『현대문학이론연구』 제63집, 2015.12.
49) 란다 사브리, 앞의책, 466쪽.

* 이 글은 「〈토지〉에 나타난 여담의 수사학」이란 제목으로 2015년 12월 『구보학보』에 실린 글을 수정·보완한 것이다.

참고문헌

1. 기본 자료

박경리, 〈토지〉 1~20, 마로니에북스, 2012.
_____, 「창작의 주변」, 『Q씨에게』, 지식산업사, 1966.
_____, 『박경리의 원주통신 ―꿈꾸는 자가 창조한다』, 나남, 1994.
_____, 「〈토지〉, 모든 생명의 모체」, 『문화일보』, 1994.8.20.
박경리·정현기·설성경, 「한국문학의 전통과 그 맥 잇기」, 『현대문학』, 1994.10.

2. 논문 및 단행본

김원규, 「텍스트의 구도와 단역인물의 의미」, 최유찬 외, 『한국 근대문화와 박경리의 〈토지〉』, 소명출판, 2008.
김은경, 「토지의 서사구조 연구」, 서울대 석사논문, 2000.
_____, 「〈토지〉의 유기적 인물관계와 '리좀적' 서사구성」, 서울대 국문과, 『관악어문연구』 31권, 2006.
김연숙, 「〈토지〉에 나타난 집단정체성 획득의 서사」, 토지학회, 『토지학회 학술대회 논문집: 〈토지〉의 서사구조』, 2015.10.23.
김인숙, 「박경리 〈토지〉의 대화성 연구」, 연세대학교대학원 비교문학협동과정 석사학위논문, 2000.
김진석, 「소내하는 한의 문학」, 『한·생명·대자대비』, 솔출판사, 1995.

김치수, 「박경리와의 대화 - 소유의 관계로 본 한의 원류」, 『박경리와 이청
　　준』, 민음사, 1982.

남　균, 「물리학의 잣대로 읽는 〈토지〉」, 『토지학회 창립기념 학술대회 논문
　　집』, 토지학회, 2014.8.13.

박상민, 「박경리의 〈토지〉에 나타난 근대사회와 유교적 이상의 균열」, 『문
　　학과 종교』 18권 3호, 2013.

성은애, 「〈토지〉 5부의 세대교체와 그 성과」, 『한·생명·대자대비』, 솔출판
　　사, 1995.

송재영, 「소설의 넓이와 깊이」, 『한과삶』, 솔출판사, 1994.

이상진, 「〈토지〉에 나타난 여담의 성격과 서술전략」, 『현대문학이론연구』
　　제63집, 2015.12.

정현기, 「〈토지〉 해석을 위한 논리 세우기」, 『한 생명 대자대비』, 솔출판사,
　　1996.

조윤아, 『박경리 〈토지〉의 생명사상 변모에 관한 연구』, 서울여대 박사논
　　문, 1998.

최유희, 『토지 연구』, 중앙대학교 박사논문, 1999.

최유찬, 「〈토지〉 판본 변이 양상과 수용환경 변화」, 『토지의 문화지형학』,
　　소명출판, 2004.

한길연, 「〈완월회맹연〉의 서사문법과 독서역학」, 『한국문화』 36, 2005.

홍정운, 「〈토지〉의 시간 구조」, 『월간문학』, 1983.11.

보리스 토마셰프스키, 한기찬 역, 「주제론」, 브룩스 외, 『신비평과 형식주
　　의』, 고려원, 1991.

이상진, 『토지연구』, 월인, 1999, 264쪽.

임치균, 『조선조 대장편소설 연구』, 태학사, 1996.

최병두, 『비판적 생태학과 환경 정의』, 한울, 2009.

최유찬, 『〈토지〉를 읽는다』, 솔출판사, 1996.

＿＿＿, 『〈토지〉를 읽는 방법』, 서정시학, 2008.

한용환, 『소설학 사전』, 문예출판사, 1999.

미케 발, 한용환·강덕화 옮김, 『서사란 무엇인가』, 문예출판사, 1999.
프랑크 에브라르, 최정아 옮김, 『잡사와 문학』, 동문선, 2004.
제라르 즈네뜨, 권택영 옮김, 『서사담론』, 교보문고, 1992.
란다 사브리, 이충민 옮김, 『담화의 놀이들』, 새물결, 2003.

〈토지〉에 나타난 소문의 구성과 배치

문재원

1. 들어가기: 소문의 정치학

근대 이전에 전근대적 일상을 유지시키기 위해 투명한 관습적 역할을 했던[1] 소문(所聞)은 사람들의 불안, 희망, 기대와 관련되며, 소문 속에서 사람들은 무엇인가 나누고자 한다.[2] 이러한 소문은 개인적인 발화이면서 사회적인 발화형식이다. 그러므로 소문의 발화방식에서 나타나는 무주체성은 곧 공동체의 집단적 주체이다. 그리고 소문의 세계에서 핵심은 발신자의 신원이 아니라 수용공동체 내의 확산이다. 왜냐하면 소문은 공동체 내에 재빠르게 유통되는 비밀인 까닭이다.[3] 청각의 원리[4] 안에서 생성, 전파되는 소문의 구어적 직접성은 눈이 아니라 귀를 통해 이루어지고 말은 곧 행동이며 사건이라 할 수 있다. 그러므로 소문에서 시각적 증거는 중요하지 않다. 여기에서 중요한 것은 화자와 청자 상호연관성의 공감대이다.

고든 앨포트는 소문의 세 가지 규칙을 만들었다. 평준화, 첨예화, 동화가 그것이다. 평준화는 세부사항의 생략, 즉 특수성의 천편일률적 삭제를 의미한다. 예를 들어 이름, 지역적 상황, 장소 등

---

1) 필립 아리에스·조르쥬 뒤비 편, 주명철·전수연 역, 『사생활의 역사』, 새물결, 2002, 94쪽.
2) 한스 J. 노이바우어, 박동자·황승환 역, 『소문의 역사』, 세종서적, 2001, 15쪽.
3) 미하일 바흐친, 전승희 역, 『장편소설과 만중언어』, 창작과 비평사, 1988, 83~84쪽.
4) 월트 J. 옹에 의하면, 시각적 원리는 보고 있는 사람이 보고 있는 대상의 외측에 그리고 그 대상에서 떨어진 곳에 위치하고 있음에 반해서 청각적 원리는 소리를 듣는 사람의 내부로 쏠려 들어가는 속성을 가지고 있다는 것이다. 그러므로 구술의 언어에서 배운다거나 안다는 것은 알려지는 대상과 밀접하고도 감정적이며 공유적인 일체화를 이룩한다는 것이다. 옹은 이러한 구술문화에 입각한 사고와 표현의 특징으로 첨가적, 집합적, 다변적, 전통적, 상황의존, 감정이입, 참여성 등으로 설명한다. 월트 J. 옹, 이기우·임명진 역, 『구술문화와 문자문화』, 문예출판사, 1995, 60~118쪽 참고.

의 정보가 느슨함 등이다. 첨예화는 관심의 영역으로 모아지면서 전달내용이 인상 깊은 소식으로 극단화되는 것을 말한다. 이 경우 화자와 청자의 이해관계에 따라 소문의 내용이 동일한 방식으로 확장될 수 있고, 변형의 과정이 일어날 수도 있다. 동화는 전달자의 예상과 관심에 접근되어 가는 경향을 보인다는 것이다. 그리하여 소문에 참여한 사람들의 강한 이해관계가 소문의 추동력이 된다.5)

이처럼 소문의 정착과 확산은 공동체 내에서 화자와 청자의 공감대를 토대로 형성되는데 이 공감대는 경험과 이성에 근거한 합리적인 추론 위에서 생성되지 않는다. 그러므로 소문은 논리적인 사고 영역보다 메타포적 사고 영역에서 훨씬 더 많은 연상 작용을 한다. 소문의 시초에는 합리적인 사유가 아니라 비유적인 사유가 자리하고 있다. 그래서 소문은 복합적인 집단 감정과 분위기를 어떤 이미지로 집약시켜 표현되는 형태이다.

소문 자체는 사실일 수도 있고, 아닐 수도 있으며, 사실인지 아닌지 확인되지 않을 수도 있지만, 그러한 소문이 개연성을 지니고 일상적으로 이야기되는 상황에는 소문의 진위와는 상관없이 화자와 청자의 세계관과 가치평가가 개입되어 있다. 이 과정에서 소문은 실재와 환상이, 혹은 진실과 거짓이 혼동되었기 때문에 발생하는 것이 아니라, 실재를 재각인시키는 문화적 실천이 된다.6) 소문의 지속성은 그 소문이 유통될 수 있는 유사한 기반 내에서 성장할 수 있으며, 소문이 유통되기 위한 조건은 소문이 수용될 수 있는 기반에 있다. 그러므로 이때 소문의 발신자가 누구인지, 혹은

---

5) 한스 J. 노이바우어, 앞의 책, 281쪽.
6) Glen A. Perice, "Rumors and Politics in Haiti", *Anthropological Quarterly* 70(1), 1997, pp.1~10.

진위여부가 무엇인지를 가려내는 일은 또 다른 소문을 증폭시키는 일이 된다. 소문의 공유가 단지 호기심 차원에 머무르지 않고 사회적 교류의 과정7)이라면 소문으로 이루어지는 공유의 카르텔이 만들어내는 사회적 공간의 성격을 알 수 있다. 나아가 '자기 충족적 예언현상(self fulfilling prophecy)'으로서의 소문을 상정한다면 소문의 형식들이 충족하는 공동체의 무의식적 욕망을 읽어낼 수 있다.

문학 작품 안에 배치된 소문은 가능한 범주의 공간을 더욱 확대한다. 뿐만 아니라 중심의 시각에서 벗어난 주변의 시각을 통해 바라보는 서사적 사건을 통해 작가의 무의식적 욕망을 읽어낼 수도 있다. 특히 근대적 산물인 소설(novel) 장르에서 발견되는 '소문'은 근대적 발화방식인 소설양식의 서사세계를 보다 풍부하게 조망할 수 있는 기제로 작용한다. 그렇다면 소설 〈토지〉에서 소문을 통해 알 수 있는 '풍부한' 현실이 무엇인가. 문자언어와는 달리 구술언어에 기반한 소문 형식은 매끄러운 공간에서 합리화된 언어들 뒤에 숨어 있는 무의식적 욕망들을 들추어내어, 서사 텍스트 공동체 구성원들의 진정한 욕망이 무엇인지를 알 수 있게 한다. 표면적으로 우연성과 불확실성에 기반하고 있는 소문의 언어는 그 이면에는 개연성과 필연성이 내재되어 있다. 즉 소문은 '어느날, 갑자기' 발생되는 언어가 아니라, 구성원들의 오랜 무의식적 욕망이 투사된 언어형식이다. 그러므로 소문을 살피는 것은 표면의 공식화된 언술뿐만 아니라, 이면의 비공식 세계까지 포함됨으로 보다 다층적인 세계를 고찰하는 일이 된다.

7) 니콜라스 디폰조, 곽윤정 역, 『루머사회』, 흐름출판, 2012, 119쪽.

〈토지〉의 핵심적인 사건이 진행되는 1부의 공간 '평사리'의 지정학적 위치는 '지리적으로 외부와 단절되어 있거나', '봉건적이고 폐쇄적인 삶의 질서를 유지하고 있는 작은 농촌 공동체'로 파악된다. 특히 지주 최참판 家와 소작인의 관계가 보여주는 봉건적인 인물구도는 평사리라는 공간을 정체되고 폐쇄적인 이미지로 각인시킬 수 있는 개연성이 높다. 그러나 사건이 진행되면서 평사리는 닫혀 있거나 정체되어 있는 공간이 아니라 끊임없이 외부와 소통하려 하고 또한 소통하는 공간임을 확인할 수 있다. 작품 안에서 평사리 사람들은 뱃길을 이용하거니 육로를 이용해 하동읍, 화개읍, 지리산, 구례 등을 오간다. 뿐만 아니라, 이보다 더 나아가 서울, 용정, 일본 등을 오가기도 한다. 그래서 평사리가 폐쇄적이고 닫혀진 공간이라기보다 오히려 끊임없이 외부와 소통하고 있는 공간이다. 이러한 공간적 의미는 지리적인 의미만을 드러내는 것이 아니라, 그 공간을 형성하고 있는 사건들의 성격을 드러낸다.8)

평사리의 공간이 열린 공간으로 나아가는 데는 소문이 중요한 역할을 한다. 소문은 평사리 작인들의 담장을 넘나들고, 지주 최참판댁의 높고 견고한 빗장도 벗긴다. 소문이 갖는 익명성과 개연성을 통해 화자들은 실제 현실공간에서는 다가서지도 못하는 최참판家의 일에 일일이 관여한다. 이러한 관여는 일방의 소통체계를 넘어 대화적 공간을 마련할 수 있는 계기로 작용하기도 한다. 화자에게 부여된 자율성으로 화자는 소문보다 우위를 확보하고, 나아가 이것은 소문 속의 상황에 대해 화자의 타자성을 각인시키는 맥락을 부여하기 때문이다. 소문은 평사리 내에서 지주와 소작

---

8) 조윤아, 「공간의 성격과 공간구성」, 최유찬 외, 『〈토지〉의 문화지형학』, 소명, 2004, 181~182쪽.

인의 일방적이고 폐쇄적인 회로를 열어놓는 것뿐만 아니라, 지역의 변방 평사리와 서울이라는 중심 공간이 나란히 만날 수 있게도 한다. 이 과정에서 소문은 단순한 발화의 한 형태가 아니라, 다성적이고 혼종적인 서사구조를 형성하는 중요한 기제가 된다. 다시 말해, 중심부가 아닌 변방의 공간에서 중심의 지배적 언어가 아닌 변방의 피지배적 언어로 만들어 내는 개연성, 익명성, 우연성, 불확실성은 소설 〈토지〉를 구성하는 중요한 기제가 된다.

이 글에서는 〈토지〉에서 소문이 어떻게 구성되고 배치되는가를 고찰하고자 한다. 소문의 내용, 발화자 수신자의 관계, 소문의 구성방식, 소문의 배치 형식 등을 아우르면서 소문이 텍스트에서 어떤 기능을 하고 있는지 살펴볼 것이다. 전근대적인 발화양식으로서의 소문은 근대의 질서에 매끄럽게 합류하지 못함으로 근대의 합리적인 언어가 만들어내는 질서에 틈을 만들어 낼 수 있다. 이 틈을 통해, 우리는 서술자가 드러내는 당대 근대 체험의 복합성을 읽어낼 수 있다. 뿐만 아니라 소문으로 이어지는 인물과 시공간들의 연결은 〈토지〉가 지향하는 원심적 서사구조를 한층 더 부각시킨다.

2. 주술의 알레고리와 소문

소문이 구성되는 형식은 일반적으로 인접성을 기반으로 한다. 현실의 공간과 인접한 사건들이 소문으로 구성되고, 이러한 소문은 인접성을 기반으로 쉽게 확산된다. 평사리 소작인들의 궁핍은 최참판 家의 재산축적과 관련된 소문을 양산해 내고, 구천이와 별당아씨의 도피는 구천이에 대한 소문을 만들어내고, 위태로운 나

라의 현실은 의병, 일본군들에 대한 소문을 확산시킨다. 이렇듯
〈토지〉에서 소문이 구성되는 일반적인 경로는 현실적 사건과 인접
하며, 사후적인 성격이 강하다. 이러한 소문의 공간에서 소문을
만들어내고, 전파시키는 화자와 청자들은 평사리 소작인들이다.
특정한 개인이나 불륜 등의 사적인 공간에는 평사리의 아낙들이
인접해 있고, 의병이니, 일본군이니 하는 소문의 구성에는 평사리
남자 작인들이 적극 가담한다. 이처럼 소문구성 방식에서 성차나
계층의 문제가 개입되고 있음을 알 수 있다. 성차와 계층의 문제
는 발화자나 소문의 내용, 청자 등 여러 항에 걸쳐진다. 〈토지〉에
서는 일상과 위반의 영역에는 여성이, 공공과 금기의 영역에는 남
성이 배치되고 있다.

소문이 구성되는 방식이 인접성을 기반으로 하고 있으나[9] 대체
성에 기반하고 있는 소문도 드물게 구성된다. 여기에는 제약적인
요건들이 수반된다. 소문의 유통과정이 더욱 은밀하고, 상상의 공
간은 더욱 확대된다.

이런 얘기가 있지. 이렇게 허두를 떼면 함안댁 입에서는 긴 얘기가
나오게 마련이다. "옛적에 어느 재상가에 사기 장수가 하룻밤을 묵

---

9) "한동안 마을 안은 시끄러웠다. 여기저기 아낙들이 몰려다니며 부지런히 입
방아를 찧었다. 주막에서도 마을 사내들과 나그네들 사이에 말이 오고갔다.
수동이 죽었다고도 했고 안 죽었다고도 했다. 호랑이에게 물렸다고 하는가
하면 최치수 총에 맞았다고도 했다. 머리가 깨어졌느니 창자가 터졌느니,
구천이와 별당아씨의 얘기도 물론 따라 다녔다. 소문은 퍼져서 이웃마을로
건너갔고 먼 마을까지 날았다. 먼 마을에서는 죽었느니 안 죽었느니 호랑
이에게 물렸느니 총에 맞았느니 엇비슷하게 꼬리를 물고 나갔으나 어느새
그 피해자는 수동이 아닌 최치수로 둔갑해 갔다."(1-2, 307~308쪽) 여기에
는 소문의 전형적인 구성방식을 보여준다. 수동→최치수→별당아씨→구천
이→동학으로 이어지는 연쇄고리들이 인접성에 의거해 이루어지고 있음을
알 수 있다.

어갔더라네. 그런데 다음날 사기장수가 떠난 뒤 재상부인이 온 데 간 데 없어지고 말았다. 사기장수를 따라 도망을 친 거지. 재상은 망신스럽기도 했으나 그보다 더 이상한 생각이 들어서 식음을 전폐하고 궁리를 해 봤으나 세상에 부러울 게 없는 재상가 부인이 사기장수를 따라간 연유를 알 길이 없었더란다. 그래서 재상은 벼슬을 내어놓고 부인을 찾아 그 연유를 알아보겠다고 팔도 방랑길을 떠났는데, 어느 날 깊은 산골에 이르러 해는 떨어지고 길은 더 갈 수 없고 해서 마침 외딴 수숫대 움막집을 찾아 들어 갔더란다. 하룻밤을 묵고 다음 날 아침이 되어서 아낙 하나가 밥상을 들고 들어오는데 이게 웬일일까. 바로 그 아낙이 재상의 부인이 아니었겠나. 하도 기가 차서 재상이 부인 고개를 드오, 나를 모르겠소? 하고 말하니까 부인은 얼굴을 숙인 채 알면 뭐하고 모르면 뭐하겠느냐, 다 인연이한 짓이라 아무 말씀 마시고 돌아가 달라고 대답을 하더란다. "그래, 그 연놈을 가만히 두었는가요?" 강청댁이 티를 내었다. (중략) 집에 돌아온 재상은 전생록을 펼쳐보고 처음으로 모든 것을 깨닫게 되었다는데 전생록에 재상은 중이었고 사기 장수는 곰이었고 부인은 이더라네. 어느 날 중이 산길을 가다가 제 몸에서 이 한마리를 잡았는데 살생을 못하는 중은 이를 어쩔까 망설이는 판에 마침 죽어 자빠진 곰 한 마리가 있어서 거기다 이를 버리고 길을 떠났다는 거지. 그러니 인연이라는 것도 그렇고 잘 살고 못사는 것도 모두 전생에서 마련된 것 아니겠나?

아낙들은 멍해서 함안댁을 바라보고 있었다. (1-1, 125~126쪽)[10]

함안댁의 입을 통해 마을 아낙네들에게 전해진 이 이야기는 은유의 옷을 입고 있다. '옛적에', '어느 재상가'의 추상적인 공간은 '지금', '최참판댁 양반'으로 구체화된다. 또한 재상은 '최치수', 재상의 아내는 '별당 아씨', 사기장수는 '구천이'를 나타내는 매체들

---

10) 본 글에서는 〈토지〉, 나남출판사, 2005(14쇄)를 텍스트로 한다.

이다. 그러니까 '이해할 수 없는' 별당아씨와 구천이의 애정의 도피행각은 이미 전생에서 결정된 인연에 의한, 거부할 수 없는 운명이라는 것이다. 은유의 옷을 입고 전달되는 소문은 더 이상 가지를 치며 침소봉대 되지 않는다. 이러한 은유적 발화11)를 아무나 할 수 있는 것이 아니기 때문이다. 함안댁은 중인출신이며 무반 출신의 김평산과 살고 있다. 또한 그녀는 마을의 훈장 선생에 의해 '요조하고 본받을만한 여인'이라는 평을 받고 있는 인물이다. 집에서는 아들 한복에게 글을 가르치기까지 한다. 이러한 점들로 볼 때 그녀는 마을 아낙들과는 다른 신분계층에 속한다는 것을 알 수 있다. 함안댁은 엄격히 양반출신은 아니다. 또한 함안댁은 일상과 수다에 근접해있는 부녀자계층이다. 그러므로 함안댁이 소문을 구성하는 주체로 설정된 것이 낯설지 않다. 다만 소문 구성에 참여하더라도 평사리 아낙들의 꼬리에 꼬리를 물며 이어지는 발화방식과는 차이를 가지며, 이 차이성은 평사리의 다른 아낙들과 구별을 짓는다. 마을 아낙들이 모여 환유적 공간에서 별당아씨와 구천이를 이야기할 때, 그녀는 은유적인 방법으로 아무도 입에 올리지 못하는 양반, 최치수까지 현장의 이야기 안에 등장시킨다.

---

11) 폴 드 만에 따르면, 은유는 영원불변한 어떤 본질적인 것과 연관되어 있으며, 환유는 이와는 달리 우발적이고 불확실한 어떤 것과 관련되어 있다. 이처럼 은유는 보편성이나 일반성을 중시한다는 점에서 환유와 크게 다르다. 환유에서는 보편적이고 일반적인 것보다는 오히려 특수한 것이나 개별적인 것을 강조한다. 은유가 언어의 밑바닥에 깔려 있는 심층적 논리를 기초로 연관성을 찾아내는 반면, 환유는 인간을 사건과 상황의 구체적인 역사 세계 안에 몰아넣는다. 한마디로 은유는 모든 현상을 보자기처럼 하나로 덮어씌워 버리려는 성격을 지닌다면, 환유는 마치 알곡과 쭉정이를 가려내는 키처럼 모든 현상을 낱낱이 가려내려는 성격을 지닌다. 은유가 동일성에 무게를 싣는다면, 환유는 차별성에 무게를 싣는다. 김욱동, 『은유와 환유』, 민음사, 1999, 266~267쪽.

모든 것을 인연으로 환원시키며 일축하는 함안댁의 이야기 앞에서 평사리 아낙들은 아무 말도 하지 못한다. 별당아씨와 구천이의 자리에 오히려 저마다 자신을 올려놓는다. '전생에 나는 멋이었을꼬?' 저마다 나의 문제가 궁금해지면서 별당아씨와 구천이는 평사리 아낙들 소문의 공간에서 사라진다. 이처럼 은유적인 방식으로 구성되는 소문은 그것의 제재들을 더 이상 확산시키지 않고, 종결짓도록 한다.12) 소문을 종결지을 수 있는 힘은 아무에게나 부여되지 않는다. 평사리 아낙들 중 가장 '엄전하고 학식이 갖춘' 함안댁의 입을 통해서나 가능한 일이다.

한편 양반 계층이나 어느 정도 학식이 있는 사람들은 소문의 구성에 참여하지 않는다. 소문을 만들어 내는 것은 어림없는 일이며, 소문의 진위에 대해서도 경험적인 확인 과정 없이는 그 공간 안에 끼어드는 것을 꺼린다. 최치수에 관련된 소문에 대해 이동진이 보여 주는 태도에서 잘 알 수 있다. 〈토지〉 1부에서 구천이와 별당아씨를 찾으러 지리산으로 간 최치수 일당 중 하인 수동이 강포수의 오발탄에 맞아 쓰러진다. 그러나 마을에 번진 소문은 수동이에서 최치수로 옮겨가며 종내는 최치수의 죽음으로까지 비화되어 소문이 번진다. 여기서 눈여겨 볼 일은 양반 이동진이 소문에 대응하는 태도이다. 점점 덧보태지며 커지는 소문의 전파력이 이동진에게 와서는 침투력을 상실한 채 멈추어진다. 소문의 바람을 잠재우는 이동진이 근거하고 있는 것은 '불상사가 났다면 이미 기별이 있었을 터'라는 합리적인 추론이다. 이 합리적인 추론은 양반 이동진이 일반 민중들과 달리 경험적 사실과 이성에 근거한

---

12) 여기서 종결이라는 의미는 사건 전체에서의 완전한 종결을 의미하는 것이 아니다. 평사리 아낙들과 함안댁이 둘러앉은 현장에서 종결을 의미한다.

삶의 터전 위에 있음을 보여준다.

그러나 조준구의 경우는 다르다. 이런 점에서 이미 조준구는 기능상 양반의 반열에서 벗어나 있음을 간접적으로 시사한다.[13]

옛날 어느 곳에서 있었던 얘기라더군요.

"이야기인즉 독자인데 늦게까지 자손을 못 보았던 모양이요. 자연 부모는 첩 두기를 권했고 실상은 그 당자한테 씨가 없었으니 자식을 바란들 허사거늘."

"그걸 당사자도 몰랐었다 그 말씀이요?" 평산은 애써 조준구 이야기 장단을 맞추었다.

"왜 몰랐겠소. 사내 오기도 있고, 그래 첩을 두게 되었는데 그 계집이 요사하고 간악했던 모양이요."

"흔히 그렇지요."

"살림은 탐이 나고 이미 딴 사내를 보고 난 계집은 본댁과 달라 사내한테서 자손바라기 어려움을 깨달은 모양이요 하하아 ……"

결국 다른 사내를 보아 애를 밴 계집은 남편을 살해했지요

저런!

흔히 있는 얘길게요.

아, 그래 그러고도 천벌을 받지 않고 무사했더란 말씀이요?

"죽은 자는 말이 없는 법이요. 지나치게 조상을 숭배하기 때문에 생기는 범죄지요.

무후(無後)한 것을 대죄 생각하는 풍습도 달라져야 할 게고, 산 사람보다 죽은 사람, 귀신이 더 판을 치는 그따위 풍습도 없어지지 않고는 서학하는 사람들을 학살한 것도 따지고 보면 사당을 없이 했다는 데 원인이 있고, 나라 자체가 그 따위 고루한 것에 사로잡혀 있

---

13) 여기에는 서술자의 태도가 반영되어 있다. 이동진, 최치수, 김훈장 등은 학식과 인품으로 평민들과 '거리'를 설정하고 있는 반면, 조준구는 작인들의 공간에 함께 배치시켜 오히려 하인, 소작인들과 거리를 무화시키고 있다.

었으니 뭐가 되겠소"

조준구는 평소 즐겨하는 식으로 시국 얘기며 나라 형편을 지루하게 논하는 것이었으나 그것은 거의 건성인 듯싶었다.

평산은 긴장한 눈초리로 준구의 입매를 지켜보고 있었다. (1-2. 49쪽)

조준구와 김평산은 최참판 家의 재물에 대한 탐욕에서 동류의 인물이다. 또한 이들이 본시 양반의 혈통이나, 지금 처해 있는 궁핍한 현실은 그들의 혈통을 보장해 주지 못한다는 점에서도 같은 인물이다. 별 면식이 없는 이들이나 자연스럽게 이야기가 소통되는 것은 이들이 갖고 있는 '공통된 비밀' 때문이다. 조준구가 전해져 오는 이야기 형식을 빌려 김평산에게 들려 준 이야기는 앞으로 전개될 사건의 복선이다. 즉 여기에서 씨가 없는 독자는 최치수를, 다른 남자의 아이를 배고 살림이 탐이 나 독자를 살해한 첩은 김평산과 모의를 하고 있는 귀녀를 대신한다. 그러니까 이 전언은 '최치수', '김평산', '조준구', '귀녀'를 대신하고 나아가 최참판 家의 운명에 대한 은유로서 기능한다. 조준구와 김평산의 은밀한 욕망은 직접적인 발화를 통해서는 도저히 생산될 수 없는 것이다.

아무리 소문의 화자가 익명의 공간에 있으며, 진실보다는 개연성이 중심이 된다 하나, 〈토지〉 1부에서 설정된 최참판 家의 서사적 배치는 여전히 평사리에서 권위적이고 중심적인 위치를 띤다. 여기에 식객 조준구, 몰락 무반 김평산, 몸종 귀녀의 음모가 현실적인 공간을 획득할 수 있는 개연성이 오히려 부족하다. 이 때 조준구와 김평산은 막연하고도 은유적인 이웃마을의 소문을 빌어서 서로의 음모를 확인하고 있다. '옛날', '어느 날', '독자', '첩'이라는 보편적이고 추상적인 공간은 조준구와 김평산에 와서 구체적이고 현실적인 매개체를 만나면서 그 비의(秘意)가 벗겨진다. 이처럼 은유적 방식으로 구성된 소문은 비의적인 성격을 지닌다. 그러므로 이와 같은 방식으로 구성된 소문은 대체물을 확보하지 못하는 한 더 이상 확산되지 못하고 대체된 매체의 주지를 이해하는 범위 내에서만 공유된다. 왜냐하면 이는 비의를 풀어 낼 수 있는 사람에게만 의미가 발현되기 때문이다. 이처럼 어떤 사건이나 사람을 대체하는 방식으로 구성되는 소문은 발화자, 청자, 크기, 전달 등 여러 가지 면에서 제약 사항이 많다. 이러한 방식으로 구성될 수 있는 소문은 현실에 대해 직접성이 아니라, 간접성을 바탕으로 연결되어 있으며, 이러한 간접성은 이미 코드(code) 안의 사람들만 소통 가능하다. 그러므로 발화자, 청자의 수(數)나 계층이 제한적일 수밖에 없다. 비의적인 원리로 구성된 소문이 생성해내고 있는 욕망은 극도의 금기 영역임을 시사한다.[14) 그래서 양반가 별당아씨의 불륜에 대한 판단은 평사리 작인들의 것이 아니며, 더욱이 종의 신분에서 최참판 가의 재산을 탐닉하는 것은 상상 공간도 허용될 수 없는 것이다. 이러한 것들은 현실과 인접한 방식으로 소문이 구성될 수 없다.

비의적 공간 안에서 구성되고 유통되는 소문의 통로는 협소하거나 제한적이다. 그러므로 이러한 방식의 소문은 은밀한 가운데 생성되었다가 역시 은밀히 소멸된다. 때로 이 비의는 앞으로 일어날 사건에 대한 예언의 구실도 한다. 구술성의 원리에 입각한 사람들의 소문 구성형식에 있어서 텍스트는 고정체계를 지니지 않는다. 그러나 함안댁 이야기와 조준구의 이야기는 고정된 형식으

---

14) 인간이 특정한 욕망에 대해서는 어떠한 문장도 생성해내지 못하도록 금지하는 것이 바로 聖域과 禁忌이다. 최봉영, 「욕망과 문장놀이」, 『시학과 언어학』 2호, 2001, 31쪽.

로 기능한다. 화자와 청자가 제한적이고 비밀리에 유통되는 금기 텍스트는 상대적으로 모든 구성원들에게 언제나 열려있는 소문의 일반적인 형식과는 거리가 있다. 여기에는 보다 완고한 금기체계를 형성함으로 그 이면에 놓인 위반의 주술을 최대화하고자 의도가 발견된다. 그러므로 사주팔자와 살인의 금기를 내용으로 하는 소문은 〈토지〉의 서사 진행을 암시·예언하는 주술적 공간을 형성한다.

3. 위장(僞裝)으로서의 소문

> 이유인즉 괴상망측한 소문 때문인데 장씨 부인과 운흥사의 중 본연의 관계가 심상찮다는, 연기같이 피어서 퍼진 소문, 본연이 한밤중에 송병문씨 댁 담장을 넘더라는 둥, 운흥사 승방에서 남녀의 웃음소리가 들리더라는 둥 송병문씨 댁엔 과년한 딸도 없고 며느리가 미인이니, 필시 그렇고 그런 게 아니겠느냐, 얘기는 꼬리를 달고 삽시간에 회오리 바람같이 일었고 용정 조선인 사회에 쫙 퍼졌던 것이다. 영환은 아내가 설마한들 중놈과 그러랴 싶으나 사실이 그렇잖다 하더라도 흉악한 소문이 나돌았다는 자체가 그에게는 엄청난 사건이었다. (2-1, 289쪽)

〈토지〉에서 소문의 형식으로 서사화 되는 사건의 많은 부분이 남녀의 불륜이다. 별당아씨와 구천이, 용이와 월선이, 서희와 박의사를 비롯해서 송영환과 그의 아내, 양을례와 나형사에 이르기까지 이들의 불륜을 관통하고 있는 것은 소문이다.[15]

---

15) 별당아씨와 구천이, 월선이와 용이의 관계에 대한 소문에 비해 서희-박의사, 송영환의 아내, 양을례와 나형사 등의 소문은 〈토지〉 안에서 상대적으

〈토지〉 전편을 이어가는 별당 아씨와 구천이의 사랑은 소문을 통해 전달된다. 구천이와 별당아씨의 사랑의 시작과 세세한 과정은 알려진 바가 없다. 다시 말해 두 사람이 집안의 도장에 갇히기까지의 과정은 생략되어 있다. 이들의 도주 이후 불거져 나오는 사건들은 최참판댁 하인들이나 평사리 소작인들의 입에서 번져 나오는 소문에 의한 것들이다. 소문 속에서 구천이와 별당아씨는 재구성된다.

> 다만 하인들 사이에 귓속말이 오고갔는데 나으리 마님이 사방에 사람을 놔서 가문에다 구정물을 끼얹고 간 불륜의 남녀를 찾고 있다는 것이다. 그것도 사실인지 아닌지 알 수 없는 일이다. (1-1, 81쪽)

별당아씨와 구천이가 사람들의 소문에 의해 재구성될 때 별당아씨에 대한 정보는 거의 없다. 주로 구천이에 대한 소문이 무성하다. 여기에는 상대적으로 별당아씨를 더욱 신비화시키려는 서술자의 의도가 내재되어 있다. 서술자가 침묵함으로 '어질고 아름다운'여인에 대한 환상과 아우라는 더욱 확장된다. 남녀 간의 불륜은 비록 소문의 진원지를 알 수 없다 하나, 이러한 소문은 주로 부녀자들의 입을 통해 구성되고 재배치된다. 국가, 민족, 의병에 대한 소문이 주로 남자들의 입을 통해 전달되는 양상과 비교해 볼 때 소문 구성의 형식에서 공/사 영역은 곧 남성/여성이라는 성차의 문제와 연결됨을 알 수 있다. 평사리 아낙네들에게 관심과 선망의 대상은 별당아씨보다는 구천이에게 집중되어 있다. 여기에는 계층과 성차의 문제가 복합적으로 얽혀 있다. 비록 불륜의 도

로 비중 있는 사건이 되지 못한다. 다만 이는 재미와 호기심 혹은 사건 지연의 기능을 한다.

피 행각이라고 하나 '양반과 종놈'이라는 신분적 질서는 엄연히 존재하는 셈이다. 뿐만 아니라 인물에 대한 정보를 최소화함으로 별당아씨에 대해 더욱 많은 궁금증을 유발하고 있다. 서술자가 인물에 대해 정보를 많이 제공하면 할수록 독자들은 그 인물에 대한 호기심이 약해지고, 반면 인물에 대한 정보를 적게 제공하면 그 인물에 대한 독자의 호기심은 강화되기 때문이다.

공동체 사회에서 불륜은, 특히 봉건적 질서가 엄격한 양반가 여자들의 불륜은 용서받을 수 없는 것임에도 불구하고, 평사리 아낙들은 오히려 별당아씨를 변명하고 있다. "잘한 짓이라 할 수 없으나 있을 수는 있지 않겠느냐, 가문도 좋고 재물도 좋기야 하지마는 여자치고 여간한 주모 없이는 선골풍같은 남자가 명을 떼어놓고 덤비는데 마음이 동하지 않겠느냐, 새파란 나이에 말이 서방님이지 지척에 두고 딸 하나를 낳은 뒤로는 만리성을 쌓고 살았더니 그럴 수도 있겠고……"(1-1, 124쪽) 라는 아낙들의 말에서는 별당아씨의 행동에 대한 비난보다는 합리화가 엿보인다.

반면, "그 여인네가 지리산 어느 암자에 살고 있다던가?"(1-4, 173쪽) 이처럼 조준구의 집에 온 병수의 글 선생 이초시가 전해준 소문 속에는 별당아씨만 있다. 이초시는 소문을 이용해 조준구에게 접근해서 한 몫 보자는 계획이다. 평사리 아낙들이 전하는 소문과는 달리 구천이 대신 별당아씨가 자리 잡고 있다는 것은 구천이보다 별당아씨가 훨씬 위반의 영역에 있다고 생각하는 양반 남자들의 사고체계를 보여 주기도 한다. 어쨌든 모두에게 잊혀질만한 무렵에 별당아씨와 구천이에 관한 일이 한 번씩 드러나는데, 그것은 언제나 소문을 통해서이다. 소문을 통해 구천이와 별당아씨의 도피 사건은 생략과 상상의 공간을 형성하며 서사를 진행시킨다.

아낙들은 구천이 맞아 죽었느니, 그게 아니고 코를 잘렸느니, 그게
아니고 귀가 잘린데다 삭발을 당했느니, 귀신같이 여자를 데리고 달
아났느니, 달아난 뒤 비로소 집안이 발칵 뒤집혔느니, 제가끔 상상한
대로 혹은 주워들은 뜬소문을 토대로 지껄여대는 것이었다.
"구천이도 그냥 상사람은 아니라 카드마는. 무주 구천동 암자에서
글공부를 했다 카기도 하고."
"글공부는 무슨 글공부, 절에서 절머슴 살았다 카든데. 죽은 자식 고
추 만지더라고 지금 이 마당에 글공부했으믄 머하고 안 했으믄 머하
노."
"무신 내력이 있기는 있는 사람인데 머 동학당 했다는 말도 있고."
이번에는 구천이의 근본에 대하여 이러니저러니, 지레짐작과 뜬소문
을 밑천 삼아 이야기는 자꾸 불어나기만 했다. 서울 어느 대가댁의
서출이라느니, 어느 고을 원님한테 수청을 든 기생 몸에서 태어난
자식이라느니, 인물이 그만하고 사대가 분명한데 그냥 상사람이겠느
냐…… (1-1, 123~124쪽)

"이것은 나중에 들은 소문이요만, 글씨 참말 겉지도 않소만"
"무슨 소문인데요?"
"아 글씨 구천이를 쌍계사의 노장스님 조카라 안 허겠소?" (2-4, 52
~53쪽)

　주막은 소문의 이합집산지이다. 주막 영산댁이 공노인에게 전하
는 최참판댁에 관한 이야기 중, 구천이에 대해서는 상세하고 구체
적으로 제시되어 있다. 그러나 여기에서도 별당아씨에 대한 구체
적 정보는 없다. 별당아씨와 구천이의 도피 행각이 주된 사건인
데, 주로 '구천이'에 대한 소문만 구성된다. 도대체 구천이가 누구

냐 에서부터 도피와는 직접적인 관련이 없는 사항으로 옮겨가며 구천이에 대한 소문은 확장된다. 소문이 확장되는 과정에서 구천이의 핏줄에 대한 진실에까지 근접해 가는 것을 볼 수 있다. 또한 소문의 방향이 구천이에게 모아지고 또한 그 방향이 당사자 최치수와는 달리, 긍정적인 방향으로 모아지고 있는 것으로 미루어 구천이에게 투영된 평사리 작인들의 간접적 욕망을 읽어낼 수 있다. 이때 위반의 대상은 유교적 질서가 엄격한 최참판 家가 된다. 구천이에 의해 흔들린 망신당한 양반가에 대해 이들은 무의식적 쾌락을 공유하고 있는 셈이다. 즉 최참판 家에 흠을 낸 구천이에 대한 동경은 평사리 작인들에 내재된 무의식적 욕망이 투사된 셈이다.

한편, 별당 아씨와 구천이의 도피행각에 읽힌 소문이 조심스럽고 신비화되는 반면, 최참판댁 담장 밖에 놓여 있는 용이와 월선의 불륜은 공공연한 사실처럼 확산된다.

"내가 듣기는 안 그렇던데?"
"머가 안 그래!"
잡아먹을 듯이 소리를 팩 지른다.
"도망간 월선이를 못 잊어 벵까지 나지 않았던가베?"
"까매기 날아가자 배 떨어지더라고 아프기사 그년 떠나기 전부턴데 누가 머라고 하는고? 듣기는 또 무슨 말을 들었노!"
"들었다기 보다 동네 소문이 자자하더마."
"무슨 소문!"
"밤마다 소나아 생각이 나서, 흐흐훗…… 벌거벗고 달라들어도 이 서방이 내몰라라 한다 카든가, 흐흐흐……" (1-2, 88쪽)

마을에서는 다시 소문이 퍼졌다. 시어머니 묏등의 잔디풀을 와득와

득 뜨고 있더라는 둥, 한밤중에 개천가에 나와 우두커니 앉아서 혼
자 중얼중얼 씨부리고 있더라는 둥, 월선 어미의 신이 강청댁에게
지폈다는 둥 (1-2, 251쪽)

여기에서 소문이 구성되는 방식에 주목해 볼 필요가 있다. 표면
적으로는 강청댁이 소문의 주인공이지만 그 이면에는 용이와 월
선이가 놓여 있다. 강청댁을 중심으로 구성해 내는 소문은 용이와
월선의 관계 정도를 보여준다. 불륜의 당사자 용이와 월선이는 언
제나 강청댁에 관한 소문을 통해 간접적으로 드러난다. 이처럼 월
선과 용이의 사랑에 대해 타인의 참견과 판단을 유보 내지는 정
지시킴으로 그들은 지고지순한 이미지를 부여받는다. 그리하여 용
이와 월선이의 사랑은 언제나 평사리 사람들의 현실과는 거리를
둔 채 훼손되지 않은 형이상학적 공간 안에서 부유한다. 현실 공
간에서는 이들을 둘러싸고 강청댁과 임이네의 갈등을 더욱 조장
시켜 그녀들의 이미지가 부정적으로 각인되는 반면, 월선은 '선녀'
의 이미지를 부여 받는다.

한편 월선에 대한 소문은 용이와는 별개로 항상 '이별', '죽음'
과 관련되어 있다.

들은 말이사 있지. 강원도 삼장시를 따라갔다 카든가? (1-1, 360쪽)

"참 월선옥의 그 아주머니 좀 어떠시오?"
"……"
"금년 넘기기 어렵다고들 하던데."
방씨의 얼굴빛이 금시 달라진다.
"누가 그런 말을 합디까?"
"글쎄, 소, 소문이……"

"아프다고 사람이 다 죽는가요?"
"그야 그렇지요."(2-4, 115쪽)

위에서 보는 것처럼 한편에서는 이별', '죽음'의 주변에 월선을 배치시켜 두 개의 항을 상쇄시킨다. 죽음은 가장 큰 위반이다. 가장 큰 위반에 노출되어 있는 월선에게 불륜의 위반은 더 이상 위반의 기능을 하지 못한다. 오히려 죽어 더 안타깝고 절절한 이들의 불륜이 지고지순한 절정의 사랑으로 가는 지름길이 된다. 이렇게 볼 때 별당아씨와 월선의 죽음은 동일한 성격을 지닌다. 이들이 죽어 비로소 구천이, 용이의 진정한 욕망의 대상으로 통합될 수 있는 것으로 보아 별당아씨나 월선은 제의적 죽음16)의 속성을 지니고 있다.

4. 소문의 양가성: 포섭과 균열

옛적에는 선비들이 이 마을을 지날 때 부채로 얼굴 가리고 최참판네 고래등 같은 집 외면하고 갔다더라. (1-1, 107쪽)

종년이 하도 배가 고파서 쌀을 씻다가 쌀 한 줌을 집어 묵었더란다. 그것을 본 할망구가 방맹이로 종년 뒤꼭대기를 때다 안카나. 살이

---

16) 지라르는 모든 사회적 질서는 기원적인 폭력의 열매라고 전제한다. 폭력은 집단적 욕망을 배면에 기고 있으며, 결국 우리 모두가 어떤 형태로든 그 폭력에 연루되어 있다는 것이다. (르네 지라르, 김진석·박무호 역, 『폭력과 성스러움』, 민음사, 1993, 17~20쪽 참조) 별당아씨의 죽음은 김환을 동학과 독립운동이라는 공적세계로 나오게 한다. 김환의 공적 공간 확보를 위해 별당아씨의 죽음은 이미 필연성을 내포한다. 이들의 사랑이 순수한 낭만적 사랑의 공간만이 확보될 수 없는 것이 바로 이 지점이다. 용이와 월선의 관계도 여기에서 크게 벗어나지 않는다.

동해서 그랬던지 종년은 그만 급살을 했는데 그 원귀가 최씨네 지붕 땅모랭이를 돌다가 하나 있는 손주, 그 씨종자에 붙어부린 기라. 별안간 주하고 사하고(토하고 설사하고) 눈을 까집고 집안이 아수라장이 되었는데 봉사가 오방신장을 불러내고 육호를 빼고 정문을 친께 구신이 나타나더란다. 그 종년이지 뭐. 그래 봉사가 정문을 막 치믄서 소수를 대라고 소리소리 지르니께 이리저리해서 방맹이 맞고 억울케 죽은 혼신이라 하더란다. 그래 회원굿을 크게 해주고 천도를 시키주어 게우 씨종자 하나는 구했다 카더라마는. 그 할망구는 죽어서 구렁이가 됐다 카더마, 종년이 쌀뒤주에 쌀을 내러 간께 쌀뒤주 밑에서 말이다. 조깬썩 조깬썩 하는 소리가 나더라 안 카나. 그래 본께 누우런 대맹이(큰뱀)가 있더란다. 종년은 그만 화통이 터져 가지고 살았일 적에도 밤낮 조깬석 조깬석 하더마는 죽어서도 조깬썩 조깬썩! 하믄서 끓는 물을 확 찍티렀더란다. 등이 홀딱 뱃기진 흰 구렁이가 잡찌끼미(집지킴이)로 있다 안 카나. 이런 말이 최치수 증조모 귀에 들어가서 발설한 아낙이 죽도록 맞았다는 얘기도 있었다.

(1-1, 286쪽)

어느 해, 마을에는 가뭄이 들었다고 했다. 들판은 누우렇게 타버리고 강물은 말라서 고기들이 말라죽는 무서운 가뭄이었다고 한다. (중략) 이 때 자식 일곱을 거느린 과부는 가물가물 정신을 잃어가는 자식들을 보다 못해 죽물이나 목을 축여주려고 바가지를 안고 기다시피 최씨네 문전에 가서 애절하게 구걸을 했다는 것이다. 전답문서와 바꾸어지는 금싸라기 같은 곡식이 나올 리 없었고 과부는 "오냐! 믹일기 없어서 자식새끼 거느리고 나는 저승길을 갈기다마는 최가놈 집구석에 재물이 쌓이고 쌓이도 묵어줄 사램이 없을 긴께, 두고 보아라!" 저주를 남기고 굶주려 죽은 과부와 그 자식들 원귀 때문에 최참판 댁에 자손이 내리 귀하다는 이런 구전(口傳)으로 하여 한 시절까지만 하더라도 청빈한 선비들은 이 마을에 들어서면 강쪽으로 얼굴을 돌리며 고래 등 같은 최참판댁 기와집을 외면했고 최씨네의 신

　　도비에 침을 뱉었다는 것이다. (1-1, 286~287쪽)

　　최참판댁 재산 축적에 대해서는 상술한 것처럼 많은 소문들이
나돈다. 어느 정도 개연성이 있는 것에서 황당무계한 전설에 이르
기까지 온갖 종류의 이야기들이 있다. 그러나 그것들은 한결같이
최씨 가문의 미덕과는 거리가 먼 이야기들이다. 최참판댁의 재물
축적에는 억울한 원귀들이 많이 있고, 그만큼 그 재물은 없는 자
들의 피와 땀으로 축적된 것이라는 추측은 한결같다. 표면적인 공
간에서 지탱되는 일사불란한 주종 관계의 밑바닥에서는 주인을
둘러싸고 있는 은밀한 소문들이 내통되고 있다. 이는 이미 본질적
으로 내재되어 있는 주인과 하인, 지주와 소작인의 계급적인 문
제, 빈/부의 계층적인 문제가 가로 놓여 있음을 보여준다. 이 소
문들이 현재의 공간에서 또다시 확산되고 있는 것은 그러한 계급
계층의 문제는 봉합될 수 없는 공간으로 존재함을 보여준다. 봉합
될 수 없는 이러한 공간은 상하 수직의 주종 관계에 있어서 균열
의 틈으로 기능한다.

　　〈토지〉에서 최참판댁은 윤씨부인에서 최서희로 代를 이어 내려
오면서 평사리 사람들의 大小事에 긍정적으로 관여한다. 집안 하
인들의 뒤를 봐 주는 것이나, 작인들의 형편을 직,간접적으로 도
와주는 긍정적인 영향자가 된다. 하인 간난어멈의 제우답으로 땅
을 주는 것, 최치수의 살인에 관여한 칠성의 아낙, 임이네를 묵인
하는 것이며, 윤씨부인의 비밀에 동참한 월선어미의 딸 월선에 대
한 보살핌, 용이는 말할 것도 없고 그의 아들 홍이, 서희의 몸종
이었던 봉순이와 그녀의 딸 양현이의 양육, 직접적인 연관이 없는
마을의 작인 정한조의 아들 석이와 그의 아이들 등 평사리 작인

들의 뒤에는 윤씨부인이나 최서희가 있었다. 일상적이고 사소한 문제뿐만 아니라, 공적이든 사적이든 모든 사건의 해결 뒤에는 항상 최참판 댁이 있다. 평사리 작인들이 의병을 일으키기 위해 조준구가 지키고 있는 고방을 털었을 때도 그들의 뒤에는 최서희가 있었고, 독립군의 군자금 뒤에도 최서희가, 일본의 감시를 피해 지리산에 숨어 사는 민중들의 밥숟가락 뒤에도 최서희가 있었다. 이런 의미에서 최참판 家는 개인적인 의미공간을 넘어 평사리의 역사적인 공간이자 최종 심급으로 존재한다고 할 수 있다. 이러한 사건들은 최참판 家에 대한 이미지를 긍정의 방향으로 몰아가고 수직적이고 구심적인 관계는 아무런 의심없이 지속될 수 있게 한다. '긍정적 관여자'로서 최씨 가문을 둘러싸고 있는 소문은 반대로 '부정적 관여자'로 존재한다. 현실의 공간은 윤씨부인과 최서희의 결정은 이들과 관계 맺고 있는 사람들의 의심 없는 최종 심급으로 존재하나, 소문의 공간은 의심과 부정의 공간으로 작용함을 알 수 있다.

귀녀의 임신 소문은 과거의 사건이 아니라, 현재의 사건으로 최씨 가문에 부정적인 관여를 한다.

"내가 희한한 말을 들었구마."
"무신 말"
임이네가 얼른 말을 받았다.
"말이 나가믄 큰일날 긴데."
"아 말이 나가긴 어디로 나가?"
"확실찮은 얘길 했다가 나중에 똥묵으면 우짤라고."
"내사 오늘 입대까지 말소두래기(구설) 일으킨 일은 없구마."
"말이 귀녀가 애를 뱄다 커데. 아직이사 치마 밑 일인께 진맥 않고

서야 장담 못하겠지마는."

"그어래? 거 심상찮은 일이구나. 그렇다믄 최참판댁 그 양반 아이라 그 말이것다?"

"그럴 리가 있나."

"만일 그렇다믄, 마, 만일 그렇다믄, 마, 만일 아들이라도 놓는다카믄 그거 참, 성님 그거 참 예삿일 아니요, 만석꾼 살림이."

임이네는 숨이 가빠서 어쩔 줄 몰라했다. 그러니 두만네는 여전히 자신 있게

"그럴 리 없다."

하고 굳이 부정한다. (1-2, 363쪽)

귀녀의 임신 소식은 최참판 집 안이 아니라, 담장 밖에서 먼저 알려지게 된다. 소문으로. "희한한 말을 들었구마"에서 누구에게라는 발원지도 없고, 이 말의 신빙성도 확인할 길이 없다. 그리고 이 말 앞에 모인 사람들은 발화자에 대해 관심이 없다. 어느 누구도 발화자에 대해 묻는 사람이 없다. 그러나 소문 주변에 모인 사람들은 그 '희한한 일'의 내용이 궁금할 뿐이다. '그럴 리가 있나?' 하면서도 이 소문은 위반과 개연성의 공간에서 귀녀의 아이가 최치수의 아이일 것이라는 쪽으로 방향을 틀고 있다. 두만네의 강한 부정은 오히려 더욱 강한 긍정의 이미지를 확산시킨다.

이처럼 재산 축적에 얽힌 내력이나 귀녀가 최치수의 아이를 가졌다는 소문은 그 진위야 어쨌거나 최참판댁의 권위를 손상시키는 기능을 한다. 선한 지주에 대한 믿음, 엄존한 양반의 순수 혈통에 대한 의심의 시선을 조장하여 최참판댁을 중심으로 형성된 단단한 구심력에 균열의 공간이 마련된다.[17] 소문 안에서 최참판

---

17) 이는 카니발의 공간과도 만나는 지점을 형성할 수 있다. 카니발은 주조된 사회 안에 생긴 틈이다. 지배이데올로기가 사회질서에 통일되고 고정되고

家의 몰락은 상대적으로 평사리 작인들의 격상을 불러온다. 이러한 동기들에 의해 최서희와 평사리 작인들이 한 공간에 놓여질 수 있는 개연성은 마련된다.

소문은 이데올로기적 포섭의 도구인 동시에 이데올로기적 그물망에 쉽게 포획되지 않는 해방적 측면 또한 지니고 있다. 이것이 소문의 양가적 측면이다. 소문으로 표현되는 것들은 익명적 대중의 힘이 표출된다는 점에서 그리고 일상을 유지하고자 하는 강력한 동인에 의해 추동된다는 점에서 오히려 혁명적 힘을 지니고 있을 수 있다.[18] 즉 변화하는 시대가 지닌 역동적인 변화를 매우 빠르게 감지하는 동시에 불안을 해결하는 한 방식으로서 시대의 나침반 역할을 하고 있다고 할 수 있다. 이 변화 속에서 사람들에게 부각되는 새로운 욕망이 무엇인지를 보여주기도 한다. 최참판 댁의 하인, 소작인으로 귀속되어 있되, 또한 그 곳을 벗어나고자 하는 현실과 무의식의 이중적 공간이 중첩되어 만들어 내는 소문의 양상은 최씨 가문을 중심으로 하는 구심적 공간 이면을 들추어낸다.

한편, 최씨 가문에 대한 직접적인 연관성을 갖는 소문은 아니나, 서술적 배치를 이용해 최씨 家가 평사리 중심의 자리에서 연기되는 플롯 장치도 제시된다. 복동네의 죽음은 최참판 제삿날 밤에 일어난다. 더욱이 용정에서 돌아와 평사리에서 지내게 되는 첫

완성된 텍스트의 권위를 부여하려고 할 때, 카니발은 그 질서를 위협한다. 이러한 사회적 현상인 카니발이 문학의 영역으로 들어와 기존의 질서체계에서 높이 평가되었던 도덕이나 인습 등을 물질적인 육체의 차원으로 격하시킨다. 그런데 이러한 격하 및 하락은 파괴하는 데 목적이 있는 것이 아니라 재생시키는 데 목적이 있다. 김욱동, 『대화적 상상력』, 문학과지성사, 1988, 234~260쪽 참조.

18) 한스 J. 노이바우어, 앞의 책, 219~221쪽 참고.

제사는 최서희를 비롯한 최참판댁 사람들은 물론이요, 평사리 소작인들에게도 마찬가지로 중요한 상징적 의미를 띤다. 모든 사람들의 관심이 최씨 가문의 제사에 집중되어 있다. 이 시점에서 발생한 복동네의 죽음은 최씨 가문의 제사를 연기시키고, 나아가 제사에 집중된 시선을 분산시킨다. 이는 최참판 댁을 중심으로 하는 구심력이 이전과는 다르다는 것을 보여준다. 소문으로 인한 복동네의 억울한 죽음은 최참판의 제사를 연기시키는 플롯이 될 뿐만 아니라, 불안한 상황에서 응집력을 가지게 하는 소문의 원리에 따라 이에 대처하는 평사리 사람들을 통해 또 다른 공동체의 복원을 보여준다. 이때 소문은 시공간적 의미에서도 대화성을 확보한다. 그러므로 소문 속의 20년 전 사건은 과거에 폐기처분된 사건이 아니라, 현재화되어 현재 사건의 동기화가 되기도 하고 현재를 재구성하기도 한다.

5. 공적세계의 확장과 관념의 소문

최서희가 다시 평사리를 중심으로 하는 구심적 서사를 이루는 축을 담당한다면, 최씨 가문의 하인이자 그녀의 남편 김길상은 용정, 회령, 상하이, 연해주 등 평사리 밖의 세계를 지향하며 공간적 지평을 넓히고 있다. 김길상은 다시 김환으로, 김환은 다시 김개주로 이어진다. 김개주는 동학당의 우두머리이다. 〈토지〉 1부에서 중심인물이라 할 수 있는 최참판댁 윤씨부인과 목수 윤보를 둘러싼 동학관련 소문은 평사리 사람들 사이에서 비밀스럽게 유통되며, 그들의 일상에 개입하기 시작한다.19)

---

19) 평사리 사람들 중 동학에 연루된 사람은 윤보와 윤씨부인 이외에 또출네가

동학당 했다는 막연한 소문 이외 윤보의 행적을 소상하게 아는 사람
은 없었다. (1-1, 138쪽)

작품 안에서 윤보의 행적 중 분명한 것은 '동학당'이라고 방점
이 찍힌다. 동학에 참여한 윤보를 본 사람들은 아무도 없다. 그럼
에도 윤보는 언제나 소문에 의해서 동학당의 행적과 함께 등장한
다. 윤보와 동학을 둘러싼 소문 안에서 유사한 이야기는 흡수하고
상이한 이야기는 배척되면서 그 영향력이 배가된다. 동학 소문과
만난 윤보는 '백두산 도사에게 비법을 배운 사람'이라는 남다른
비범함까지 더해지면서 다른 사람들과 구별된다.

한편, 윤씨부인과 관련된 동학소문 역시 갑오년 동학에서 출발
한다. 당시 "동학군이 평사리를 휩쓸고 지나면서 수많은 동학의
무리가 최참판댁에 들이닥친" 사건이 발생한다. 동학의 무리들이
양반댁을 덮쳤다는 사건은 어느 양반가에서 볼 수 있는 일반적인
사건이어서 시간 지나면 사람들에게 잊힐 일이었지만, 최참판댁과
동학당은 안팎으로 잊히지 않고 회자되었다. 왜냐하면 '선혈이 낭
자했던' 다른 양반가의 풍경과는 달리 모두 조용히 철수했기 때문
이다. 이를 두고 윤씨부인과 동학의 관계에 대한 소문이 만들어지
고, 이듬해 윤보가 마을로 돌아오면서 윤보가 동학당이었다는 소
문이 겹쳐진다. 윤씨부인과 윤보의 관계에 대한 소문까지 생산되
고 윤보-동학당-윤씨부인의 인접한 관계들이 증폭되었다. 소문 속
의 동학의 실체는 점점 멀어져가고, 발신자와 수용자가 은밀하게

있다. '아들놈이 동학당에서 이름깨나 날린 놈이었는데, 갑오년에 포살'되는
바람에 충격으로 미쳤다는 소문이 있다. 문재원, 「〈토지〉에 재현된 '동학'의
서술전략과 지리적 상상력」, 『한국문학논총』 73, 2016, 311~343쪽 참조.

공모하면서 허구는 실재보다 더 강력한 힘으로 공동체를 결속시킨다.

> "무슨 까닭인지 최참판댁 윤씨부인은 동학당에 대해서 퍽 동정적이라는 말이 있었다. 동학군을 도와주었다는 소문도 얼핏 지나갔고…."
>
> (1-1, 138쪽)

이러한 양상은 지리산에 숨어있는 동학군에 대한 소문에서도 동일하게 나타난다. 지주 최참판의 몰락, 전염병, 흉년으로 가뜩이나 피폐해진 평사리 소작인들 앞에 왜병은 극도의 '공포'를 몰고 온다. 마을 사람들은 왜병에 대한 두려움과 공포를 막아줄 대상으로 지리산 동학군을 설정하며 심리적 위안을 찾는다. 이를 통해 알 수 있는 것은 '화적떼', '역적'으로 명명하는 조준구일당들과 달리 평사리 민중들에게 갑오년 동학 혹은 동학당은 새로운 희망, 구원자라는 점이다. 지리산 골짜기에 숨어있는 동학군에 대한 소문은 점점 확산되면서 '천 명'이라는 수치까지 동원하며 꽤 구체적인 정보까지 대동한다. 그리고 여기에 축지법을 써서 동에 번쩍 서에 번쩍한다는 영웅적인 장수 김개주에 대한 기억까지 환기된다. "여차 하믄 치고 나올" 동학군에 대해 한껏 기대에 차 있음을 알 수 있다.

> "지리산 골짜기에 쥐도 새도 모르는 군사가 천명은 넘기 숨어 있어서 여차 하믄 치고나올 기리니 대단한 일이제"
> "야 나도 그 얘기를 들었소. 천 명 넘기 숨어 있다는 군사가 모두 동학군 하든 사람들이라요. 그때 동학군이 수십만이었으니 천 명 모으기란, 잘난 장수 한 사람 있으믄 어려븐 일은 아닐기요." (2-2, 209쪽)

작품 안에서 동학의 상징인 김개주의 죽음은 동학의 참담한 패배를, 나아가 민초들의 패배를 분명하게 드러내었지만, 갑오년 동학란의 소문이 평사리의 일상공간에서 긍정적으로 유포되고 있다는 것은 동학에 대한 열망, '달라지는 세상'(2-2, 331쪽)에 대한 욕망이 강렬하게 도사리고 있음을 반증한다.

또한 이 동학은 김환과 김길상의 행보에서 보이는 것처럼 의병, 독립운동으로 그 의미가 전이된다. 곧 의병은 민족의 다른 이름으로 기능한다. 민족, 의병, 독립운동 등과 관련된 서울의 현장은, 물리적, 심리적으로 거리가 먼 평사리 사람들에게는 매번 소문으로 사후적으로 전단된다.

> 소문에 의하면 서울서는 임금이 등극한 지 사십년 망육순(望六旬)을 겸한 칭경례식(稱慶禮式)도 호열자의 창궐로 연기되었다 한다. 그것은 사실이었지만 그 밖의 황당무계한 낭설이 분분하였다. 수구문 밖에는 송장이 태산을 이루고 있다는 둥, 미처 숨도 끊어지지 않은 사람들을 끌고 가서 산 채 불에 태워 죽인다는 둥, 길을 걷는 사람이면 모조리 왜놈과 양놈이 합세하여 끌어다가 병막에 가두어 놓고 굶겨 죽이고 때려 죽이고 침을 놓아 죽인다는 둥, 그렇게 해서 죽은 원귀가 어찌나 많던지 십만대군이 넘을 것이고 측은하게 생각하는 신령의 도움을 얻어서 모두 신병(神兵)으로 둔갑하여 왜놈과 양놈들을 무찔러 이 땅에서 쓸어낼 날도 그리 멀지는 않았으리라는 말이 무지몽매한 사람들 간에 떠돌았다. (1-3, 249쪽)

소문은 집단적 환상, 집단적 무의식의 성격을 내포한다. 김훈장에 대한 소문의 방향은 평사리 소작인들이 김훈장에 대해 기대고 있는 기대치를 드러낸다. 소문은 잠재되어 있던 선입견에서 비롯된 지식을 표현하거나 강화할 수 있다. 그렇다고 소문과 선입견이 동일한 것은 아니다. 즉 공동체의 기대지평이 재구성하는 소문의 형식은 의병에 참여한 김훈장에 관한 소문에서 잘 드러난다. 사라진 김훈장을 둘러싸고 번지는 소문에는 내재해 있는 평사리 공동체의 욕망과 보상심리가 깔려 있다. 소문 속에서 의병장으로 재구성되고, 그로 인해 대마도로 끌려가 모진 고문과 죽음을 당하는 김훈장에 대한 소문은 의병에 대한 평사리 사람들의 기대와 보상 심리를 드러낸다. 이 기대치의 한 가운데 마을에서 준거의 기능을 하는 김훈장을 배치시켜 놓은 것도 그들의 기대와 보상이 더욱 어긋남이 없도록 하기 위함이다.

> 마을 사람들은 김훈장의 소식을 궁금해 하였다. 궁금한 나머지 어느 덧 김훈장은 마을 사람들 이야기 속에서 의병장으로 등장하게 되었을 뿐만 아니라 차츰 전설적인 인물로 변모되어 가고 있었다. 그것은 마을 사람들 자신의 자존심의 소위였다. 왕시 김훈장을 두고 화심리에 사는 장암선생 수제자로서 학식이 깊다고 믿었으며 자랑으로 생각했던 그 심리와 흡사했던 것이다. 그것은 마을 사람들의 공통된 심리였다. 꼭 믿는 것도 아니면서 자위하기 위해 믿어보는 것이다. 희망이 적은 그들의 감정적 사치였을 것이다. 한편 한경이 식음을 전폐하다시피 두문불출이라는 소문 또한 마을 사람들의 마음을 흡족하게 했다. (1-4, 195쪽)

> "우리 동네 김훈장 어른도 의병장 했다고 잽히갔다는 소문이든데."
> "잽히갔다고? 어디로 잽히갔는고?"
> 영만이 불안스러워하며 물었다.
> "울 아버지가 그러는데 손발을 꽁꽁 묶어갖고 왜눔땅 대마도로 잡아 갔단다. 왜눔들은 옛날 원수 갚을 기라고 거죽을 벳기서."

"에키! 순 거짓말도 푼수가 있다. 김훈장이 멋을 그리 대단한 사람이라고."

관수는 픽하고 웃는다. (1-4, 236~238쪽)

이처럼 의병에 대해 구성되는 소문은 민족의 옷을 입고 재배치되면서 평사리 사람들이 일상의 공간이 아닌 공적세계로 나아가게 한다. 그리하여 의병과 독립군의 행보에 따라 서사 공간도 평사리를 벗어나 대마도로 만주로 공간이 이동, 확장된다. 의병에 관한 소문은 반드시 일본군에 대한 소문을 함께 동반한다. 이는 의병이 곧 민족의 다른 이름이기 때문이다. 의병에 관한 소문은 아군과 적군의 관계를 명확히 드러내며 계몽과 교화의 공적 기능을 담당하고 있다고 볼 수 있다. 〈토지〉를 '한민족 근대사의 비극적 운명에 대한 복합적인 은유'[20]로 읽어낼 때 몰락한 최씨 가문은 식민지 조선을 상징한다. 최씨 가문이 서희 할머니 윤씨부인에서 부터 동학과 연결되어 있으며 최서희가 친일을 하나 의병과 독립군 군자금과 직접적으로 연결되어 있는 것도 같은 맥락으로 읽어낼 수 있다. 이들을 쫓아내고, 압박하는 조준구나, 일본의 세력이 동궤에 놓일 수 있는 이유도 여기에서 비롯된다. 그래서 조준구는 조선의 지배자 일본의 다른 이름으로 등치될 수 있으며, 조준구에 대한 소문이 부정적인 데는 반일·항일의 감정까지 묻어 있다. 그래서 조준구에 대한 소문은 항상 부정적인 것들로 채워진다. 그 대표적인 예가 삼월이에 관한 것이다. "마을에는 이상한 소문이 퍼졌다. 경황이 없는 때라 소문은 기세 좋게 퍼져나가지는 못했다. 삼월이 죽었다고 했다. 목을 매달아 죽었다고 했다.

---

20) 김성수, 「일제 상업자본의 유입과 식민지 근대의 양상」, 최유찬 외, 앞의 책, 173쪽.

목을 매달아 죽었다고도 하고 홍씨가 너무 매질을 심히 하여 죽
었다고도 했다."(1-3, 390쪽) 사실은 삼월이 죽은 것이 아니라 골
방에 갇혀 있는데, 삼월이 조준구와 그의 처 홍씨 때문에 죽었다
고 소문이 난 것은 조준구에 대한 평사리 사람들의 태도를 엿볼
수 있게 한다. 사적으로는 최씨 재산을 가로챈 부정적 인물이라는
평가와, 공적으로는 일본과 결탁하고 있는 매국노 조준구는 이중
으로 부정적 정형성을 띤다. "지방 수령 따위 하며 코방귀를 뀌고
자신의 지체를 뽐내는 겉보기와 달리 조준구는 은밀히 읍내로 곡
심 섬 돈 꾸러미를 실어내는데 그것은 다 코방귀를 뀌던 그 벼슬
아치한테 가는 것이라 했다. 왜놈의 헌병인가 대장인가를 부산서
끌고 와서 칙사 대접에 사냥까지 함께 했다는 말도 있었다." (1-3,
390~391쪽) 그러므로 의병이나 국가에 대한 소문은 민족, 애국이
라는 이름으로 서울/지방, 양반/상놈의 경계는 무너뜨리고 '지금',
'여기'의 공적 과제를 역설한다.

　한편, 일본군에 대한 소문은 항상 금기체계를 강화사키는 구실
을 한다. 〈토지〉의 서두에 나타난 8월 음력의 배경묘사에서 제시
된 사회상이나 인물들이 의식하고 있는 현실에서 가장 큰 금기체
계로 작용하는 것은 일본의 식민지 지배체계이다. 한편 이 과정에
서 금기에 대한 비판과 조롱의 시선도 늘 함께 수반된다. 이 용의
손녀 상의가 다니는 진주의 ES여고에서 일어난 봉안전 방변사건
에 대한 소문이나 서희의 둘째 아들 윤국이 학생운동에 참가해
경찰에 잡혀 간 이후 유포되는 소문 역시 일본에 대한 부정적 이
미지를 구성해 낸다. "작은 아들에 관한 일인데 소문을 듣자니까.
이번의 학생사건 때문이군. 학생사건 때문인데 경찰서에서 많이
맞았다든가, 병신이 됐다는 말도 있고." (4-1, 240쪽) 사실과 다른

윤국을 둘러싼 소문에서 그 효과는 일본에 대한 적대감을 모으는 역할을 한다. 이러한 부정적 소문의 유포를 통해 민족담론이 역설된다.

6. 마무리

소문은 중심의 언어가 아니라. 주변의 언어다. 경험적 사실을 바탕으로 하는 합리적 지식은 소문을 지배할 수 있는 권력을 창출하지만,[21] 소문을 완전히 억압할 수 없다. 소문은 우연성에 기반 한듯하나, 소문의 자리는 구성원들의 오랫동안 잠재된 무의식적 욕망의 투사공간이다. 그러므로 소문을 살피는 일은 소문에 직·간접적으로 관여되어 있는 사람들의 욕망체계를 읽어 내는 일이 된다. 뿐만 아니라, 소문 속에서 구성되는 사건이 참.거짓의 이분법을 떠나 개연성의공간에서 형성된다는 점을 감안할 때 이것이 구성해 내는 현실 이면에 놓여 있는 또 다른 현실 공간을 발견할 수 있다. 우리는 이 공간을 통해 오히려 현실공간에서 억압된 금기체계에 다다를 수 있다.

본고에서 고찰된 〈토지〉에 나타난 소문의 구성과 배치는 다음과 같다.

먼저, 드물게 특정인의 은유적 소통체계 속에서 구성되고 전달되는 소문의 세계가 있다. 특히 최치수의 죽음과 별당아씨의 도피를 둘러싸고 은밀히 내려지는 예언과 해석이 여기에 해당된다.

둘째, 남녀의 금지된 사랑은 〈토지〉 서사의 한 축을 형성하는 맥이 된다. 별당아씨와 구천이, 그의 딸 서희와 박의사, 용이와 월

---

21) 한스 J. 노이바우어, 앞의 책, 139쪽.

선이. 이들의 사랑은 서사를 추동시키는 강력한 힘이 된다. 그런데 이들의 사랑은 소문의 형식으로 그 의미가 구성된다. 다른 이들이 위반의 공간에서 심판과 대가의 의미를 생산해 내는 것과는 달리 이들은 소문 속에서 미화되고 합리화의 공간을 마련한다. 즉, 이들의 불륜에 관한 소문은 위장형식으로 기능한다.

셋째, 富로서 평사리의 상징이 되는 최참판 가문의 재산 축적내력은 평사리의 최종 심급으로 존재하는 선한 재판관 최씨 가문에 대한 의심과 불안의 요소를 제공한다. 그리하여 근본적으로 봉합될 수 없는 계급, 계층의 문제를 드러낸다. 봉합될 수 없는 이러한 공간은 상하 수직의 주/종 관계에 있어서 균열의 틈으로 기능한다. 즉 이 소문은 경계와 균열의 지대에 대한 담론을 형성한다.

넷째, 〈토지〉를 한민족 근대사의 비극적 운명에 대한 복합적인 은유로 읽어낼 때 요청되는 서사적 플롯은 공적 과제이다. 이 자리에서는 보편적이고 추상화된 욕망체계가 개별적 위반의 욕망들을 봉합한다. 동학, 의병, 독립군이 민족이라는 하나의 의미로 묶이고, 이것을 생산해내는 소문 체계 안에서는 나/너가 아니라 '우리'가 들어앉는다. 그래서 평사리, 진주, 용정의 '우리'의 욕망은 언제나 단일한 대립 공간 '일본'이라는 금기체계와 맞닥뜨린다.

이상에서 살펴 본 것처럼 〈토지〉에서 소문은 서사적 사건 곳곳에 배치되어 의미의 파장을 확장시켜 나가고 있다. 서사의 중심축이 되는 최참판 家를 소문의 한가운데 배치시켜 두려움과 유희를 동시에 체험하게 한다. 이때 상반되는 이미지들과 해석들이 자유롭게 소통됨으로, 소문은 익명성과 더불어 다양한 상상의 유통을 허락함으로 소문의 대상을 자유롭게 변형시키는 요인으로 작용하기도 한다. 최씨 가문은 '전설적인' 존재로 평사리의 살아있는 신화다. 그러니 최씨 가문을 중심으로 하는 서사는 신화적 서사의 수직적 계보를 형성한다. 그러나 이 신화가 소문 속에 배치될 때 신화의 수직적 계보는 균열의 조짐들을 보인다. 이 파열음은 〈토지〉의 서사가 보다 여러 층위에서 울려나오는 혼종의 목소리들의 교차선을 긋게 한다. 그러므로 소문은 〈토지〉의 서사가 다양하고 혼성적인 공간을 형성하는데 중요한 매개를 하고 있다.

---

* 이 글은 「〈토지〉에 나타난 소문의 구성과 배치」라는 제목으로 2006년 12월 『현대소설연구』(현대소설학회)에 실린 글을 수정·보완한 것이다.

참고문헌

1. 기본 자료

박경리, 〈토지〉 1-21권, 나남출판사, 2005(14쇄).

2. 단행본 및 논문

김욱동, 『은유와 환유』, 민음사, 1999.

김욱동, 『대화적 상상력』, 문학과지성사, 1988.

문재원, 「〈토지〉에 재현된 '동학'의 서술전략과 지리적 상상력」, 『한국문학
　　　논총』 73, 한국문학회, 2016.

최봉영, 「욕망과 문장놀이」, 『시학과 언어학』 2호, 2001.

최유찬 외, 『〈토지〉의 문화지형학』, 소명출판, 2005.

Glen A. Perice, "Rumors and Politics in Haiti", Anthropological Quarterly
　　　70(1), 1997.

니콜라스 디폰조, 곽윤정 역, 『루머사회』, 흐름출판, 2012.

미하일 바흐친, 전승희 역, 『장편소설과 민중언어』, 창작과 비평사, 1988.

르네 지라르, 김진석·박무호 역, 『폭력과 성스러움』, 민음사, 1993.

월트 J. 옹, 이기우·임명진 역, 『구술문화와 문자문화』, 문예출판사, 1995.

한스 J. 노이바우어, 박동자·황승환 역, 『소문의 역사』, 세종서적, 2001.

필립 아리에스·조르쥬 뒤비 편, 주명철·전수연 역, 『사생활의 역사』, 새물
　　　결, 2002.

〈토지〉에 나타난 대칭성과 비대칭성

권유리야

1. 머리말

〈토지〉는 1897년 추석부터 1945년 8월 15일까지 반세기에 걸친 파란과 격변을 형상화한 대서사이다. 공간 또한 경상남도 하동 평사리에서 진주 간도의 용정, 일본으로까지 범위를 확대하는가 하면, 여기에 흉년 질병 등의 자연현상까지 포함하여, 서사의 내적 지형을 개인과 역사에서 비인격체인 자연현상에까지 이르는 대단히 포괄적인 완전체로서의 세계를 구현하고 있다. 그야말로 한국문학사에서 전례가 없는 묵직하고 심도 있는 '전체세계'[1]의 대서사이다.

표면적인 시공간이 주는 상징성 때문인지, 그간 〈토지〉 연구는 몸, 종교, 동학, 여성, 윤리, 생명성 등 주로 인간사회의 가치프레임으로 〈토지〉의 광활한 세계를 한정하여 접근하여 왔다. 그런데 〈토지〉가 구현하는 세계는 인간 역사 자연 등 어느 특정 영역에 제한되지 않는다. 〈토지〉는 현실 표면에 가시화하는 모든 개인 역사 등의 인격적 존재는 물론 흉년 질병 사물 등 '비인격적 상태'까지 전체세계를 구현하는 존재론적 기반으로 인식한다. 〈토지〉에

---

1) 본고에서 말하는 전체세계는 특정할 수 있는 구체성의 세계가 아니라, 인간 생물 무생물 등 한 세계가 존재하기 위해 요구되는 모든 요소의 총합이다. 전체세계는 어느 특정한 힘에 의해 기획 구성되는 것이 아니라, 이미 존재해 오고 있는 완전체이다. 따라서 전체세계에서 중요한 것은 완성이 아니라, 완전체를 유지하는 일이다. 이는 전체세계의 완전성이다. 이때 전체세계가 유지되는 과정은 에너지가 한쪽에서 다른 쪽으로 이동하는 운동의 과정이다. 에너지는 내부에서 이동할 뿐이지, 외부에서 유입되거나 외부로 유출되지 않는다. 이는 전체세계의 자족성이다. 이때 내부 요소들 사이에 운동을 유발하기 위해서 각 부분들은 에너지의 양을 각기 다르게 할당받는다. 이렇게 해야만 결핍과 잉여의 관계에서 요소들의 자발적 상호대립이 일어난다. 이는 전체세계의 자발성이다. 결핍에서 잉여로, 다시 잉여에서 결핍으로 상태를 수시로 바꾸면서 각 부분들은 끊임없이 에너지가 만들어진다. 신지영, 『내재성이란 무엇인가』, 그린비, 2009, 92~93쪽 참조.

서 흉년 질병 불륜 등의 비인격적인 상태는 에피소드가 아니라, 완전체로서 세계를 구성하는 중요한 세계 구성의 주체다.

본고의 '전체세계'는 인간사회는 물론이고, 생물과 무생물의 관계 전체를 포괄하는 본질적이고 총체적인 개념이다. 이 세계 내부는 대립항들이 서로 상호작용을 일으키도록 자발적인 배치가 이루어져 있다. 중요한 것은 자발적인 상호작용의 결과 전체세계가 구현되는 것이 아니라, 이 상호작용의 과정 그 자체가 이미 완전한 세계라는 사실이다. 따라서 흉년 역병 살인 불륜 등 특정영역을 인간적 가치에 의해 배제하면 전체세계를 총체적 면모를 파악할 수 없다. 인간만이 전체세계의 구성주체는 아니다. 전체세계는 인격적 부분과 비인격적 부분이 서로 충돌하면서 분출하는 에너지를 통해서 유지되는 대단히 포괄적인 개념이다. 이렇게 보면, 〈토지〉에서 흉년 역병 불륜 탐욕 등은 신의 부재에 대한 증거가 아니다. 오히려 유기적 흐름인 신[2]의 의지가 적극적으로 구현되는 증거가 된다.

〈토지〉의 폭과 깊이는 바로 이 부분에서 나온다. 〈토지〉는 인간에게만 세계의 독점권을 부여하지도 않았고, 선과 악의 명쾌한 구분에 집중하지도 않았다. 긍정과 부정도 모호한 채로 내버려 두며 판단을 중지한다. 이는 단순히 다양성을 존중하자는 개념과는 다르다. 선악의 대립, 재앙과 풍요, 화해와 용서, 양반과 하인, 일제 강점과 광복, 남과 여라는 양극단은 인위적으로 선별된 개념이 아니라 자발성, 즉 애초부터 이러한 속성으로 규정되어 있는 세계의

---

2) 여기서 신의 개념은 종교적 개념이나, 윤리적 개념이 아니다. 전체세계가 하나의 완전체로서 자족적으로 유지되도록 끊임없이 세계의 내부를 균질하게 움직이는 힘, 즉 균질성과 운동성을 말한다. 나카자와 신이치, 김옥희 옮김, 『신의 발명』, 동아시아, 2005, 217쪽.

자연스러운 존재방식이다. 〈토지〉는 어느 특정영역에 힘이 편중되어 있는 이른 바 '일(一)의 원리'를 거부하고, 모든 영역이 전체세계에 고루 관여하는 '다(多)의 원리'를 세계구성의 존재론적 속성으로 수용한다.3)

이러한 다(多)의 원리를 구현하는 기제가 바로 '대칭성'이다. 대칭성4)은 전체세계가 유지되는 데 필요한 기본원리다. 불륜과 합법적 사랑, 증오와 화해 등의 대립쌍에서 한 쪽 극단으로 힘이 치우쳐진 불균형 상태가 비대칭성5)이라면, 어떤 대상이 두 극단 사이를 부단히 오가면서 균형을 맞추어 가는 역동적인 과정이 대칭성이다. 따라서 대칭성이라는 표현 속에는 포괄할 수 없는 양극단을 포괄하는 전체성, 그리고 이 극단을 끊임없이 오가면서 만들어내는 운동성의 개념이 내재해 있다.6)

---

3) 나카자와 신이치, 김옥희 옮김, 『대칭성 인류학』, 동아시아, 2005, 120~123쪽.
4) 본고에서 사용하는 대칭성의 개념은 나카자와 신이치의 『곰에서 왕으로』(동아시아, 2003), 『대칭성 인류학』(동아시아, 2005), 『신화, 인류 최고의 철학』(동아시아, 2002), 『신의 발명』(동아시아, 2005), 『나카자와 신이치의 예술인류학』(동아시아, 2015)에서 빌려온 개념이다. 나카자와 신이치의 대칭성 개념은 인류학과 신화학을 기본으로 삼아 철학 수학 물리학 생화학 정신분석학을 두루 관통하는 단순히 학제적 연구를 넘어서는 융복합적인 개념이다. 따라서 인문학 분야에서 대칭성 연구는 나카자와 신이치를 거치지 않고는 사실상 불가능한 상황이다. 본고에서 대칭성 개념을 전적으로 나카자와 신이치의 연구에 기대고 있는 이유는 여기에 있다.
5) 전체세계는 끊임없이 움직이면서 존재하는데, 그러기 위해서는 한 극단에서 다른 극단으로 에너지가 이동하는 대칭성이 구현되어야 한다. 그런데 전복이 불가능할 정도로 한쪽으로 힘이 쏠려 있게 되면 전체세계는 운행을 멈춘다. 그런 점에서 본고에서 의미하는 비대칭성은 인간사회가 아니라, 전체세계를 범위로 하는 거시적 개념이다. 본고는 세계가 운행되지 않는 힘의 불균형 상태 자체를 비대칭성으로 규정한다.
6) 따라서 대칭성은 혼돈의 상황에서 구현된다. 양극단의 가치가 부딪치면서 엄청난 양의 에너지가 유동하고, 이 혼돈 속에서 균형을 잡으려는 대칭성의 과정이 전개되기 때문이다.

본고는 대칭성의 관점에서 〈토지〉의 대서사를 '대칭성에서 비대칭성으로 회귀하는 과정'으로 보고자 한다. 이를 위해 대칭성을 신화적 대칭성과 야생적 대칭성으로 나누어 고찰한다. 본문의 2장 '신화적 대칭성; 비인격화된 역병과 탐욕'에서는 역병과 아귀의 탐욕이라는 비인격화된 상태가 최참판가에 쏠려 있는 힘을 재분배하는 신화적 대칭성의 기제로 파악한다. '신화적 대칭성'은 역병 흉년 탐욕과 같은 비인격적 요소가 수행하는 세계 구성 주체로서의 역할을 포착한 것이다. 세계는 인간만이 구성하는 것이 아니며, 비인격적인 힘도 인간의 힘과 동일한 가치로 전체세계를 움직이는 동력이라는 사실을 신화적 대칭성의 개념으로 연구하고자 한다.[7]

본문 3장 '야생적 대칭성; 이종교배적 패륜과 소문'에서는 패륜과 소문이 야생적 대칭성이 실현되는 계기임을 고찰한다. 야생세계는 존재의 불충분성에 의해 촉발되어 다른 부분들과 상호작용을 한다. 결핍의 요인이 잉여를 열망하게 되고, 잉여가 되면 다시 결핍의 존재에게 에너지를 돌려주는 이 자발적인 재구성의 과정[8]이 곧 '야생적 대칭성'이다. 신화적 대칭성이 전체세계의 구성주체를 거시적 입장에서 논의한 것이라면, 야생적 대칭성은 불륜남녀의 미시적 관계 속에서 야생상태의 대칭성이 내재함을 고찰한다. 즉 불륜관계의 내부에는 결핍과 잉여의 특징이 이율배반적으로 내재해 있는데, 이를 통해 세계의 균형을 잡아나가는 야생적 대칭성이 구현되는 점을 고찰한다.

그러나 본문 4장 '대칭성의 좌절; 합법성 공적 자아에 대한 강

---

7) 나카자와 신이치, 김옥희 옮김, 『나카자와 신이치의 예술인류학』, 동아시아, 2015, 12쪽 참조.
8) 신지영, 『내재성이란 무엇인가』, 그린비, 2009, 98~101쪽 참조.

박'에서는 인물들이 결혼의 합법성과 항일운동을 통한 공적 자아 만들기에 몰두하면서 이전과는 전혀 다르게 '비대칭성으로 회귀하는 한계'를 확인하고자 한다.

2. 신화적 대칭성; 비인격화된 역병과 탐욕

대칭성은 본래 신화적 속성을 갖는다. 신화적 사유는 과거→현재→미래처럼 한 방향으로만 날아가는 화살과 같은 시제(時制) 개념이 결여되어 있으며, 인간과 자연, 인간과 신 그 어떤 것도 분리하지 않는 경계가 없는 사유다. 이렇게 전체세계 내부에는 경계가 없고 모든 요소는 동일한 가치로 순환한다는 신화적 사유9)가 〈토지〉에서는 비인격화된 역병과 탐욕을 통해서 구현되고 있다.

원과 한10)으로 얼룩진 평사리의 삶에는 언제나 폭발의 가능성이 위태롭게 감돌고 있었다. 최참판가는 절대권력의 가문임에도 불구하고 남성 당주의 자리가 현상적으로 심리적으로 부재한 상황이었고, 시어머니 며느리 손녀에 이르는 최씨 가문의 여성 3대는 불륜 속에서 인간적 가치를 확인하고 있었다. 민중의 한을 해소시켜주지만, 한편으로는 공포의 대상이기도 한 동학교도의 출몰로 마을은 흉흉했다. 도리를 중시하는 전통적 가치와 자아중심의 가치가 충돌 속에서 한이 맺힌 평사리에는 그만큼 전체세계가 새롭게 재편되어야 할 대칭성의 의지가 절실한 상황이었다.

이런 대칭성의 의지는 '비인격화된 호열자'에서 나온다. 세균의

---

9) 신지영, 앞의 책, 98~101쪽 참조.
10) 임진영, 「개인의 한과 민족의 한」, 최유찬 편, 『박경리』, 새미, 1998, 248~251쪽.

학이 도입되지 않던 1890년대 후반에 평사리에 몰아닥친 콜레라는 말 그대로 재앙이었다. 의학의 지식이 없는 평사리 사람들에게 역병은 정체를 알 수 없는 공포라는 표현으로밖에 설명할 수 없는 것이었다. 동학군 앞에서도 지주의 위엄을 지켰고, 일제의 갖은 위협에도 가문을 지켜낸 윤씨 부인이었지만, 호열자에 대해서는 그야말로 속수무책으로 목숨을 잃는다.

그러나 전체성의 입장에서 보면, 역병을 재앙이라고 하기는 어렵다. 역병으로 인해 윤씨 부인 중심의 일(一)의 원리가 깨지고, 조준구 최서희 김길상 등이 첨예하게 부딪치는 다(多)의 원리가 구현되면서 전례가 없는 세대교체가 일어났기 때문이다. 여기서 〈토지〉의 신화적 사유를 확인할 수 있다.

> 보이지 않는 무서운 형상으로 들리지 않은 함성을 지르면서 골목을 점령하고 마을을 점령하고 방방곡곡을 바람같이 휩쓸며 지나가는 병균. 그들의 습격 대상에는 신분의 높고 낮음이 없었다. 부자와 빈자의 구별이 없었다. 남녀노소를 가리지도 않았다. … (중략) …
> 윤씨부인이 죽은 뒤의 최참판댁 넓은 집안은 일시에 폐허가 되었다. 식솔이 많기 때문이기도 했으나 마을에서도 가장 많은 시체가 최참판댁에서 나갔고, 김서방을 위시하여 봉순네 그리고 윤씨부인이 죽었다는 것은 대들보가 부러지고 기둥이 빠져나간 것이나 다름이 없다. 그러나 그것으로 끝나지는 않았다. 서희와 길상이 발병하였다. 어미를 잃은 봉순이는 어미를 잃었다는 슬픔보다 계속되는 죽음에 대한 공포 때문에 거의 광란 상태가 되었다. 봉순이는 서희를 내버려두고 도장 속으로 혼자 기어들어가서 나오질 않았다. (2권, 412~416쪽)[11]

---

11) 본고는 박경리, 〈토지〉 1권~16권, 솔, 1993년본을 연구 대상으로 한다.

역병으로 "최참판댁 넓은 집안은 일시에 폐허가 되었"고, 마을은 "죽음에 대한 공포 때문에 거의 광란 상태가 되었"다. "남녀노소를 가리지" 않고 "방방곡곡을 바람같이 휩쓸며 지나가는 병균"에는 예외가 없었다. 그러나 전체성의 시각으로 보면, 역병은 세계의 에너지를 고루 분배시키는 '강력한 운동에너지'이다. 역병으로 윤씨부인에게 집중되어 있던 평사리의 권력이 순식간에 해소된다. 물론 윤씨부인은 평사리의 절대권력임에도 불구하고, 동학교도들조차 만석군 지주를 공격하지 않았을 만큼 훌륭한 덕을 쌓은 인격자다. 윤씨는 미미했던 최씨 가문을 만석군의 거부로 키웠으며, 일본 자본의 공격에도 재산을 지켜낸 능수능란한 사업가이기도 하다. 하지만 에너지의 순환을 절대적으로 요구하는 전체세계에서 보면, 윤씨에게 모든 권력이 집중되는 평사리는 일(一)의 원리가 지배하는 비대칭의 공간일 수밖에 없다. 일(一)의 원리가 지배하는 세계에서는 인간과 자연, 인간과 신과 같은 영역의 분리가 엄격해서 힘이 어딘가에 편중되는데, 이렇게 되면 여러 유형의 다(多)로 변질되거나 억압당하기 마련이다.

그런 점에서 〈토지〉는 인간만이 세계를 움직이는 것은 아니라는 점을 비인격화된 역병을 통해서 보여주고 있다. 역병은 인간에게만 부여되어 있던 일의 원리를 순식간에 다(多)의 원리로 바꾼 신화적 힘을 구현한다. "신분의 높고 낮음이 없었"고, "부자와 빈자의 구별" 그리고 "남녀노소를 가리지도 않"고 "방방곡곡을 바람같이 휩쓸"었던 역병은 뫼비우스의 띠처럼 안과 밖, 인간과 비인간의 구별이 없는 균형세계[12]로 나아가는 계기를 마련한다.

이렇게 비인격체가 세계 구성의 역할을 수행한다는 관점에서

---

12) 나카자와 신이치, 김옥희 옮김, 『신의 발명』, 동아시아, 2005, 88~127쪽.

보면, 임이네의 '아귀적 탐욕'도 같은 방식으로 해석할 수 있다.

> 임이네의 탐욕이 아귀지옥의 그것이었다면 대못을 쾅쾅 박아대는 용
> 이의 잔인성도 바로 그와 흡사한 것이라 할 수 있겠다. 전생에 자신
> 은 미식을 하되 처자, 혹은 남편 자식에겐 주질 않아 식토귀로 변한
> 아귀는 남이 토해낸 것이 먹고 싶어 늘 괴로워했다고 하고, 주야로
> 아이 다섯을 낳아 제 낳은 아일 먹건만 배가 차지 않는 아귀, 자신
> 의 머리를 부딪쳐 쏟아지는 뇌수밖에 먹을 수 없는 아귀, 똥과 고름
> 과 피를 먹고사는 아귀, 염열기갈에 견디지 못하고 청류를 향해 달
> 려 가면은 몽둥이 든 채귀가 길을 막고, 눈앞의 음식을 먹으려 하면
> 은 순식간에 화염으로 변하는, 그 고통 많은 아귀들의 전죄는 탐욕
> 질투라 하거늘, 과연 용이는 그 아귀지옥의 채귀는 아니었더란 말인
> 가. (6권, 317쪽)

보통의 경우 탐욕은 개인에게 속한 성격으로 인식된다. 그런데
임이네의 경우는 다르다. 이는 〈토지〉에서도 대단히 문제적인 부
분인데, 임이네의 탐욕은 한 개체의 인격적 속성과는 무관한 별개
의 비인격체로 등장한다. 인격이 인간을 규정한다. 인격은 분명한
개체적 자기의식을 가진다. 인격은 이 개체성은 형이상학적 세계
를 지향하는 도덕적 가치체계를 갖는다.13) 소설에서 인격성은 직
접적인 내면 서술을 통해 드러나거나, 외양과 행동을 통해 간접적
으로 짐작된다. 그런데 〈토지〉에서는 유독 임이네의 경우만 다른
인물의 시선을 통한 외면적 관찰에서 서술자의 분석으로 이동할
뿐, 임이네의 내적 초점화를 허락하지 않고14), 임이네의 감정은

---

13) 김주완, 「인간-인격-정신의 존재론적 상호관계」, 『철학논총』 제39집 1권, 새
   한철학회, 2005, 77~82쪽.
14) 이상진, 『〈토지〉 연구』, 월인, 1999, 61쪽.

다른 인물에 의해 추측된다. 그녀의 탐욕은 개체의 고유한 자기의식의 표현이 아니라, 오직 번식과 생존을 위한 동물적 본성에 근접한다. 그녀에게는 윤리에 대한 의식 자체가 없다.

그러니 그녀는 윤리를 위반한 것이 아니라, 자신의 동물적 본성에 충실한 것이다. 이 탐욕은 "제 낳은 아일 먹건만 배가 차지 않는 아귀, 자신의 머리를 부딪쳐 쏟아지는 뇌수밖에 먹을 수 없는 아귀"는 번식의 힘과 소멸의 힘이 똑같은 크기로 부딪치면서 인간의 의지와 무관하게 자발적으로 움직인다. 따라서 〈토지〉에서 임이네의 탐욕은 인간의 비윤리적 행위가 아니라, 비인격적 존재의 본능인 것이다.

비인격화된 탐욕에는 어떤 목적이 없다. 욕망을 수단으로 하는 그 어떤 것이 아니라 욕망 그 자체를 욕망한다.15) 즉 "아귀지옥의 채귀"라고 묘사되는 임이네의 탐욕은 인간의 의지와 무관하게 자기증식의 구조 속에서 스스로 활동을 전개하는 비인격적 에너지다.

비인격화된 탐욕을 전체세계의 자발적 동력으로 보게 하는 이 대목은 〈토지〉 해석에서 대단히 중요하다. 사실 비인격화된 탐욕으로 세계가 유지되는 것은 지극히 당연한 일이다. 세계의 존재론에서 한 세계의 에너지는 탐욕이라는 이름의 결핍이 극에 달했을 때이다. 그런데 탐욕이 인격성을 갖추면 윤리에 의해 행동화가 어렵고, 세계는 움직임을 멈춘다. 따라서 하나의 세계가 완전체로서 역동적으로 운행되기 위해서는 '탐욕은 비인격적 상태로 남아있어야' 한다.

그런 점에서 임이네를 비인격적 탐욕의 캐릭터로 설정한 것은 〈토지〉가 신화적 대칭성에 대한 탁월한 이해를 보여주는 대목이

---

15) 이상진, 앞의 책, 59쪽.

다. 신화적 사유는 윤리 질서와 같은 의식의 상태에서 구현되는 것이 아니다. 가장 근본적인 무의식의 상태에서 모든 영역을 자유롭게 결합시키고 변형시킬 수 있는 모든 경계를 초월한 상태에서 구현되는 것이다.[16] 그런 점에서 여기에서 인격과 비인격의 경계가 없이 서로 왕성하게 삼투하며 세계의 균형을 잡아나가는 대칭성을 만들어 낸다. 실상 〈토지〉의 힘은 임이네를 비롯하여 김두수 귀녀 조준구 홍씨 등과 같이 인면수심의 인물에게서 뿜어져 나오는 살기와 탐욕에서 주로 발산된다.[17] 유인실 길상과 그의 아들 환국 조병수와 같이 규범에 얽매여 다른 길을 포기하는 인물에게서는 강렬한 생명력을 느끼기가 어렵다.

사실 세계는 어떤 합리적 이유가 있어서 움직이는 것이 아니라, 본성이 그렇기 때문에 움직이는 것이다. 완전체로서의 세계는 본래 인격과 비인격의 구분이 없이 넘나들며 움직이고, 이를 통해 균형과 대칭상태를 유지한다. 죽음이 없는 곳이 낙원이라는 생각은 오류다. 순환으로서의 죽음이라는 차원에서 보면, 낙원에도 죽음은 반드시 있다. 생명만을 극찬하는 것은 개체의 삶을 유독 중시하는 인간중심적 사유다.[18] 재앙 역시 마찬가지다. 재앙이라는 개념은 어느 한 쪽의 이해관계를 가지고 판단할 때의 개념이고, 전체세계의 흐름에는 재앙이 없다. 오직 신화적 방식으로 대칭성

---

16) 나카자와 신이치, 김옥희 옮김, 『신화, 인류 최고의 철학』, 동아시아, 2002, 28~32쪽.

17) 이렇게 보면 선보다는 악이 더욱 자발성을 갖는다. 선은 오랜 기간 의지를 가지고 수양을 해도 성취하기 어렵지만, 악은 큰 훈련이 필요 없다. 악은 어떤 것에 의존해서 결과를 일으키는 것이 아니다. 악은 어디에도 의존하지 않는다. 그야말로 순수한 자율성을 갖는다. 생명도 이유가 있어서 생명인 것은 아니다. 테리 이글턴, 오수원 옮김, 『악』, 이매진, 2015, 22~23쪽.

18) 신문수, 「죽음의 생태적 의미」, 『문학과환경』 제7집 제1권, 문학과환경학회, 2008, 187쪽.

을 이어가려는 운동성이 있을 뿐이다.

요컨대 1890년대 후반은 일제 강점과 봉건지주제의 오랜 폐습으로 인해 특정 영역과 양식에만 힘이 쏠려 있는 비대칭시대이다. 매일같이 반복되는 크고 작은 불행에 내성이 생겨 평사리의 삶은 변화에 대한 갈망조차 잃어버린 비대칭의 상태이었다. 그런 점에서 〈토지〉가 비인격화된 역병과 아귀의 탐욕이 등장하는 대목은 대단히 중요하다. 인간의 윤리로 보면, 역병과 아귀의 탐욕은 분명한 재앙이지만, 〈토지〉는 이를 '역병과 탐욕의 방식'으로 '세계가 새로운 균형을 찾아가는 신화적 대칭성의 구현'으로 재해석한 것이다. 또한 인간만이 세계를 만드는 것은 아니라는 점을 비인격화된 요소를 통해서 대칭성을 확인시킨 점은 전체세계의 본질에 육박하려는 심오한 존재론적 사유를 보여주는 대목이다.

3. 야생적 대칭성; 이종교배적 패륜과 소문

신화적 대칭성이 전체세계의 구성주체를 거시적 입장에서 논의한 것이라면, 야생적 대칭성은 전체세계의 내부로 시선을 옮긴다. 세계 내부는 미시적으로 관찰하면 도저히 공존할 수 없는 개념이 공존하는데, 이 개념의 상호대립에서 에너지가 발산되는 이 과정을 야생적 대칭성으로 규정한다.

야생세계는 '결핍과 잉여'를 통해서 존재를 이어가는 '이율배반성'이 있다. 여기서 결핍과 잉여는 한 개체의 고정된 성격이 아니다. 각 개체들은 결핍과 잉여를 반복하면서 전체세계의 유지에 기여한다. 결핍은 욕망을 통해 에너지를 끌어오고, 욕망이 충족된 잉여상태로 전환되면 다른 결핍 부분으로 에너지를 흘려보낸다.

세계의 에너지가 늘지도 줄지도 않고 늘 일정한 것은 이러한 결핍과 잉여의 순환 속에 균형을 유지하기 때문이다. 이렇게 보면 결핍과 잉여는 에너지 조절이 실패한 상태가 아니라, 오히려 이 극단에서 다른 극단으로 에너지가 이동하면서 야생적 대칭성을 구현하는 지극히 자연스러운 상태이다.

주목할 대목은 파격적 불륜관계와 이에 대한 소문의 형식 속에 〈토지〉의 야생적 대칭성이 집중적으로 부각된다는 사실이다. 〈토지〉에서 '불륜'이 파격적인 이유는 남녀의 불륜이 한결같이 '이종교배적 성격'을 띠고 있기 때문이다. 형수와 시동생의 결합도 비상식적이지만, 이 시동생이 또 시어머니의 불륜의 결과라는 점은 더욱 파격적이다. 윤씨 부인은 물론 겁탈을 당한 것이지만, 그 상대가 봉건지주와는 상극인 동학접주 김개주이며, 여기에 윤씨가 김개주의 활동을 은밀하게 후원하는 모습은 일반적인 혼외정사와는 거리가 있다. 최참판가의 후계자 최서희는 자신의 몸종 김길상과 합법적으로 결혼하지만, 이 결혼은 양반과 하인의 성(姓)을 바꾸는 사례는 당대의 윤리를 위반한 불륜적 성격이 있다. 용이는 윤리를 지키기 위해 혼외관계에 있는 두 여자와 한 집안에서 동거한다. 조선의 민족주의자 유인실과 일본인 오가다는 결혼 없이 아이를 낳는다.

여기가 〈토지〉 해석에서 반전을 보게 되는 대목이다. 〈토지〉의 불륜이 파격적이라는 것은 이들의 불륜이 파격적이라는 의미가 아니다. 이들의 이종교배적 남녀관계를 통해 구현하고자 하는 〈토지〉만의 가치지향이 여타의 소설의 가치와는 확연히 다르다는 점에서 파격적인 것이다. 새로운 대칭적 세계를 구현하기 위해서는 불가피하게 이종교배적 관계를 등장시킬 수밖에 없었던 〈토지〉만의 서사적 고뇌, 그리고 〈토지〉가 구현하고자 하는 세계가 인간 중심의 윤리가 아니라 말 그대로 전체세계의 역동성이라는 점에서 〈토지〉만의 통찰력이 돋보이는 부분이다.

이런 이유로 소설의 불륜에는 낭만적 사랑이나 에로티즘으로 감상되지 않는 것이다. 사실 〈토지〉는 애초부터 건강하고 행복한 남녀관계 자체를 염두에 두고 있지 않았다. 상식적인 의미의 에로티즘은 한 장면도 등장하지 않으며,[19] 남녀의 낭만적 사랑은 현실적 장애에 부딪쳐 번번이 좌절되도록 설계되고 있다. 여기서 불륜이 남녀관계의 재현에 있는 것이 아니라는 점을 알 수 있다.

소설은 이를 위해 결핍과 잉여를 이중으로 장치한다. 남자와 여자의 관계도 결핍과 잉여의 관계지만, 개개의 인물 속에도 결핍과 잉여의 특성이 혼재한다. 조선여자 유인실과 일본남자 오가다 사이에서 낳은 아이는 국적을 초월한 사랑의 결과이기도 하지만, 한편으로는 식민지의 가부장적 질서 속으로 수용될 수 없어 버려진 사생아이기도 하다. 김길상은 하인이지만, 불리한 상황을 돌파하여 새롭게 세계를 재편할 수 있는 능력자다. 김환 역시 사생아 패륜범이지만, 동학에 투신하여 뜨거운 저항성을 보여준다. 월선의 사랑은 혼인의 관습을 한참이나 벗어난 파격의 산물이지만, 모든 인물을 감싸는 깊은 모성의 표현이기도 하다. 이렇게 〈토지〉의 남녀관계는 한 쪽으로는 넘치고, 동시에 다른 부분에서는 한없이 모자란 이율배반적 운명을 부여받는다.

---

19) 〈토지〉는 육감적이고 매혹적인 여성들이 남자를 유혹하는 장면이 등장하기는 하지만, 이들 여성은 성적 황홀감을 목적으로 하지 않는다는 점에서 에로티즘으로 인식되지 않는다. 귀녀는 매혹적이지만 아이를 낳기 위한 목적성이 강조되어 성적인 몰입감을 의도적으로 차단하며, 임이네의 경우는 육감적이지만 탐욕이 부각되어 추악하게 느껴질 뿐이다. 이렇게 〈토지〉에서 성은 그 자체를 목적으로 하는 경우는 등장하지 않는다.

여기서 〈토지〉의 지향점이 야생상태임을 알 수 있다. 야생의 본질은 끊임없이 속성을 바꾸는 '이율배반적 불안정성'에 있다. 세계가 외부의 어떤 영향이 없이 스스로 존재하는 자족체가 되기 위해서 그 내부에서 자발적인 움직임이 있어야 하는데, 그러기 위해서는 내부의 존재들은 불안정해야만 한다. 즉 A인 동시에 A가 아닌 언제나 변화의 과정 중에 있는 규정불가능한 불안정성이 야생의 속성20)이다. 야생에서 안정상태는 세계의 종말을 의미한다. 안정에는 움직임이 없기 때문이다. 친일 남작의 차남이면서도 조선의 독립운동가를 돕는 조찬하는 한국인도 일본인도 될 수 없는 모호한 인물이다. 기생의 딸로 태어나 양반 귀족의 진로를 따르지만, 양반의 자녀라는 이유로 백정 영광과의 사랑이 성취되지 못하는 양현은 양반도 기생도 아닌 이율배반적 존재다.

여기가 〈토지〉의 불륜이 윤리적 테마가 아니라, '세계의 존재론'에 관한 테마로 볼 수 있는 대목이다. 가장 사적이고 가장 본능적인 남녀관계를 통해 봉건적 관습에 의해 억눌려 활력을 잃어버린 당대를 밑바닥에서부터 흔들어 새로운 세계를 구현하려는 존재론에 대한 깊은 고민인 것이다.

〈토지〉가 불륜의 '권선징악에 무관심하고 침묵'하는 것21)은 바로 이 때문이다. 소설은 불륜 남녀에 대해 윤리적 징계를 하거나, 선악의 시비를 가리지 않는다. 오히려 이와 무관하게 별당아씨와 김환의 경우처럼 불륜 남녀를 숭고하게 그리는 경우도 심심치 않게 볼 수 있다. 이를 확인하기 위해 평사리 전체를 충격에 몰아넣

---

20) 나카자와 신이치, 김옥희 옮김, 『곰에서 왕으로』, 동아시아, 2003, 87쪽.

21) 김은경, 「박경리 〈토지〉에 나타난 "굴절(屈折)"의 원리와 인물 정체성의 문제」, 『민족문학사연구』 제35권, 민족문학사학회·민족문학사연구소, 2007, 306~324쪽.

었던 귀녀의 범행의 과정을 면밀히 살펴볼 필요가 있다.

> 귀녀는, 그렇다. 귀녀는 신성한 처녀성을 한 사나이에게 바치기 위하여 목욕재계를 했던 것이 아니다. 그는 자수당 미륵불에게 뜨거운 소망을 기원하기 위하여. 음란도 이 여자에게는 죄가 아니었다. 거짓도 이 여자에게는 죄가 아니었다. 살인도 이 여자에게는 죄가 아니었다. 오로지 소망을 들어달라는 다짐만이 간절했을 뿐이다. 신은 이 여자에게는 악도 선도 아니었다. 오로지 소망을 풀어줄 수 있는 능력, 영험이 있느냐 없느냐가 중요한 일이었을 뿐이다. 씨름판의 장사같이 맴을 돌던 칠성이는 재빨리 허리끈을 풀고 귀녀에게 덤벼들었다. 여자는 아무 저항 없이, 수없이 머리를 조아리던 행위의 연장인 것같이 남자를 받아들였다. (1권, 400쪽)

귀녀는 자신이 하인과 양반의 경계를 쉽게 뛰어 넘을 수 있다고 믿는 야생적 사고의 소유자다. 야생적 사고는 하나의 존재가 다른 존재로 변신하는 데는 전혀 장애를 느끼지 않는다. 최치수를 유혹하는 데 실패해도 좌절하지 않고 칠성과 교합하여 아이를 갖는다. 여기에는 죄의식이 없다. "음란도 이 여자에게는 죄가 아니"다. 오히려 범행을 모의하는 귀녀에게는 "자수당 미륵불에게 뜨거운 소망을 기원하"는 종교적인 거룩함마저 갖고 있다.[22] 인간세계에서는 넘어서는 안 될 경계선이 엄존하지만, 야생상태에서는 경계를 아무렇지도 않게 넘는 변신이 문제되지 않는다. 인간과 염소가 적대적 관계가 되고, 인간과 염소가 확실하게 분리되는 사회는 비대칭적 사회다. 반대로 스핑크스처럼 반인반수가 허용되고, 민

---

22) 귀녀의 삶에서 나타나는 이러한 선과 악의 모호성에 대하여는 권유리야, 「불모의 시대를 살아가는 인물들의 이중적 정체성」, 김정자 외, 『왜 다시 토지를 말하는가』, 태학사, 2007, 199쪽을 참조할 것.

담처럼 호박이 마차가 되는 사회는 '순환이 자유롭게 이루어지는 야생의 사회'다. 그래서 대칭성의 세계에서는 현실의 경계를 아무렇지도 않게 넘어버리는 주인공이 반드시 등장하는 것이다.[23] 만석군 지주의 안방마님이 되기 위해 범행을 모의하며 간절하게 기도를 드리는 귀녀의 모습이야말로 신성함과 추악함, 선과 악의 경계를 흐려 버리는 야생의 구현체인 것이다.

〈토지〉는 귀녀의 범행에 대해 윤리적 판단을 자제하고, 냉정한 관찰자가 되어 동선을 치밀하게 보여준다. 귀녀의 살인 모의에 진정성을 부여하기 위해 귀녀의 내면을 소상히 묘사하고, 범행의 전 과정을 삼신당에서 이루어지게 한 것은 분명한 배려로 볼 수 있다. 귀녀가 최씨 집안의 씨종자를 임신하기 위하여 축원을 하던 장소도 삼신당이고, 칠성이와 몸을 섞은 곳도 삼신당이다. 따라서 삼신당을 단순한 종교적 공간이 아니라, 신령함과 비정함, 추악함과 성스러움 등 한 극단이 전혀 다른 극단으로 변하는 하는 야생적 대칭성의 공간이다. 야생의 세계는 A라는 성질을 지니면서 동시에 非A의 성질을 갖는 혼돈의 상태다.[24]

이러한 혼돈상이 더욱 선명해지는 것이 '소문의 형식'이다. 〈토지〉에서는 남녀의 불륜이 유독 소문의 형식으로 전개[25]되는데, 소문 속에는 무수한 해석들이 넘쳐나면서 실체가 불분명해진다.

> "뱅이 들어 그랬던지 별당아씨를 업고 가더랍니다. 두 사람이 다 거
> 지 중의 상거지가 돼서,"

---

23) 나카자와 신이치, 김옥희 옮김, 『대칭성 인류학』, 동아시아, 2002, 31~38쪽.
24) 나카자와 신이치, 김옥희 옮김, 『곰에서 왕으로』, 동아시아, 2003, 87쪽.
25) 문재원, 「〈토지〉에 나타난 소문의 구성과 배치」, 김정자 외, 『왜 다시 토지를 말하는가』, 태학사, 2007, 119~122쪽.

"거지 중의 상거지라……." … (중략) …

"그랬일 기다……"

간난할멈 눈에 눈물이 핑 돌았다.

"강청댁 말이 별당아씰 업고 가는 구천이 뒷꼴을 보고 서 있이니께 눈물이 나더랍니다."

"거지 중에 상거지라…… 거지 중에…… 환이." (1권, 121쪽)

소문은 하나의 이야기가 다른 이야기로 쉽게 변하는 복수성을 갖는다. "더랍니다" 식의 간접서사에는 단독 주체가 없다. '내가 말하는 것'이 아니라, '다른 사람들이 그렇게 말한다'는 복수의 주체가 암묵적으로 개입하면서 복수의 이야기가 된다. 특정할 수 없는 여러 사람이 창작 과정에 개입하면서, 소문은 완결태가 아니라 구성 중에 있는 '미완결의 서사'로 남는다. 즉 소문은 해석을 해석한다. 물론 해석의 과정에는 전달자의 욕망이 개입한다.26) 사실 김환과 별당아씨의 후일담에 대하여 정확하게 사실을 아는 사람은 아무도 없다. "거지 중에 상거지라"고도 하고, "벵이 들어" 아픈 "별당아씨를 업고 가"는 "구천이의 뒷꼴"도 직접 본 것은 아니다. '다른 사람이 그렇게 말한다'는 책임 회피의 알리바이를 통해 민중들은 어떤 감정도 자유롭게 투사하도록 보장받는다.27)

그러면서 소문을 통해 민중들은 자신의 한을 해소한다. 강청댁도 "눈물이 나"고, 듣는 "간난할멈 눈에 눈물이 핑 돌"도록 두 남녀의 후일담을 고통스럽게 구성하며 평사리 사람들은 양반중심사회에서 오랫동안 억압되어 살아온 자신들의 분노를 배출한다. 그

---

26) 황지영, 「식민권력의 외연(外延)과 소문의 정치」, 『국제어문』 제57집, 국제어문학회, 2013, 297쪽.

27) 한스 J. 노이바우어, 박동자 외 옮김, 『소문의 역사』, 세종서적, 2001, 281~285쪽.

렇기 때문에 엄청난 패륜을 저지른 구천과 별당아씨를 신비화하여 불륜의 비난으로부터 이들을 구해내는 것이다.[28]

통치력에 공백이 있는 사회에서는 세계의 에너지를 분출할 수 있는 사회적 기제[29]가 개인적 일탈의 형태 속으로 숨어 버린다. 공적 의무가 사적인 관계 속으로 책임 전가되는 것이다. 즉 소문의 과정은 봉건적 지주를 타파하려는 이야기 속의 민중혁명인 셈이다. 김환과 별당아씨가 자신들과 마찬가지로 비정한 봉건지주제의 피해자라는 사실에 대항하여 이들의 명백한 패륜에도 불구하고 오히려 이들을 옹호하며 세계의 새로운 균형을 찾아가는 것이다. 그리하여 소문은 현실에서는 도저히 연결될 것 같지 않은 것이 연결되거나, 도저히 일어날 것 같지 않은 사건을 일으켜, 현실의 이면에 감추어진 또 하나의 얼굴을 들추어내서 보여주는 야생상태의 대칭성이 자연스럽게 실현된다.[30] 소문의 진원지가 대부분 힘을 독점하고 있는 최참판가인 점을 보면, 소문 속에는 일(一)의 원리를 깨트리고 극히 작은 부분까지 가치를 부여하는 다(多)의 원리를 세워가는 민중들의 대칭의지가 중요하게 작동하고 있음을 알 수 있다.

요컨대 〈토지〉에서는 불륜과 소문이라는 일반적이지 않은 논리로부터 야생적 대칭성을 구현한다. 야생의 상태는 인간사회의 합리적인 추론방식으로는 좀처럼 탄생하기 힘들다. 〈토지〉에서 불륜과 소문에 의탁하여 서사를 전개하는 데에는 이들 방식이 아니고

---

28) 이는 서희가 외삼촌 김환과 친어머니 별당아씨의 파격적 사랑을 이해하며 눈물짓는 장면에서도 그대로 드러난다. 박경리, 〈토지〉 13권, 솔, 1993, 283쪽 참조.
29) 나카자와 신이치, 김옥희 옮김, 『대칭성 인류학』, 동아시아, 2005, 87쪽.
30) 나카자와 신이치, 김옥희 옮김, 『신화, 인류 최고의 철학』, 동아시아, 2002, 73쪽.

는 이렇게 불합리한 윤리 체계를 극복하지 못한다는 절박한 고민이 있는 것이다. 물론 불륜은 법의 외부로 나가버렸고, 소문은 욕망을 이야기의 형태로 바꾼 채 은밀하게 진행되는 약자의 서사인 것이 사실이다. 하지만 오히려 이로 인해 〈토지〉의 사유는 더욱 깊은 통찰력을 보여준다. 전체세계의 본질은 관습과 윤리처럼 정면에 전시되는 것이 아니라, 현실의 이면에 감추어져 있다는 점을 불륜과 소문의 서사를 통해 보여주고 있기 때문이다.

4. 대칭성의 좌절; 합법성과 공적 자아에 대한 강박

〈토지〉의 4부 이후부터는 주요인물들이 민족모성 민족부성 등 공적 자아만들기에 몰입하면서 앞장에서 논의했던 대칭성의 의미가 크게 약화된다. 길상과의 관계에서 서희가 주목한 것은 사랑보다는 '결혼의 합법성'이었다. 합법적인 인정을 받기 위해 서희와 길상은 전례가 없이 서로의 성(姓)을 교환한다. 성의 교환이라는 묘수를 부림으로써 서희는 사적 자아를 포기하고 '공적 자아'[31]로 기울어진다. 실제로 후반부로 들어가면서 서희는 급속도로 한 사람의 아내에서 민족 전체에 자비를 베푸는 '민족모성'으로서의 존재감을 획득하는 데 대단히 공을 들인다. 독립운동가에게 군자금을 전달하고, 봉순이의 딸 양현을 입적하여 키우는 등 개인의 행복이 아니라 전통적인 정절이데올로기 속에 민족을 위한 모성의

---

31) 본고에서 공적 자아는 가문을 절대적 가치로 여기는 데서 탈피하여 민족 문제와의 관계에서 자기정체성을 인식하는 존재를 의미한다. 가문의 범주에서 사유하던 것을 민족이라는 보다 큰 가치로 지평을 확대하면서 발견되는 자기인식의 문제인 바, 〈토지〉의 후반부에서 서희 길상 유인실 등이 이에 해당한다.

주체가 되는 민족모성[32]으로 정체성의 급격한 변화를 겪는 것이다. 이러한 민족모성은 비단 서희뿐이 아니다. 식민지의 가부장제 안으로 들어올 수 없는 오가다의 사랑을 포기하면서 민족주의자 유인실, 보통학교에서 교편을 잡으며 학생들에게 애정을 쏟고 이상현의 부탁으로 양현을 돌보는 임명희 등은 민족적 범위 안에서 사랑을 실천하는 민족모성의 주체들이다.

하지만 사랑을 민족의 도덕적 우월성으로 인식하는 민족모성은 한계가 있다. 여성들이 식민지 가부장제가 원하는 무성적 존재인 어머니로 변신하는 것은 국가와 민족이라는 '일(一)의 원리로 회귀'하는 것을 의미한다. 여기의 여성들은 민족이라는 유일한 가치로 세계를 확정함으로써 〈토지〉를 현실의 높낮이가 철저하게 분리되고, 갈등이 소멸된 '비대칭 상태'로 되돌려 놓고 말았다. 이러한 비대칭성은 길상과 조병수에 대해서도 마찬가지다. 길상은 동학에 투신함으로써 민족부성의 길을 걷고, 조병수는 관음탱화의 정신주의 속으로 도피한다. 이로 인해 〈토지〉의 후반부는 활기를 잃고 추상화된다.

> 양반도 아니요 상민도 될 수 없었던 김길상, 남편도 하인도 될 수 없었던 김길상, 부자도 빈자도 될 수 없었던 김길상, 애국자도 반역자도 될 수 없었던, 왜 김길상은 허공에 떠버렸는가. 그것은 서희의 가진 것과 서희의 소망의 무게 탓이다. 시초, 치열한 소망과 기득권에 대한 절대적인 가치관 때문에 휘청거렸지만 최서희는 기왕의 자

---

32) 민족모성, 즉 민족의 어머니로 간주되는 여성은 성적 주체가 될 수 없고, 자신의 몸을 소유할 수 없다. 그녀의 몸은 남성만이 주체가 되는 가족과 국가의 소유다. 식민지 가부장제가 원하는 것은 무성(asexual)의 존재인 어머니다. 허연실, 「박경리 〈토지〉에 나타난 '민족모성'과 비체」, 『현대문학이론연구』 제53권, 현대문학이론학회, 2013, 345쪽.

리에서 떠나지는 아니했다. … (중략) … 길상은 고독했다. 고독한 부부, 고독한 결혼이었다. 한 사나이로서의 자유는 날갯죽지가 부러 졌다. 사랑하면서, 살을 저미듯 짙은 애정이면서, 그 누구에게도 주고 싶지 않았던 애기씨, 최서희가 지금 길상에게는 쓸쓸한 아내다. 피차가 다 쓸쓸하고 공허한가. 역설이며 이율배반이다. 인간이란 습관을 뛰어넘기 어려운 동물인지 모른다. 그 콧대 센 최서희는 어느 부인네 이상으로 공손했고, 지순하기만 하던 길상은 다분히 거칠어졌는데 그래도 서로 사이에 폭은 남아있는 것이다.(5권, 213, 310쪽)

결혼하기까지의 과정이 철저한 이종교배의 과정이었다면, 제도의 승인을 받은 결혼 생활에서는 초탈과 달관은 있으나, 고투를 벌이던 열정이 사라지고 만다. 즉 결혼은 두 사람을 야생의 변화 무쌍한 관계에서 제도적 보호 속의 고독한 관계로 변질시켰다. 그리하여 길상에게 결혼은 사회적 위상이 급상승한 행운의 사건이 아니라, "사나이로서의 자유로운 날갯죽지가 부러"지게 된 치욕의 사건이 된다. 결혼이 대등한 교환이 아니라, "서희의 가진 것"을 일방적으로 증여받으면서 "서희의 소망의 무게"에 짓눌려 존재감이 극단적으로 최소화하는 비대칭적 증여이었기 때문이다. 증여는 비대칭성의 원리에 따라 이루어진다. 합법적인 결혼이라고 할지라도 서희가 성을 증여한 것은 결국 서희의 힘만을 보존하고 더욱 강화하는 것이었기 때문이다. 증여는 사회생활의 중심적인 원리로서 급부체계로서 겉으로는 자유롭고 무상인 것처럼 보이지만, 실제로 증여는 소유의지의 다른 표현이다. 공짜 선물에 가까울수록 증여자의 도덕적 사회적 우월성은 높아진다.[33] 서희의 입장에서

---

33) 김성례, 「증여론과 증여의 윤리」, 『비교문화연구』 제11집 제1호, 서울대학교 비교문화연구소, 2005, 156~158쪽.

결혼은 최씨가문을 재건한 것이지만, 길상의 입장에서는 김씨 성과 함께 남자로서의 주도권도 빼앗긴 것이다.

길상이 "'나는 너를 소유했지만 넌 나를 소유하지 못할'" 것이라며 동학에 투신하는 것은 가문의 실질적 수장이라는 서희의 공적 자아보다 더 큰 '민족의 투사라는 공적 자아'를 확보하여 결혼으로 무너진 길상 자신의 자존감을 회복하려는 것이다. 길상은 나라 찾기의 욕망에 접속하여 서희로 인해 훼손된 사적 자아의 정체성을 공적인 것으로 치환한다.[34] 그래서 길상은 평사리의 집을 되찾은 후에도 서희와 함께 귀향하지 않고 하얼빈행을 감행하면서 동학에 투신하는 것이다. 김환과 마찬가지로 김길상이 독립운동에서 활약하는 구체적인 모습이 서사의 표면에 등장하지 않는 것은 하얼빈행이 민족을 위한 것이 아니라 서희의 민족모성에 대응하는 수준이면 족했기 때문이다. 이렇게 보면 서희는 결혼의 방식으로, 길상의 경우는 별거의 방식으로 공적 자아만들기에 나서면서 두 사람은 민족이라는 대의 속으로 도피한다.

주목할 사실은 이러한 비대칭성이 예견된 결과라는 점이다. 대부분 인물들이 위반과 일탈을 통해서 새로운 에너지를 만들어 내는 와중에도, 전체 서사의 방향은 늘 합법과 공적 가치를 회복하는 데로 나아가기 때문이다. 최치수를 살해한 귀녀의 곁에는 강포수가 마련되어 있어 윤리적 참회의 길로 들어서게 했으며, 별당아씨는 지리산에서 비참하게 죽었고, 김환은 동학에 투신해지만 마지막은 감옥에서 자살하게 함으로써 결과적으로 윤리적 처벌을 받은 셈이 되었다. 윤씨 부인도 최치수와의 증오의 대상이 되고

---

34) 김은경, 「박경리 〈토지〉에 나타난 "굴절(屈折)"의 원리와 인물 정체성의 문제」, 『민족문학사연구』 제35권, 민족문학사학회·민족문학사연구소, 2007, 324쪽.

어린 서희를 조준구 앞에 두고 역병으로 눈을 감았다. 서희와 길상도 인생의 말년을 고독하게 보냈으며, 제3세대인 홍이, 환국과 윤국, 영광도 저마다 민족이라는 공적 가치에 결박되어 한결같이 수동적인 생을 살게 된다.

이렇게 공적 가치가 급부상하면서 인물들의 삶은 오히려 세계로부터 배제되고, 과거와 같은 대칭성의 열정도 더 이상 등장하지 않는다. 4부 이후 서사의 긴장감이 급격히 떨어진 것은 이러한 대칭성의 정신이 사라지고, 해탈의 정신주의가 그 자리를 메웠기 때문이다. 이중 조병수의 삶은 〈토지〉의 활기를 잃은 정신주의의 극치를 보여준다.

'내가 옛날에 보았던 것은 최서희라는 계집아이가 아니었을 게야. 관음보살이었는지 몰라, 관음보살.'
병수는 마음 속에서 막연하게 중얼거렸다.
'나는 한 여인을 그리워했던 것은 아니었을 게야. 관음보살을 향해서 절실하게 구원을 바랐을 것인지도 몰라.' … (중략) …
간절하게 간절하게 소망했던 것, 그것은 참된 것과 아름다움에 대한 그것이었다. 소망하는 것만으로 병수는 간신히 자신의 생명을 지탱할 수 있었다.
'그것이 없었던들 내가 어찌 살아남았으리.' … (중략) …
병수는 겨우 몸을 일으켰다. 관음탱화를 바라본다. 그의 얼굴에 미소가 떠올랐다.
'길상형, 고맙소.'
사람의 가장 아름다운 영혼이 다가와서 병수의 손을 굳게 잡는 것 같았다. 그것은 길상의 손이었고 관음탱화는 길상의 그 영혼의 세계였다. 그리고 그의 소망의 세계였다. (16권, 164~165쪽)

조병수는 윤씨부인을 죽음에 이르도록 방치하여 최참판가의 막대한 부를 탈취한 조준구의 아들이다. 꼽추라는 이유로 아버지 조준구는 물론 어머니 홍씨로부터도 버림을 받는다. 이런 비극 속에서도 조병수는 "참된 것과 아름다움"이라는 허무와 초탈이 모호한 세계 속에서 살아간다. 물론 처음에는 조병수에게도 "최서희라는 계집아이"와 같은 현실의 욕망은 있었다. 하지만 영욕의 세월을 거치면서 최서희에서 관음보살로, 마지막에는 "길상의 그 영혼의 세계"인 "관음탱화" 속으로 귀의한다. 그런데 관음탱화는 길상이가 더 이상 현실 속에서 역동의 계기를 만들어낼 수 없는 무능력을 민족이라는 공적 자아만들기로 바꾸어 버린 것이다.

결국 조병수는 "사람의 가장 아름다운 영혼"이 길상이며, 김길상의 용서와 화해의 구도정신을 옆에서 설명해 주기 위해 설정된 정체성이 비어 있는 인물이다. 권선징악이라는 예정된 결과를 구현하기 위해 정해진 지점을 수동적으로 따라가면서 길상을 공적 자아로 만들어 주는 무정체성의 인물이다. 그런 점에서 조병수는 길상이 극단적 관념화로 전락하는 것을 관조와 초탈의 경지로 포장하기 위해서 설정된 서사의 은폐장치다.[35]

이는 〈토지〉가 전체세계를 바라보던 이전의 야생적 시야를 잃고 화해와 용서라는 대의에 강박되어 소설의 세계가 협소해졌기 때문이다. 그리하여 인물들을 갈등이 없는 안전지대에 던져놓고 에너지를 잃어버린 인물들을 '초탈과 달관의 경지로 위장'한 것이다. 이후 최서희의 고요한 삶도 그렇고, 길상의 관음탱화 조성도 그렇고, 〈토지〉의 후반부는 초반부에서 극복하고자 했던 일(一)의

---

35) 임진영, 「개인의 한과 민족의 한」, 최유찬 편, 『박경리』, 새미, 1998, 274~277쪽.

원리로 회귀하면서 서사가 급격하게 생명력을 잃는다. 정체된 세계, 압도적 비대칭에 의해 한쪽으로 기울어진 현실을 뒤흔드는 치열한 위반의 열정이 사라졌기 때문이다.

요컨대 〈토지〉의 전반부에서 치열하게 발산하던 대칭성의 에너지는 후반부로 가면서 급격하게 힘을 잃는다. 4부 이후 민족 용서 화해와 같은 대의명제가 전면화하면서 서사가 구체화하지 못하고 관념적 진술로 진행된다. 서희와 길상 등 인물들은 합법성과 공적 자아만들기에 지나치게 몰두함으로써 더 이상 경계를 넘어 전체 세계를 재편하려는 이종교배의 모험은 시도되지 않는다. 서희가 빠져든 민족모성에 대한 강박, 길상은 나라찾기의 욕망에 접속하여 민족이라는 이름으로 세계를 확정함으로써 이전의 갈등이 소멸된 박제 상태가 되고 말았다. 결국 〈토지〉는 초반 살아 꿈틀거리는 전체세계를 구현하려는 대칭성의 의지를 끝까지 밀어붙이지 못함으로써, 아쉽게도 후반부에는 인간의 윤리적 가치만을 확인하는 비대칭의 계몽서사로 끝을 맺는다.

5. 맺음말

전체세계는 그 자체로 자족적인 공간이다. 그 내부의 모든 요소들은 균형을 잡기 위해 자발적으로 움직이며, 이러한 상황을 대칭성이라고 한다. 세계 내부의 모든 요소들은 이러한 대칭성을 만들기 위하여 각자의 방식으로 움직인다. 이러한 움직임을 인간적 가치판단으로는 선과 악, 결핍과 잉여라고 부르지만, 전체세계에서는 긍정과 부정을 나눌 수 없이 오직 운동이 있을 따름이다. 그리고 모든 세계는 언제나 대칭성을 향해 나아간다.

본고는 이러한 대칭성의 관점에서, 〈토지〉가 구현하는 세계를 신이 부재한 대혼란의 시기가 아니라, 오히려 신이 적극적으로 개입하는 대칭성의 시기로 보았다. 그리하여 〈토지〉를 '혼란 속에서 대칭성의 계기를 발견→합법성으로 인해 비대칭으로 회귀하면서 대칭성이 좌절되는 과정'으로 고찰하였다.

물론 대칭성은 두 가지 방향으로 접근하였다. 신화적 대칭성은 전체세계에서 비인격적 요소가 발휘하는 세계 구성의 역할을 기준으로 고찰했다. 역병이나 탐욕과 같은 비인격적인 힘도 인간의 힘과 동일한 가치로 전체세계를 움직이는 동력이라는 사실을 신화적 대칭성으로 개념 규정한 것이다. 신화적 대칭성이 전체세계의 구성주체를 거시적 입장에서 논의한 것이라면, 야생적 대칭성은 이 불륜과 소문이라는 남녀의 미시적 관계 속에서 대칭성이 구현되는 과정을 확인하였다. 이는 전체세계 내부가 결핍과 잉여라는 공존할 수 없는 개념이 동시에 존재하는 이율배반적 양상으로 구성되어 있으며, 이를 통해 오히려 역동성이 구현된다는 점을 연구하였다. 하지만 소설 후반부로 가면서 합법과 공적 자아 만들기에 몰두하면서 그간 쌓아올렸던 대칭성이 좌절되어 비대칭성의 상태로 회귀하는 한계를 밝혔다.

그러나 이런 한계에도 불구하고 〈토지〉가 세계가 신화적 야생적 대칭성의 관점을 보여준 의미는 적지 않다. 서사의 내적 지형을 인간적 개념에서 전체세계의 개념으로 확장하고, 세계에서 벌어지는 수많은 혼란을 비정상이 아니라, 지극히 정상적인 세계 운행의 원리로 보고 있는 것은 분명 〈토지〉가 보여준 심도 있는 발견이다. 전체의 시선으로 보면 세계는 언제나 완전하고 자족적인 대칭성의 세계라는 것을 보여준 〈토지〉의 가치는 크다.

---

* 이 글은 「〈토지〉에 나타난 대칭성과 비대칭성」이라는 제목으로 2015년 9월 『국어국문학』(국어국문학회)에 실린 글을 수정·보완한 것이다.

참고문헌

1. 기본 자료

박경리, 〈토지〉 1~16권, 솔출판사, 1993.

2. 단행본 및 논문

신지영, 『내재성이란 무엇인가』, 그린비, 2009.
이상진, 『〈토지〉 연구』, 월인, 1999.

한스 J. 노이바우어, 박동자 외 옮김, 『소문의 역사』, 세종서적, 2001.
나카자와 신이치, 김옥희 옮김, 『신화, 인류 최고의 철학』, 동아시아, 2002.
나카자와 신이치, 김옥희 옮김, 『신의 발명』, 동아시아, 2005.
나카자와 신이치, 김옥희 옮김, 『대칭성 인류학』, 동아시아, 2005.
나카자와 신이치, 김옥희 옮김, 『곰에서 왕으로』, 동아시아, 2003.
나카자와 신이치, 김옥희 옮김, 『나카자와 신이치의 예술인류학』, 동아시아,
          2015.
테리 이글턴, 오수원 옮김, 『악』, 이매진, 2015.

권유리야, 「불모의 시대를 살아가는 인물들의 이중적 정체성」, 김정자 외,
          『왜 다시 토지를 말하는가』, 태학사, 2007.
김성례, 「증여론과 증여의 윤리」, 『비교문화연구』 제11집 제1호, 서울대학

교 비교문화연구소, 2005.

김은경, 「박경리 〈토지〉에 나타난 "굴절(屈折)"의 원리와 인물 정체성의 문
    제」, 『민족문학사연구』 제35권 0호, 민족문학사학회·민족문학사연
    구소, 2007〉

김주완, 「인간-인격-정신의 존재론적 상호관계」, 『철학논총』 제39집 1권,
    새한철학회, 2005.

문재원, 「〈토지〉에 나타난 소문의 구성과 배치」, 김정자 외, 『왜 다시 토지
    를 말하는가』, 태학사, 2007.

신문수, 「죽음의 생태적 의미」, 『문학과환경』 제7집 제1권, 문학과환경학회,
    2008.

임진영, 「개인의 한과 민족의 한」, 최유찬 편, 『박경리』, 새미, 1998.

허연실, 「박경리 〈토지〉에 나타난 '민족모성'과 비체」, 『현대문학이론연구』
    제53권, 현대문학이론학회, 2013.

황지영, 「식민권력의 외연(外延)과 소문의 정치」, 『국제어문』 제57집, 국제
    어문학회, 2013.

『土地』와 서사 구조

ⓒ토지학회, 2016

초판 1쇄 인쇄일 │ 2016년 10월 15일
초판 1쇄 발행일 │ 2016년 10월 25일

지은이 토지학회
발행인 이상만

펴 낸 곳 │ 마로니에북스
주   소 │ (03086) 서울특별시 종로구 대학로 12길 38
전   화 │ 02)741-9191(대) 02)744-9191(편집부)
팩   스 │ 02)3673-0260
홈페이지 │ www.maroniebooks.com
I S B N │ 978-89-6053-424-7
              978-89-6053-376-9(세트)